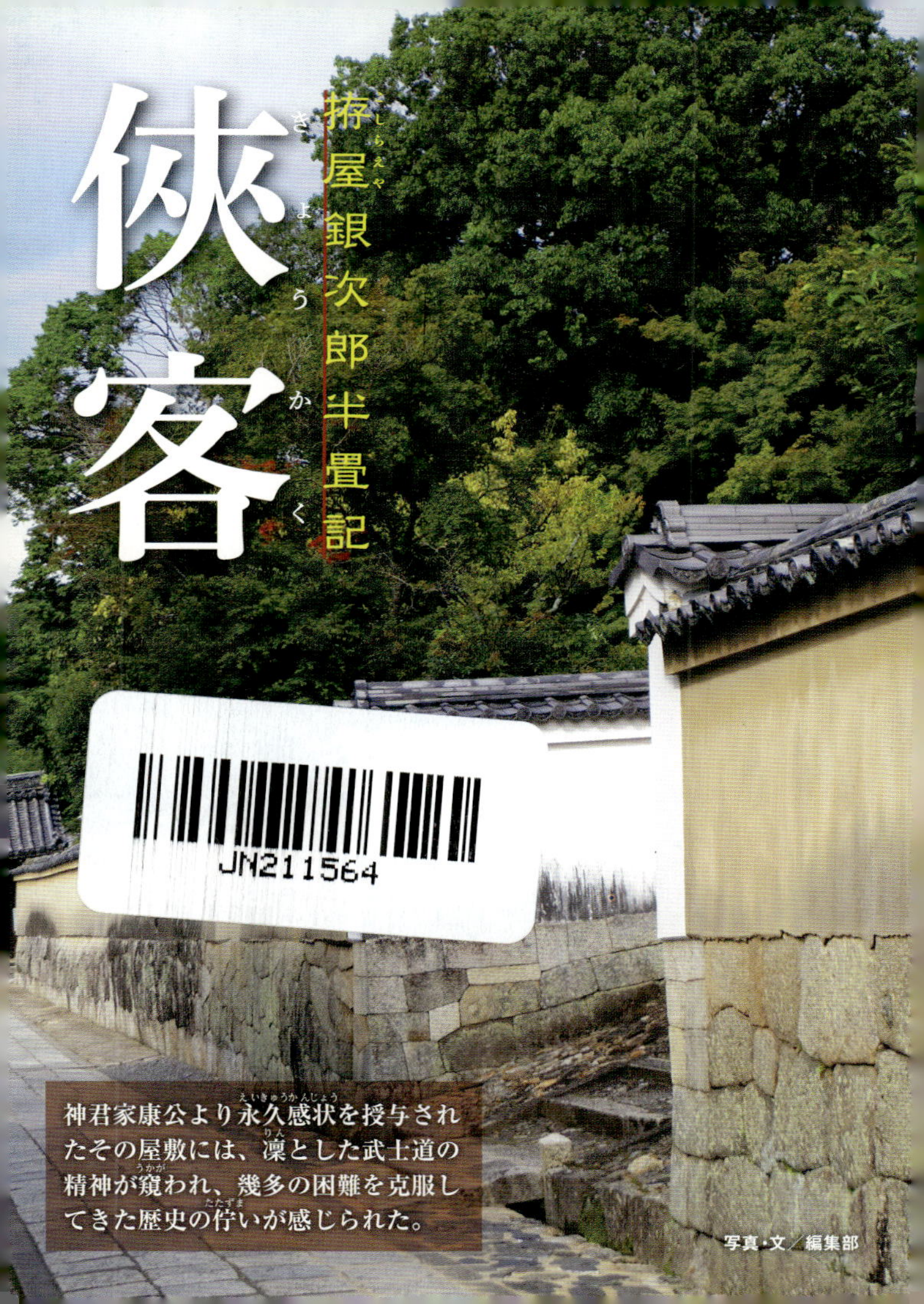

# 侠客

## 拵屋銀次郎半畳記
（こしらえや ぎんじろう はんじょうき）
（きょうかく）

神君家康公より永久感状を授与されたその屋敷には、凛とした武士道の精神が窺われ、幾多の困難を克服してきた歴史の佇いが感じられた。

写真・文／編集部

澄んだ気品に満ちて美しく曲がった石畳の道。突如その向こうから剣戟《けんげき》の響きが……。

位《くらい》を極め「知」に秀でた剣客の屋敷には、「清楚さ」と「優しさ」と油断の無い「鋭さ」の漂いが見られる。

その乗物（駕籠）から出た美貌の女性に、銀次郎は衝撃を受けた。まれに見る余りにも妖艶な微笑《ほほえ》みと眼差《まなざ》し。そして髪にある櫛《くし》に輝く金色《こんじき》の葵《あおい》の御紋。それは大奥の最高権力者（総取締）である大御年寄六百石　**絵島**に許された「将軍櫛《くし》」と呼ばれるものだった。銀次郎に近付く**絵島**。謎と事件が思いもせぬ方角へと広がってゆく。次次に「闇」を呑み込んで……。

宵待草《よいまちぐさ》（夜の社交界）の最高の女性《ひと》仙。
もと三十俵二人扶持の御家人の娘だった仙は、
その美しさと知性で、夜に輝く花。
けれどもその裏では幼い一人娘をかかえて……

「なんだと、お仙。そんな恐ろしい野郎に苦しめられていたのか」

「うん……銀ちゃん」

「なぜ、もっと早くこの俺に言ってくれなかった」

「だって私……私……銀ちゃんには
いつも輝いている女で見られていたかったから……」

「馬鹿野郎。小さな肩に大きな苦労を、一人で背負《しょ》い込みやがって……」

徳間文庫

拵屋《こしらえや》銀次郎半畳記

# 俠《きょう》客《かく》 一

門田泰明

徳間書店

一

「目を閉じていなせえ」

「こう？」

「気取って閉じると、額《ひたい》も鼻筋も頬《ほほ》も強張《こわば》るんだ。肩の力を抜いて気楽な気分で閉じなせえ」

「こう？」

「うん、それでいい。そのまま熟《じ》っとしてな」

「はい」

「返事は要《い》らねえよ。黙って私《あっし》の言う通りにしてりゃあいい」

「判《わか》りました」

「判っていねえじゃねえか」

「…………」

「そう。その表情でいい」

呼吸《いき》を止めた銀次郎《ぎんじろう》の顔が、すうっと若い――十七、八の――娘の顔に近付いてゆく。自分の呼吸《いき》が娘の顔をふわりと撫《な》でることによって、女の顔の皮膚に微《かす》かな震えが本能的にだが生じると、経験的に摑《つか》んでいるからだ。

「動かねえで……ゆったりと……気楽に」

銀次郎は女にそう告げながら右手の人差し指と親指とを相手の頰に軽く触れた。そして、腕の良い目医者《めいしゃ》が容易《たやす》くさらりと瞼《まぶた》を開いて見せる時のように、頰の皮膚をまるで瞼のように次次と「開いて」いく。つまり頰の皮膚を伸ばして「肌加減」を検《み》ているらしいのであった。その眼差《まなざ》しが鋭い。

二人を取り囲むようにして七人の男女の真剣な顔があった。老舗《しにせ》の呉服問屋「京野屋」の主人草右衛門《あるじそうえもん》四十九歳、内儀比呂子《ないぎひろこ》四十一歳、隠居（先代主人《あるじ》）の文左衛門《ぶんざえもん》八十歳、大番頭利平《りへい》六十一歳、一番番頭の和六《わろく》四十三歳、女中頭スミ四十八歳、の六人だった。利平、和六、スミの三人は先代文左衛門が現役の頃からの奉公人で、もはや家族同様の存在だった。

そして、もう一人。銀次郎の右傍《かたわら》に――寄り添うようにして――粋《いき》な黒羽織の姐《ねえ》さんがいた。姐さんとはいっても、年の頃は二十一、二といったところか。

こういう姐さんを美貌《びぼう》の玄人女《くろうとおんな》というのであろうか。およそ日本の女性らしくない彫りの深い端整な目鼻立ちだった。それに極めて薄化粧である。それが彫りの深い美貌――美しさ――を一層あざやかに引き立てている。

「鼻すじの『白』……」

銀次郎がポツリと呟《つぶや》いて、手を右に出した。すかさず黒羽織の姐さんが「はい」と答えて、馬の尾の毛で拵《こしら》えた大刷毛《おおはけ》、中刷毛、小刷毛の内の小刷毛を手に取った。しかしなぜか銀次郎に手渡すでもなく熟《じ》っとしている。銀次郎はといえば、暫《しばら》く無言のまま娘の鼻すじを睨《にら》みつけるようにしていたが、やがてふうっと溜息《ためいき》を吐《つ》いて肩の力を落とした。

「止《や》めたよ、お仙《せん》。すまねえが商売道具を片付けてくれ」

「え？」

小刷毛を手にし、銀次郎を見つめて次の指示を待っていた美貌の黒羽織の姐さん――仙――が、思わず眉《まゆ》をひそめた。

「化粧の二、三日前《めえ》は絶対に酒を吞《の》んじゃあならねえ、とあれほど強く言ってきかせたにもかかわらず、この甘ったれ娘はたっぷりと酒を浴びていやがる」

「まあ……」

と、仙が呆《あき》れ顔となって娘を見た。「京野屋」の主人《あるじ》草右衛門が小慌て気味に両手を銀次郎の方へ出して何事かを言いかけたが、それよりも先にお仙がぴしゃりとした調子で口を開いた。

「本当にお酒を呑んだの、お里《さと》ちゃん?……銀次郎さんの目は絶対に誤魔化せないのよ」

「少し……」

「京野屋」の長女である里十八歳が、しょぼんとして頷《うなず》いた。

主人《あるじ》草右衛門が、ひと膝《ひざ》のり出すようにして申し訳なさそうに言った。

「なにとぞ御容赦ください銀次郎さん、お仙さん、実を申しますと……」

「旦那《だんな》様は少し控えていて下さいまし。この『蔵前屋』仙が、お里ちゃんと話を致しとうござんすから」

聞く者の背中にゾクリとくるような、仙の物静かな啖呵《たんか》であった。

草右衛門が「はあ……」と漏らして、うなだれる。父親のその様子を見て、里がしくしくと肩を震わせ始めた。まるで幼子《おさなご》だ。

「お里ちゃん、私《あたし》に対してではなく銀次郎さんにはっきりと自分の口で申し開きをしなさい。いつ、何処《どこ》で、誰とどれほど呑んだの？」

「…………」

「黙ってちゃあ判らないでしょ。銀次郎さんに対し、是非ともお里ちゃんのお見合い化粧をと頭を下げて頼んだこの『蔵前屋』仙の顔が潰《つぶ》れるのよ。そうでしょ」

里が嗚咽《おえつ》を飲み込んで、こっくりと頷いた。

「銀次郎さんが、どれほど毎日忙しいか、ようく話して聞かせたでしょ。今やお大名家や大身《たいしん》お旗本家の奥筋《すじ》からも声が掛かって、応じ切れずに断わっているくらいなのよ。それを、お里ちゃんのお見合いがうまくいくようにと、引き受けて下さったのだから」

「ごめんなさい。一昨日《おとつい》は『松前屋《まつまえ》』のお通《みち》ちゃん、『湖内屋《こうち》』のお芳《よし》ちゃん、『見並屋《みなみ》』の七助《しちすけ》さんの四人で……そして昨日《きのう》はお通ちゃんと七助さんの三人で」

「見並屋」の七助と聞いて仙の美しい表情が曇り、草右衛門・比呂子夫婦の面《おもて》にサッと狼狽《ろうばい》が走った。「見並屋」の七助といえば「いろなみやの七助」の別称で神田・日本橋界隈《かいわい》では知らぬ者がないほど色遊びの旺盛《おうせい》な若僧だった。なにしろ「いろなみやの七助」と道で擦《す》れ違っただけで純真な娘は身籠《みごも》ってしまう、との噂《うわさ》が絶えないほど色遊びの好きな若僧なのだ。目にも止まらぬ早業《はやわざ》で娘の肉体《からだ》に忍び入るとか……。

「で、何処で呑んだの?……銀次郎さんにがぶ呑みを見抜かれてしまう程《ほど》もさ」

七助の名が出たので余り追い詰めてはいけないと考えたのだろう、仙の言葉つきが優しくなった。ただ、目つきは厳しい。

草右衛門・比呂子夫婦はもう顔色がなかった。無理もない。里が今日の夕刻に神楽坂《かぐらざか》の一流料亭「大吉《だいよし》」で見合いをする相手は家禄《かろく》四百石旗本山野阿波守忠房《やまのあわのかみただふさ》四十三歳の嫡男英房《ちゃくなんひでふさ》二十二歳であった。山野阿波守は御役高五百石の役職御小姓衆に就いている。

家禄四百石の旗本山野家が御役高五百石の御小姓衆に就いているということは、家禄高が御役高に較べて**百石不足**しているという計算になるため、御小姓衆という役職に**就いている間に限って**、不足分の百石が加増の形で支給される。

それにしても、いかに老舗大店《おおだな》の娘であっても、相手は御小姓衆という役職に就く四百石旗本家の嫡男である。そうは簡単に、お見合い、結婚、と進むことが出来る筈《はず》がない。

むろんこの世の中、何通りも出来る方法は備わっている。その一つが、老舗大店の娘がいったん何処か然《しか》るべき武家の養女になるという形式をとって、そこで武家の妻女にふさわしい教養を積んだ上で、嫁《とつ》ぐ方法だ。これは大店の娘などが武家に嫁ぐ場合に、よく使われる。

しかし、「京野屋」の娘里は少し違った。四百石旗本山野家の嫡男英房に強く求められての、この度の縁談であった。

実は「京野屋」の先代主人で現在隠居の身である文左衛門はかつて、老中支配下にある勘定吟味役の秘命を受けて凄腕《すごうで》を発揮した柳原《やなぎはら》文左衛門直行《なおゆき》という名の隠密勘定調査役（今でいう国税局Gメン・マルサ）であった。

要するに、武家であったのだ。

剣法は全く駄目だが数字には滅法強く、いかなる難度の高いカラクリ帳簿も解き明かしてしまう能力の持主であったという。

この柳原文左衛門直行がなんと大胆にも「無期限閉門歎願書」つまり事実上の

「柳原家断絶願」を勘定吟味役を経由して老中会議へ提出したのだ。

理由は文左衛門の妻女沙紀《さいじょさき》の生家「京野屋」で、嫁も貰《もら》わずに店の拡充と多角化に奮戦してきた沙紀のたった一人の弟が、心の臓の病《やまい》で急逝しまさに突然、店主不在の「京野屋」となってしまったからだ。計数監査官として有能な文左衛門であったので、受理した老中会議は相当に困惑したらしい。

「ね、お里ちゃん、何処で深呑みしたのさ。言えないような変な所なの?」

「いいえ、言えます」

「じゃあ、言ってご覧なさいな。まさか日本橋の小網町甘酒茶屋『閑談亭』じゃないでしょうね」

「そこです。『閑談亭』です」

小声で力なく言って、「でも私、七助さんとは何もありませんでしたから。『松前屋』のお通ちゃんを残して先に一人で帰りましたから」

聞いて草右衛門が反射的に「この……」と拳《こぶし》を振り上げ、「よしなせえ」と銀次郎が重い声と凄い目つきでそれを抑えた。

日本橋小網町の日本橋川の川沿いにある総二階建の「閑談亭」といえば、一昨年の春にできた甘酒、汁粉《しるこ》、餡蜜《あんみつ》、蒸《む》し饅頭《まんじゅう》などの甘味処で、創業当時から若い男女の人気を集めていた。その人気の秘密はといえば、四畳半座敷を七室、三畳座敷を十五室二階に設《しつら》えている点にあった。しかも各座敷と座敷の間は声が洩《も》れやすい襖《ふすま》のようないい加減なものでは決してなく、しっかりとした二重の板壁仕切りときている。座敷から日本橋川の流れが眺められる南側には四畳半座敷が、そして三畳座敷は反対側（北側に）という塩梅《あんばい》だった。一階は床几《しょうぎ》に小上がりという庶民風な気楽な構えとなっており、日本橋川が眺められるよう南側は鴨嘴《かものはし》（突上棒のこと）で突上戸《つきあげど》を大きく突き上げた窓が並んでいる。

わが娘里がこの「閑談亭」へ行ったと知って父親草右衛門が思わず拳を振り上げたのには、それなりの理由《わけ》があった。

最近ではこの「閑談亭」が、若い娘を持つ親たちから「待合茶屋」とか「ねんごろ茶屋」と厳しい目で見られるようになっていたからだ。

「なさけない……ああ、本当になさけない」

草右衛門は膝の上で拳を震わせて、今にも泣き出しそうだった。

銀次郎は舌を小さく打ち鳴らすと膝頭を少し前へ滑らせ、「お仙……もう、いいやな。進めようかい」と声を掛けつつ里との間を詰めた。

「はい」と答えた仙は、右の手にまだ小刷毛を持っていた。銀次郎の様子に、草右衛門・比呂子夫婦の面《おもて》に、たちまち安堵《あんど》が広がる。

「鼻すじの『白』……四段目」

「判りましたよ、銀次郎さん」

仙がにっこりと笑みを返して、目の前にある〝白粉四段重《おしろいよんだんかさね》〟と玄人《くろうと》すじから呼ばれている丸い陶器——鶯《うぐいす》の絵模様——の四段重に手を伸ばした。そして上三段を取って横へやり、一番下の入れ物を膝前に寄せて、小刷毛を白粉に浸《ひた》した。

四段目の白粉はしたたり落ちる程ではないが、最も薄くやわらかく練られている。これの〝薄さ〟〝やわらかさ〟はむろん銀次郎特有の〝呼吸〟によるもので、いわば門外不出の練白粉《ねりおしろい》だった。粉白粉《こなおしろい》も銀次郎は余程に熱心に求められれば使うが、近頃鼻に吸い込み、あるいは目に入ったりするなどで、目鼻の具合を悪くする者が出ているとかの噂が広がっているため、銀次郎は用心している。

仙から小刷毛を受け取った銀次郎が先《ま》ず、鼻柱の両側に沿うかたちで、目元から上唇の手前にかけて、さあっと白い線を引いていった。一見、荒っぽい引き方だ。

この化粧で里の「幸せ」が決まるかもしれないから、草右衛門・比呂子夫婦ほかは固唾《かたず》をのんで見守った。

次いで同じ小刷毛が、顔の輪郭に沿って素早く走った。このとき仙の手はすでに、右手脇に置いてあった〝紅三段重《べにさんだんかさね》〟の丸い陶器の入れ物を膝前に移していた。これは白地に桜の絵模様という綺麗《きれい》な器《うつわ》だった。一番下が最も薄い紅色だ。

「つぎ……『銀《ぎん》の露《つゆ》』を大刷毛で」

「え……」

と、それまで落ち着いていた仙が、どうしたことか小慌てとなった。「神楽坂の黒羽織姐さん」と呼ばれて今や大江戸の花街では知らぬ者とて無い仙である。この仙が銀次郎の化粧、衣裳拵《こしら》えの手順をことごとく心得ている、ということは有名であった。その通り仙のまれにみる美しさは銀次郎の腕に頼っている。

その仙が、少し慌てたのだ。自分が知っている化粧手順と違っていたのか?

「銀の露」とは、銀次郎が極大輪の花を咲かせる野生の珍種「花梅」の花びらを原料として、「蘭引《ランビキ》」を用いてつくった花の香りの化粧水であった。また蘭引は磁器製の蒸留用具のことで、銀次郎独自の発想による一種の蒸し器である。これで春先に採取した大量の「花梅」の花びらを何度も蒸して、はじめに濃いものをつくって貯留し、化粧水として用いる際に必要な量だけ薄めて青竹の筒に入れるのだった。

「早くしねえかいお仙。白粉《おしろい》が乾いちまわあな」

「あ、はい。すみませぬ」

仙が目の前にある化粧水の入った青竹の筒を手に取り、中の化粧水を全て器に移した。「花梅」の花の化粧水を青竹の筒に入れると不思議な甘い妖《あや》しい香りがすることを突き止めた銀次郎である。但《ただ》し、余り長い刻限に亘《わた》って青竹の筒に入れておくと、青竹の香りの方が勝ってしまうから〝頃合〟が非常に難しく、この〝頃合〟も銀次郎の秘中の秘であった。

「ごめんなさい」

と謝りながら、仙が化粧水に浸した大刷毛を手渡した。銀次郎がその大刷毛を用いて鼻柱に沿って引いた白粉の線を頬側へ、そして顔の輪郭に沿った白粉の線をも、やはり内側(頬側)へと手早く伸ばしてゆく。

見守る者たちの眼差しが、たちまち「おお……」となった。うっすらと白くなった里の目鼻立ちが、くっきりと浮きあがって、えもいわれぬ薄香《うすかお》りが漂った。

「つぎ、紅上段、中刷毛」

「はい」

銀次郎の手から「銀の露」の香りを漂わせている大刷毛を受け取った仙が、先ほど膝前に移した〝紅三段重〟の、一番上の器の蓋《ふた》を開けた。

中に入っているのは、赤い粘土状のものだった。上・中・下と下の器になるほど粘度は硬くなっている。これは銀次郎が真紅の「曼珠沙華《まんじゅしゃげ》」の花を叩いて、それに布苔《ふのり》を微妙に加減して加えたものであり、「口紅」の紅とは全く別の銀次郎流の「頬紅」だった。

布苔は粗悪なものを用いたり、しかも加え方の〝微妙な加減〟を誤ったりすると、乾燥による罅割《ひびわ》れを生じる。銀次郎はこれの開発の、その点を最も苦労したものであった。

「曼珠沙華」は仏の世界では四華（天上に咲く美しい花）の一つとして知られており、仏陀《ぶっだ》や如来《にょらい》が法を説くとき、大輪の真紅の花が喜びを表し真っ白な花と化して咲く、と言われている。そしてまた、この花には邪《よこし》まなる者（悪）を打ち払う強力な霊力がある、と仏道で説かれてもきた。

そのため、銀次郎の「頰紅」はとくに大名家夫人や玄人すじの女に絶大な人気があった。

だが「頰紅」としてつくれる量はしれている。なにしろ銀次郎ひとりの手間隙《てまひま》でつくっているため、求めに応じ切れない状態が続いていた。

その貴重な曼珠沙華「頰紅」を、銀次郎は前夜、前前夜と深呑みした里に対して用いようとしているのだった。

銀次郎の手にする中刷毛が、さっさっさっと掃《は》き払《はら》うような感じで、里の頰を撫《な》で出した。すると、うっすらと白かった里の頰が、薄紅《うすくれない》色《いろ》に染まり出した。いや、それは単に薄紅色という表現の中には納まり切らない、あでやかさと妖《あや》しさを漂わせる何とも上品な頰の紅の色だった。

「こ、これは……なんと綺麗な」

「本当《ほん》に……」

草右衛門と比呂子は美しく変わった我が娘に、思わず目を潤ませた。

「お内儀《ないぎ》……」

銀次郎が不意に中刷毛を持つ手を休め、比呂子の方を見た。きつい目つきだ。

比呂子が一瞬だが、ギクリとした表情となって銀次郎と目を見合わせる。

「この娘《こ》が見合いの席で着る着物を、ちょいと見せておくんなさい」

「それならば里が居間としている座敷に調《ととの》えてございます……」

「じゃあ、それを衣桁《いこう》（衣紋《えもん》掛け）に掛けたまま、この座敷へ運んでおくんなさい。どうせ私《あっし》が着せて差し上げるんだい。化粧の色合についちゃあ微妙なところで着物の雰囲気を無視できやせんから」

「あ、はい、それではただいま……」

比呂子が頷いて膝を立てようとするよりも早く、一番番頭和六と女中頭スミの二人が部屋から飛び出していった。

仙が小声で「ごめんなさい」と、銀次郎に謝った。見合い化粧をするために使用する座敷へは当日里が着て行く着物を必ず衣桁に掛けて持ち込んでおくように、と銀次郎から前以《まえもっ》て念押しされていた仙である。むろん確《しっか》り者で知られた仙であった、それを内儀比呂子へ伝えることを忘れる訳がない。

娘里の見合いで浮き足立っていた比呂子が、仙から伝えられた事を忘れていたのだ。いま、この場にあってさえ、思い出していない顔つきである。

「小筆……」

「はい」

銀次郎の手に小筆を持たせた仙が、両手で紅猪口《べにちょこ》を持って銀次郎の胸前に左側からそっと差し出すかたちで浮かせた。右側から差し出せば、小筆を持つ銀次郎の右手の動きを邪魔することになる。こういった呼吸は、銀次郎に言われて身につけたものではなかった。仙が、銀次郎に幾度となく化粧をして貰《もら》っている中で、気付いたり自発的に学んだりして身につけていったものだ。

小筆を手にした銀次郎は、里の唇を暫くの間、正面から熟《じ》っと見つめたり、横から眺めて一、二度首をひねったり溜息《ためいき》を吐いたりした。

「これ、里よ……」

重い声で里と呼び捨てにした銀次郎の右手の小筆が、諦《あきら》めたように膝頭の上にまで下がった。

里が「え?」という、どちらかと言えば子供っぽい眼差しで銀次郎を見る。

「昨夜《ゆうべ》の事だがな、『閑談亭』で肉を食ったろうが。一体《いってえ》なんちゅう肉を食ったんだい。猪かい鹿かい。叱《しか》らねえから言ってみな」

「軍鶏《しゃも》と兎《うさぎ》……」

聞いて草右衛門と比呂子はまたしてもがっくりと肩を落とした。これが獣肉ならもっと衝撃を受けていたところだ。

「沢山《たくさん》食べたのかえ」

「はい。沢山……美味しかった」

ぽつりと言った里であった。

洗浄力の強い上質の石鹼《せっけん》や歯磨剤の無かった時代である。銀次郎は美味なる軍鶏や兎肉の脂《あぶら》がしっかりと里の唇の上下に残っていると捉《とら》えたのだ。このことは、見合いの席で出される軽い飲食などで、せっかく綺麗に塗った口紅が襤褸《ぼろ》切れのように醜く斑《まだら》状に剝《は》げ落ちる恐れがあることを意味していた。

誇りをもって「拵屋」稼業に打ち込んでいる銀次郎にとって、それは本意ではない。面白半分にやっている仕事ではないのだ。

「お仙よ、すまねえが先ず里の上唇を両手で左右へ引っ張り伸ばしてくんねえ。

軽くでいい」

「判りました」

「こっちへかしな、紅猪口をよ」

「はい」

仙は紅猪口を銀次郎の手に預けると、里に近寄って前傾姿勢でその上唇を軽く左右へ引っ張った。

銀次郎はというとひとまず、という感じで紅猪口を横へ置いて、再び曼珠沙華の〝紅三段重〟を膝前に引き寄せた。そして小筆を用い里の上唇へ、曼珠沙華「頬紅」を塗り出したではないか。

「銀次郎先生……」

内儀の比呂子が心配そうな様子で、遂に銀次郎の名に〝先生〟を付けた。先生と呼ばれて思わず眉《まゆ》をひそめた銀次郎であったが、返事をせずに黙っていた。〝先生〟が不快なのであろうか。比呂子が遠慮がちな調子で訊《たず》ねた。

「頬紅を唇に塗っても、娘の唇が気触《かぶ》れる心配はありませぬか」

「気触れる心配があるようなものを、これから見合いをなさいやす娘さんの唇に塗ったりするもんですかい」

やんわりとした調子で返すきつい目つきの銀次郎であった。草右衛門が「これ……」といった感じで怖い顔を拵え女房の腕《かいな》をポンと叩き、比呂子が「す、すみません」と目尻を下げ肩をすぼめた。

仙が美しく微笑《ほほえ》みながら、しかしピシャリとした口調ではっきりと言った。

「銀次郎さんの白粉にしても頬紅にしても口紅にしても、みな独自に作ったものですから何十回、何百回となくご自身が納得できるまで試し塗りをしておられますからね……大丈夫ですよ」

言われて比呂子がもう一度、「すみません」と漏らして頷いた。

二

銀次郎が仙に手伝わせて里に用意されていた高価な着物を着せ終えてホッとしたとき、それを待ち構えていたかのように女中頭のスミが「銀次郎先生、お仙さん。客間の方で一息ついて下さいませ」と声高に告げた。

「そうかい。じゃあ遠慮のう一息つかせて貰いましょうかい」

と、銀次郎は仙を目で促して腰を上げ、比呂子を見た。

「それからねい、お内儀におスミさん。『銀次郎先生』というのは止めておくんない。腹の内では私《あっし》のことなんぞ〝先生〟とは思っちゃあいなさらねえだろうから、銀次郎でよござんすよ。以後、そうしておくんない。宜《よろ》しいですねい」

銀次郎は突き放すように言い置いて、さっさと廊下に出た。客間が何処にあるかは、この大商家へ訪れた際に一番に通されて茶の馳走《ちそう》に与《あず》かっているから心得ている。

婚礼や見合いの化粧に際しては、その前二日間は絶対に断酒と断脂（油ものを摂らない）、それが銀次郎流化粧の習わしになっていた。それを前以て里と両親に対し告げてあったにもかかわらず、裏切られた銀次郎であり仙であった。裕福な大商家で何不自由なく育てられた里の呼気は時おりだが酒臭《くさ》く油臭くさえもあって、銀次郎の不満は大きかった。馬鹿にされている気さえしていた。もともと竹を割ったような真っ直ぐで正直な気性の銀次郎である。とくに交わした約束事を破られることを嫌った。

銀次郎は客間の前の広縁《ひろえん》にしゃがみ、仙は座敷に入って脚に彫りのある贅沢《ぜいたく》な座卓の前にきちんと正座をした。座卓という物が人人の日常生活に本格的に登場するのは、もっと時代が下がってからである。ましてや庶民《しょみん》にとっては高嶺《たかね》の花だ。時代は、うんと下がらねばならない。それだけに老舗「京野屋」の財力が知れようというものであった。

銀次郎と仙の後に付き従ってきた女中頭のスミが、立ったまま困ったような顔で銀次郎を上から眺め、そして救いを求めるような眼差しを仙へ向けた。

「銀次郎さん、こちらへいらっしゃいな。おスミさんが困っていますから」

仙に言われて、手入れのされた美しい庭を眺めていた銀次郎が、面倒臭そうに立ち上がった。スミが安堵の表情になる。

午後の燦燦《さんさん》とした日差しが、座敷の半ばまで射し込んでいた。

座卓の上には既に酒と料理が載っていた。いくら四百石旗本・山野家から強く求められた縁談《えんだん》とはいっても、この見合いがうまく決まるかどうかはまだ判らないというのに、料理には小さな紅白饅頭の祝い小皿が付いている。

「色色と御不快なことがございましたようで、誠に申し訳もございません」

スミが銀次郎の傍に今にも泣き出しそうな顔で座り、三つ指をついて深深と頭を下げた。

「お前さんが謝ることはねえやな。あの娘《こ》には両親の甘やかしが悪いかたちで出ているねい。まったくよ」

「でも銀次郎先……いえ、銀次郎さん。ご両親の甘やかしばかりとは言えないのでございますよ」

「ん?……どういうこってい」

「実は、お嬢様は十歳の頃まで、私が色色と面倒を見て参ったのでございます」

「つまりおスミさんが日常的面倒を見、かつ教育をもしてきたと言うのかえ」

「学問をお教えできる程の力は貧しい百姓の家に生まれた私にはありません。けれども、この『京野屋』で働くようになった時から、礼儀作法とか道徳とか茶道とかについては大旦那様（隠居の文左衛門八十歳）から、厳しく教わってきました。……夕食後の殆《ほとん》ど毎日、百姓出の無学な私のために、半刻《はんとき》（一時間）の授業時間を設けて下さいまして」

「ほほう、そのような事があったのかえ。そいつあ立派だねい、ご隠居さんてえ人はよ」

「銀次郎さんは御存知でいらっしゃいましょうか。大旦那様は曾《かっ》て、ご老中ご支配下の勘定吟味方に属しておられた有能なお侍様でいらっしゃいました」

「うむ。詳しくは知らねえが仙からチラリと聞かされてはいる」

「でございますから、奉公人の躾《しつけ》には大層厳しかったのでございます」

「判ったよおスミさん。もう、そこ迄でいい」

銀次郎はそう言いながら、スミと目を合わせて頷いてやった。

仙が黙って徳利を手に取って、銀次郎の盃に注いだ。

「銀次郎さんの好きな熱燗《あつかん》になっておりますよ」

「そうかえ」

銀次郎は一気に呑み干して満足そうに「うまい」と目を細めた。銀次郎が熱燗好きであることは仙がスミに伝えてあった。この点はお互いに意思の疎通がうまくいっていた。

「お仙、もう一杯だ……こたえられねえ」

銀次郎に求められて仙がスミの方を見て、「よかったわね」という感じで微笑んだ。

と、ゆっくりとした足音が近付いてきて、開放されている障子《しょうじ》の左側の障子溜まりに、ほっそりとした人影が映った。

「大旦那様でございます」

スミが誰に対してという訳でもなく呟《つぶや》いて腰を上げ、廊下に出た。

その通り、隠居の文左衛門だった。もと勘定吟味役配下の凄腕隠密勘定調査役と言われるだけあって、老いて痩《や》せた体つきながら、しゃんとした気風を表に出している顔つきだ。

その文左衛門が座敷に入ってくるなり、銀次郎の前に正座をして両手をつき、

「銀次郎さん、本当に全く申し訳がございません」と、頭を下げた。

「見合いを控えた孫娘が、その前日、前前日と顔に脂が浮き上がって化粧付きに支障が生じるほど深酒をしていたとは、この文左衛門、知りませなんだ。どうかこの年寄りを許して下され」

「なあに。ご隠居が謝ることなんぞ、ござんせんよ。聞けば先方の御嫡男様は強くお嬢さんをお求めになっていらっしゃるとか。この見合いは易易《やすやす》と決まりやし

ょう」

「いや、そう簡単にはいくまい、と儂《わし》は見ておりますのじゃ銀次郎さん」

「え?……と仰《おっしゃ》いますと?」

「此度《こたび》の見合い相手の御小姓衆山野家というのは、奥方が大層気位の高い厳しい御性格で知られておりましてな。自分の息子の嫁となる女については徹底的に調べましょう。表現は悪いが、油断はなりませぬ」

「言葉を飾らずにお訊《き》き致しやす。お孫さんの……お里さんの道徳的な面から見た日常的行ないは如何《いかが》なのでござんやすか?」

「それが……祖父である私の目から見ても問題があり過ぎるかと……」

「ご隠居はかつては、見識のお高いお武家であったと伺っておりやす。お里さんに対してきめ細かな教育はなさいませんでしたので」

「いやあ、もう、この年寄りの出る時代じゃございませんよ銀次郎さん。嫁がですね、嫁の比呂子がそう言うのでございますよ。里は私の娘です、十歳の頃まではスミに任せてきた里の教育は、母親である私《わたくし》が責任を持って致します、とねえ」

「教育に、時代が違うもへったくれも、あるもんですかい。教育の根《ね》っ子《こ》ってえのは時代が何十年、何百年流れ過ぎようが、色も香りも形も変わりゃあ致しませんよ」

「まったく本当にその通りでござんすよ御隠居様。私《あたし》もつくづくそう思っております。華やかな夜の社交の世界で、さまざまな大商人、大身お旗本、お大名家の要人の方方《かたがた》を見てきておりますこの仙も、心からそう思います」

仙が横から、そう口を挟んだ。

「こ、これはどうも……お仙さんのような立場の女性《ひと》にそう仰られると、うーん、いやあこの年寄りの胸に重く響きますですなあ」

なんとまあ隠居を長くやっていると、もと武士もこんなに蒟蒻《こんにゃく》みてえにくにゃくにゃと優《やさ》しくなってしまうものなのかねえ、と銀次郎は温かみのある苦笑を覗《のぞ》かせた。

かつては隠密勘定調査役であったとか言う隠居の文左衛門を、銀次郎はすっかり気に入り始めていた。

その文左衛門が遠慮がちに、だが、にこやかに言った。

「銀次郎さん、お仙さん。今日の御礼についてはのちほど倅《せがれ》草右衛門にきちんとさせまするが、これはこの隠居からの心ばかりのものと、受け取って下さらんですか。草右衛門にはひとつ内緒《ないしょ》になあ」

懐《ふところ》から袱紗《ふくさ》に包まれた二つの物を、座卓の上、銀次郎と仙の前へ頭を低くしながら置いた。一つの袱紗の中にはおそらく二十五両が、と銀次郎にも仙にも判る包みであった。

銀次郎が（ご隠居はそんなに気をお使いにならなくっても……）と言いかけるよりも早く、仙が「これはまあ、有り難うございます。それでは遠慮のう頂戴《ちょうだい》いたします」とさらりと告げて、袱紗の包みを二つとも懐の中へと納めた。さすがは「神楽坂の黒羽織姐さん」で知られた美貌の仙であった。その流れるような自然な仕種《しぐさ》と美しい笑みは〝絶品〟で、一点の不快さも覗かせていない。

〝気風《きっぷ》よく頂戴する〟という何とも言えない呼吸のよさに、文左衛門は嬉《うれ》しそうに目を細め頷いてみせた。

「お二人は仲がおよろしいですな。もう長くお付き合いをなされておられますので？」

「私《あたし》が銀次郎さんに、お化粧、着つけ、着物地から髪飾、履物に至るまで、女が綺麗になるための何もかもをお願いするようになって、もう随分《ずいぶん》になります。でも二人とも常に表面だけのお付き合いを心掛けているのですよ」

「表面だけのお付き合いと申しますと、どのような?」

「たとえば私《あたし》は銀次郎さんの住居《すまい》を知りませんし訪れることも致しません。銀次郎さんも私《あたし》の住居《すまい》はもとより日常の私生活がどうなのか全くご存知ではありません」

「へえ、それはまた……」

「だからこそ長く表面だけのお付き合いができているのです」

「しかし、拵え仕事の色色なことについて依頼したり相談したりするについては、どちらかが住居《すまい》を訪ねないことには……」

「いいえ。ちゃんと間に立つ御人《おひと》がいらっしゃるのです。つまり窓口となる御人《おひと》です。その窓口を通さないことには、銀次郎さんは決してウンとは首を縦にお振りになりません。此度は草右衛門様が呉服商組合の宴会などで私《あたし》を度度《たびたび》ご指名下さる縁もありまして、『京野屋』さんと銀次郎さんとの間を私が取り持ちましたけれど、それでも窓口の御人には、ちゃんと筋を通してございます」

仙がさらさらと述べたことには「事実」と「方便」と「目眩まし」が適当に入り混じっていた。〝夜の女〟が得意とする話し様だ。男女の勝手な噂をつくられては困るからである。

「そうでしたか。そういう手順というのがございましたか……」

「そうしないことには誰も彼もが勝手に銀次郎さんの所へ直接なだれ込んで、収拾がつかなくなりますもの」

「なるほど、なるほど。銀次郎さんの近頃の爆発的な〝拵え人気〟を思えば、確かにきちんとした依頼の手順は必要ですなあ」

「ええ、左様でござんすよ、ご隠居さま……」

仙はにっこりと頷くと、まだ口をつけていない自分の盃を手に取って文左衛門に差し出し、「どうぞ……」と促した。文左衛門が「え？……」という顔つきで、その盃を受け取る。

「これはまた、お仙さんのように名の知れた美しい御婦人に酌をして戴《いただ》けるとは……夢のような」

文左衛門は老いた顔を尚のことくしゃくしゃにして、さも嬉しそうに盃を両手で支えるようにして仙の方へ上体を傾けた。

その老人を見守る銀次郎の眼差《まなざ》しは、あたたかであった。

三

草右衛門・比呂子夫婦、文左衛門、そして里の四人を乗せた法仙寺駕籠《ほうせんじかご》四挺《ちょう》が、大番頭、手代らを従えて店前を発《た》つのを見送った銀次郎と仙は、どちらからともなく目で促し合うようにして、「京野屋」の前から離れた。

「今日は本当にご苦労様でございました」

留守番を預る一番番頭の和六、四十三歳が、銀次郎と仙の背中に追いつくようにして丁重に御辞儀をした。

「留守番をしっかり致しなせえよ」

銀次郎は立ち止まって和六にそう言い残すと、法仙寺駕籠の後を追うかたちで、仙と二人ゆったりとした足取りで歩いた。法仙寺駕籠というのは町民用の駕籠としては最上のものである。これに乗る場合は、むろん町民であっても〃正装〃が求められるほどの駕籠だ。

黒塗りや春慶《しゅんけい》塗りを駕籠の屋根や、四囲の張り板に格調高く塗り施した法仙寺駕籠は、武士が乗ったとしても、少しも遜色《そんしょく》が無い。

銀次郎と仙の前を行く法仙寺駕籠が、通りの角を左手へと曲がった。

「ねえ、銀次郎さん」

「ん？」

「よかったら、少し呑みませんこと。『京野屋』さんでは、呑んだ気分にならなかったでしょうに」

「そうよな。この界隈の居酒屋だと……」

「此処からだと私《あたし》の住居《すまい》が近《ちこ》うござんすから、銀次郎さん、お嫌《いや》でなければ其処《うち》で……」

「お？　いいのかえ。長い付き合いだが、お互い我が身のことについては何一つ詳しく打ち明けちゃあいねえ間柄なのによ」

「深みにさえ嵌《は》まらなきゃあ、世の中、騒いじゃあくれませんから……心配しないで」

「違《ちげ》えねえ。じゃあ、さらりとした気分で訪ねさせて貰おうかい」

「吹けば飛ぶような古家でござんすから、驚かないでおくんなさいましよ」

「べつに家を肴《さかな》に酒を呑む訳じゃあねえやな。そうだ、この先に鮮魚の『魚留《うおとめ》』がある。留公《とめこう》に頼んで活きのよいやつを何尾か見繕《みつくろ》って貰おうかえ」

「まあ、何尾もなんて、食べ切れやしませんよう」

「任せておきなせえ。肴のことはよ」

銀次郎はそう言うと、仙の背に軽く手を当てて促し足を少し速めた。

「よっ、お二人揃《そろ》って、これからかえ」

道具箱を肩に仕事帰りらしい職人が、二人に声を掛けざま擦れ違って走り過ぎる。

「一日ご苦労様……」

振り返って、すかさず返す仙に「有《あ》り難《がと》よ……」と前を向いたまま答えて遠ざかってゆく職人だった。日本橋、神田、浅草界隈では今や、銀次郎と仙の名と顔を知らぬ者はいない。とくに仙は、銀次郎の拵え仕事の相方とまで囁かれている。

だが、二人が肩を並べて歩いているからといって、色艶《いろつや》の眼差しで眺める者などはいない。仙は夜の社交界で諸大名や大身旗本が認める輝ける存在であったし、その仙の化粧から着つけ、帯、足袋《たび》、履物そして髪型に至るまで銀次郎が面倒を見ていることを、誰も彼もが知っているからだ。いい意味で、仙は相方以上の相方なのだ。

「今夜は、お見合い化粧のお手伝いで、久し振りに『蔵前屋』の女将さんから、お休みが戴けましたよ。銀次郎さんとゆっくり呑めそう。このお仙ちゃん、なんだか、うきうきと致します。ふふふっ」

「蔵前屋」とは、仙が籍を置く江戸では知らぬ者がない上流置屋のことだった。しかもこの「蔵前屋」、料亭も併設する上流の中の上流ときている。したがって料亭や料理旅館、大名邸、大身武家邸、大商家などでの直《じか》の宴しか対象としていない。

遊郭との付き合いはなかった。

「夜の社交界で天女とも月姫とも言われているお仙に、そう言って貰えると、俺も嬉しいやな」

「本当《ほんと》？」

「ああ、本当《ほんと》……」

半町も行かぬ先右手に軒屋根へ上げた「魚留」の大きな看板が見えてきた。このところ急成長が著《いちじる》しく今や押しも押されもせぬ大店になっている。店先での直売や配達売りに加え、問屋卸《おろし》も手がけ大繁盛だ。

店前で額にねじり鉢巻の三十前後の男が、てきぱきとした動きで鮮魚を並べる店先の台を片付けている。鮮魚専門店の「魚留」は、秋から早春までの寒い季節が稼ぎ時だ。四月中旬頃からは次第に、半干物《はんかんもの》から干物《ひもの》へと取って替わる。

「主人《あるじ》が自ら、もう店終《じま》いかよ留《とめ》公」

「やあ銀ちゃん。まだ九月だというのに今日は妙に秋冷えがきついんで、もう終りにして奉公人たちを休めてやりてえのさあ。うちは体力仕事だからねい。銀ちゃんもお仙さんもひとつどうでい。ちょいと俺《おれ》ん家《ち》で一杯やっていかねえかい。新鮮な烏賊《いか》刺しを存分に振る舞うぜい」

「でも留吉さん、二人目の赤ちゃんが生まれたばかりだと言うじゃないのさ。お女房《かみ》さんを大事になさいな。今日は遠慮しときますよ。銀次郎さんも拵え仕事でちょいと疲れていなさるから」

仙が銀次郎に代わって、微笑みながら答えた。

「そう言やあ今日は魚留《うち》の御得意さんでもある『京野屋』のお嬢さんの、見合い拵えがあったんだってなあ。可愛い顔してよく遊び回る娘《こ》で知られているが、しかし気性の悪い娘《こ》じゃあねえ。店前を通るとき、『留の兄ちゃん、赤ちゃん元気ですか』なんてえやさしい笑顔で声を掛けてくれるしよ」

「ほう……」

「まあ……」

銀次郎と仙が思わず顔を見合わせたとき、店の奥から元気な赤ん坊の泣き声が聞こえてきた。

「行ってやんな留」

「そうかえ銀ちゃん。じゃあ近い内にやろうや」

盃をグイッと呑み干す真似をしてみせた留吉に「心得た……」と銀次郎は応じて、仙を促した。留吉が小慌てに店の奥へと駆け込んでゆく。

「ふん。いい父親になりやがったい」

「銀次郎さんも早く、女房《かみさん》を貰いなさいよ。ハイと手を上げたい娘《こ》が私の身近に沢山いましてよ。紹介してあげる」

「面倒くせえやな。独り暮らしが最高よ」

「勿体《もったい》ないこと」

仙は流し目を銀次郎に送って笑った。

「考えてみると、私《あたし》は銀次郎さんの事を、殆ど知りませんわねえ」

「付き合いが長い割にはなあ。尤《もっと》も、自分の事を余り話さねえのはお仙も同じだがよ。だから家を訪ねていいもんかどうか……本当にいいのかえ」

「覚悟を決めて、お誘いしましたのさ。そろそろいいかなっと」

「なんだかゾクリとくる台詞《せりふ》じゃねえかい。背中に寒気が走ったい」

「おや、嫌になりなすったのですか」

「いや、行く」

銀次郎は温かな眼差しで仙を見つめた。

「神楽坂の黒羽織姐さん」なんぞと呼ばれ、美貌でも教養でも群を抜いていると評判の仙であったが、「まい夜、まい夜、大変な苦労を重ねているんだろうに……」と、理解している銀次郎だった。

華やかな夜の世界に生きる美しい蝶《ちょう》ではあっても、一刻一刻がおそらく真剣勝負だろう、と銀次郎はこれまで眺めてきた。とくに誇り高い大名家とか大身武家での宴となると気骨が折れる。こちらの言葉調子ひとつで、気分を斜めにしてしまう相手ばかりなのだ。

「銀次郎さん、西の空が、ほら……」

「おう、綺麗な夕焼けが広がり出したなあ。あの茜色《あかね》が見合いの座敷に射し込むんじゃねえかと想像して、打ち込んだ化粧拵えだい。そろそろ両方の家族が座敷に集まっている頃だろうよ」

「そうですねえ。化粧拵えで銀次郎さんが額に小汗を浮かべたのを、私《あたし》は初めて見ましたよ。とても怖い目つきだったし」

「お里があれほど強く肌で呼吸《いき》をするとは思わなかったい。少し慌てたかねい」

「肌で呼吸《いき》を?……どういう意味ですの」

「肌から脂や水分が滲《にじ》みあがってくる、それの強い弱いを言うのさ。あの子は、夜をきっちりと覚えると相当に激しいぞ、お仙」

「ま、冗談がきついですよ銀次郎さん。あ、次の小路の辻を右に折れて直ぐが私《あたし》ん家《ち》です」

「なんだかゾクゾクしてきやがったぜ、お仙。大きな秘密にお目に掛かれるようでよう」

「嫌ですよう、もう」

銀次郎の腕《かいな》を、ポンと叩いた仙の表情は明るく、どこか嬉しそうだった。

小路の辻に二人は差し掛かった。西の空の夕焼けが濃さを増して、どの町家《まちや》の屋根も壁も紅色に染まり出していた。

「あの家ですよ」

小路の辻を右に折れたところで、仙が指を差してみせた。

四

貧乏長屋の塀に左右を挟まれている小路の突き当たりに、古い二階建があった。

二階の夫婦窓《みょうとまど》（連双窓とも）が、訪れる者を出迎えるかのように、こちらを向いている。

「古いがなかなか雰囲気のある感じのいい二階家じゃねえかい。お仙に似合った家だあな」

「そうですかねえ。もう少し広くて新しい二階建に住みたいのだけれど、猫の額ほどの小庭に実《み》なりのよい柿の木があって気に入っているし、『魚留』まで近い便利さもあって、動けませんのさ」

「この辺りだと、八百屋もあるし酒屋もあるし頼りになる自身番屋も近いじゃねえかい。確か医者も近い筈だ。便利さを大事にしねえ。大家《おおや》の人柄はどうなんでい。お前《めえ》に舌なめずりしそうな、いやらしい奴なのかえ」

「とんでもない。六十をこえた品のいい御年寄りでねえ。まるで善人を絵に描いたような人ですよう」

「じゃあ文句はねえやな。善人な大家なら言うことはねえ。此処《ここ》を大事にして住み続けねえ」

「そうだねえ。そうしようかねえ。さ、入っておくんなさいな銀次郎さん」

袖《そで》の中から鍵《かぎ》以外には見える筈《はず》のない鉄製の黒い小さな棒状の物を取り出した

仙が、それを全面格子となっている引き戸の鍵穴に差し込んでひねり、カラカラと音を立てて引き開けてみせた。

「へえ……木車を嵌め込んだ格子戸とは洒落《しゃれ》ているねい。それに町家《まちや》には珍らしい錠前付きの表戸ときているじゃあねえかい」

「夜仕事《よるしごと》の女なのでね、用心が欠かせないのでござんすよ銀次郎さん。大家さんに無理を言って、木車もわざと乾いた音が鳴るようにして戴きましたのさ」

「うん、それくらいの用心は要《い》るだろうぜい。なにしろお仙は飛び抜けて別嬪《べっぴん》だからよ」

「ま、そのお口上手でこれ迄に幾人の女を泣かしてきたのでござんすか」

そう言い言い格子戸の内へ入っていく仙のあとに、銀次郎は従った。

全面格子の引き戸を表の玄関と呼ぶとすれば、石畳を踏んで三、四間《けん》先の、障子紙を張って内側を見えないようにした矢張り全面格子の引き戸は内の玄関とでも称すればよいのであろうか。

仙がその内の玄関の格子戸を開けると、上がって直ぐの板の間から左方向へと走っているらしい廊下に、幼子だなと充分に想像できる、小走りにやってくるトコトコという足音がした。

その足音を耳にして、銀次郎の表情が思わず「ん？」となる。

続いて「これ、きみ(紀美)ちゃん走ってはいけません」という、若くはないと判る女の声が奥の方であった。

「いい子にしていましたかあ」と言いながら仙が草履《ぞうり》を脱いで上がり框《かまち》に上がったとき、小さな姿が廊下口に現われた。女の子だ。三歳と少し、という辺りであろうか。

仙が、その子を抱き上げて、玄関に立ったままの銀次郎の方へ向き直る。

「これはまた。何とかわいい……」と、銀次郎は目を見張った。

「ひとり娘なの銀次郎さん……紀美といいます」

仙は、そう言ったあと、「紀美」という漢字について銀次郎にさらりと告げた。

「そうだったのかえ仙。こんなに可愛い子がいたのかえ」

「ええ。母ひとり娘《こ》ひとり……抱いてやって下さいましよ。父親のいない、この娘を」

「いいともよ」

銀次郎は上がり框に上がって板の間へと一歩踏み入り、紀美に両手を差し出した。

するとで紀美が笑顔を拵えて、銀次郎に両手を差し出したではないか。他人見知《ひとみし》りをしない。

銀次郎は、がっしりとした胸の内に紀美を抱いてやった。幼子はにこにことしている。

奥から姿を見せた初老の女も、幼子と銀次郎を見守って笑顔であった。仙にも幼子にも、その女《ひと》の顔立ちに似通った点が無いところをみると、「子守り」とか「乳母」といったところなのであろうか。相手をチラッと見て、銀次郎は勝手にそう判断した。

「お兼《かね》さん、名は知っているでしょ。この御人が大江戸の数多《あまた》の女たちにその名を売っている拵屋の銀次郎さんよ」

「まあ、この御方が……そうでございますか。紀美ちゃんの子守りを引き受けております神田須田町のなめくじ長屋の兼でございます」

兼が丁寧に腰を曲げた。その作法を見ただけで、どうやら善人らしい、と判って安心した銀次郎であった。

「銀次郎でござんす。お兼さんは、もう長くこの子の面倒を？」

「はい。紀美ちゃんが、生まれて直ぐの頃からです」

「そうですかい。確《しっか》りと面倒を見てやっているようでござんすね。この子の笑顔で、そうと判りやす。とてもいい子だ」

銀次郎はそう言うと、自分の頬で幼子の頬を軽く撫でるようにして触れたあと、兼の胸に紀美をそっと抱かせた。

仙が言った。

「銀次郎さん、私《あたし》の居間へお通《とお》り下さいましな。狭い家でござんすけれど」

「うん、お邪魔させて貰うよ」

「熱燗《あつかん》？　それとも冷酒《そのまま》で？」

「冷酒《そのまま》で構わねえ。有り難うよ」

冷蔵庫が無く、氷もままならないこの時代の冷酒《ひや》とは、熱燗としない〝そのまま〟の酒を指している。尤も、真冬になると、本物の冷酒《ひや》に不便はしない。

銀次郎は、あの子の父親は何処の誰？　などと無粋なことは訊かなかった。

そこは夜の社交界でも顔を売っている、良い意味で海千山千の銀次郎だ。

銀次郎は仙の後に従って、廊下の突き当たりの座敷へと入った。

小庭に面した簡素な印象の部屋であった。江戸市中にその名を知られた美貌の黒羽織の姐さんの部屋とは思えない、飾り気の殆ど無い質素な座敷だ。銀次郎は「へえ……」と思った。思いはしたが、拵え仕事を通じて長いこと付き合ってきた仙の気性は判っていたから、さほどの驚きではない。

しかし銀次郎は、仙は年に少なくとも五、六十両は稼いでいるだろう、と見当をつけることが出来る。その稼ぎからすると、つつまし過ぎると見える仙の住居《すまい》だった。

「ね、此処に座って下さいましよ」

銀次郎の袖口を引くようにして、仙が床の間を背にした長火鉢の前に「ね、此処に……」と座らせた。姉が年の離れた弟を座らせるような感じだ。

「庭の柿の木に、綺麗な小鳥がよく飛んできますのさ。その小鳥を相手に少しお待ちになって下さい」

「心得た。慌てなくってていいぜ」

ええ、と頷いて仙は座敷から出ていった。自分の住居《すまい》であるというのに、その動きの小さな一つ一つが実に洗練されていて美しい。銀次郎はそう思った。

だが、銀次郎のゆったりとした気分は直ぐに破られた。

「姐さん、お仙姐さん。銀ちゃんはこちらですかい」

表口ではなく裏手あたりで大きな声があって、勝手口を叩いているらしい慌ただしい音がした。

「はいはい、いま開けますよ。その声は『魚留』さんですね」

とすかさず兼の声が応じた。なかなか機敏だ。

「へい。『魚留』の留吉でござんす」

留吉と聞いて銀次郎が立ち上がったとき、仙が座敷に戻ってきた。台所仕事をする積もりだったのであろう、既に襷《たすき》をきりりと掛けている。

「銀次郎さん。勝手口に留吉さんが見えているようでござんすよ」

「うん、聞こえていたい。何事かあったような、慌て方だな」

「ええ。さ、勝手口は、こちらから……」

「すまねえ」

仙の後に従って銀次郎は勝手口へと向かった。

留吉は、結構な拵えの竈《かまど》が大小二つ並んでいる台所の土間に、もう通されていた。

「どうしたい留。えらく慌ただしいじゃねえか」

「あ、銀ちゃん大変だ。殺《や》られたよう、斬《き》られちまったよう」

「なに、斬られただと、誰が誰にでい」

「八丁堀の旦那（奉行所同心）も目明しの親分さんたちも、いま現場へ突っ走って大騒ぎだ」

「それはいいから、誰が誰に斬られたかを先に言いねえ」

「斬られたのは『京野屋』の御隠居文左衛門さんだい。下手人はよう……」

銀次郎は、文左衛門の名を聞くや否や、ひとり素足《はだし》のまま勝手口から飛び出していた。

留吉が「……下手人はよう……」のあとを、話す間もない速さだ。

四百石旗本山野家の嫡男英房と「京野屋」の娘里との見合いの場所は、神楽坂の一流料亭「大吉《だいよし》」と銀次郎には判っている。さして、遠くはない。

銀次郎は、小路から小路へと近道を抜け、眦《まなじり》を吊り上げて走った。ザックリと袈裟《けさ》斬りにされた文左衛門の悲鳴が、脳裏に響きわたっていた。

五

その惨劇の場所は、料亭「大吉」へ行くまでもなかった。

茶問屋「掛川屋」と老舗菓子屋「桐屋」が向き合っている四ツ辻の向こうに、尋常でない人だかりがあって、目明しとその下っ引きたちが「離れて離れて……」と、野次馬たちに怒鳴り散らしている。

その人だかりの中へ銀次郎は「ごめんなすって……ちょいと通しておくんない」と割って入った。

強引に人だかりの前まで出た銀次郎は、「うぬっ」と呻《うめ》き歯を噛み鳴らしてしまった。どういう訳でか気が合《うま》って幾度となく割前勘定《わりかん》で盃を交わしている南町奉行所の筆頭同心真山仁一郎《まやまじんいちろう》がしゃがんでいる前に、ひと目で息絶えていると判る血まみれの文左衛門の骸《むくろ》が横たわっている。

そのほかの「京野屋」の者たちの姿は、あたりに見当たらない。

「真山様……真山の旦那」

銀次郎は控え目に声を掛けた。真山仁一郎はその手腕と人柄を見込まれて、つい最近次席同心から筆頭同心へと昇格していた。

真山筆頭同心が銀次郎の方を見て「お……」という表情を拵えて立ち上がり、手先を小さくひと泳がせして手招いた。

銀次郎は険しい表情のまま、真山筆頭同心に近寄っていき、軽く頭を下げた。

が、視線は文左衛門の骸に向けられている。

「なんでえ銀次郎、お前《めえ》……素足《はだし》じゃねえか」

「へい、慌てて飛び出したもんで」

「今日は『京野屋』のひとり娘、里の見合いの日だったらしいな。お前《めえ》が拵え事を一手に引き受けたと言うじゃねえか」

真山の声は辺りを憚《はばか》って低かった。

「はい、化粧や衣裳など拵え事の全てを、私《あっし》が引き受けさせて戴きやした」

と、銀次郎も小声で答えた。

「よりによって、お前《めえ》が拵えをなあ」

「見合いは夕七ツ頃（午後四時頃）からと聞いておりやしたが、皆さん余裕をもって少し早目に店を出られたのでござんす。それが真山様、こんな事になろうとは」

「無事だった家族も駕籠かき達も直ぐ其処《そこ》の自身番屋で、青ざめてがたがた震えている。里などは歯の根が合っちゃあいねえ。よかったらちょいと覗いてやんねえ」

「いや、今日のところは、私《あっし》は近付かないように致しやしょう。素足《はだし》でもありやすしね。それよりも真山様、下手人を見た者は誰ぞいやせんので？」

「いる……余りに怯《おび》えがひでえんで、いったん店《たな》へ帰《けえ》したんだがよ」

「えっ、いますので……」

「おうよ。この界隈では誰彼によく知られている鮮魚屋『魚留』の、音三《おとぞう》という小僧だい。頼まれていた鮮魚を料亭『大吉』へ届ける途中だったらしい」

「じゃあ、はっきりと下手人の姿、顔を見ておりやすので？」

「いや、それが、そうではないのだ。恐ろしいほど一瞬の出来事だったらしくてな、文左衛門は悲鳴をあげる間もなく斬り倒されたというのだ」

「しかし真山様。文左衛門さんは駕籠に乗っていた筈でござんすが」

「その駕籠から降りてな、手土産を求め菓子舗『桐屋』へ近付いて行きつつあるところへ、一人の侍《さむれえ》が風のように走り込んできて、まるで稲妻が光ったかのような凄い一撃で文左衛門を斬り倒した、と音三は言うのだ」

「どうやら居合でござんすね、真山様」

「俺もそう思う。周囲に幾つもの目がある中で、あっという間に目的を達して姿を消してしまうなんざあ、並の腕じゃあなさそうだぜ」

「仰る通りでござんすよ。相当な凄腕だと思いやす」

「うむ」

「それ程の奴なら、目的を達する瞬間に、誰が自分の方を真っ直ぐに見ていたかを把握しているかも知れやせん」

「だとすると、音三が危ないぞ。いや『魚留』そのものが危ないかも知れねえ」

「それに致しやしても真山様。なぜ『京野屋』の御隠居が狙《ねら》われなきゃあならねえんでしょうか」

「判らぬ。調べはこれからだ。見合い相手の家への手土産を求めて、駕籠を降りてしまったことが運の尽きだった、と言えなくもない。この見合いは、流れたな銀次郎よ」

「まったく許せねえ下手人でござんす。随分と前に隠居生活に入った年寄り一人を一体《いってえ》何の目的があって……」

「商いの上で大きな諍《いさか》いがあって、その鬱憤《うっぷん》を『京野屋』の主人《あるじ》ではなく、隠居を消すことで晴らした、とも考えられるなあ。どこぞの浪人を金で動かしてよ」

「ええ、まあ……『京野屋』の今日《こんにち》に至る商いの拡大には、かなり強引な無理押しの部分もあった、という噂《うわさ》が無きにしもあらず、でござんすから」

「それは俺も耳にしている……」

「私《あっし》は音三に会って、事件が生じた瞬間のことを訊《き》いてみたいと思いやすが、会ってもよございましょうか真山様」

「構わねえよ。そのかわり、と言っちゃあ何だが、音三が若《も》し何ぞ思い出したような事を喋《しゃべ》ったなら、俺の耳へも必ず入れてくれ」

「勿論《もちろん》でござんす」

「銀次郎はこの大江戸では、町方役人よりも顔が広いんだい。とくに宵待草《よいまちぐさ》(夜の社交界)におけるお前《めえ》の顔の広さや信頼度についちゃあ、俺たちはお前《めえ》の足元にも及ばねえ。だからよ、自由に嗅《か》ぎ回ったり調べ回ったりしても構わねえから、とにかく何ぞ摑《つか》むようなことがあったら素早く俺に知らせてくれい。ひとつ頼む」

「承《うけたまわ》りやした。お約束いたしやす。ちょいと骸《むくろ》を見せて戴《いただ》きやす」

「おう……」

「ごめんなすって」

銀次郎は腰低くしいしい真山の前へ回り込むと、骸の脇《わき》にしゃがんで、切創線に指先を触れてそっと開いてみた。手馴《てな》れている。

文左衛門は下から上へと逆袈裟《ぎゃくげさ》に斬《き》られていた。それも刃《やいば》は皮膚の下深くをザックリと抉《えぐ》るようにして走っていると銀次郎には判った。

(まさに、一刀のもと……だな。免許皆伝級という生易《なまやさ》しい腕じゃあねえぞ、こいつあ)

銀次郎は、下手人は「必殺」を狙って文左衛門を殺《や》ったのだ、と理解した。

文左衛門はまだカッと両眼《まなこ》を見開いたままで、その老いた皺《しわ》深い顔は無念そうである。おのれっ……という顔つきだ。文左衛門はかつて、柳原文左衛門直行という立派な姓名を有する優れた隠密勘定調査役であった。もし今も両刀を帯びていたなら、老いたりとはいえ、むざむざとは殺られていなかったかも知れない。が、銀次郎は、これまで自分と殆《ほとん》ど交流のなかった文左衛門が剣術をあまり出来ないという事実について、知ってはいない。なにしろ商いの道に入るために文左衛門が隠密勘定調査役を辞したのは、随分と昔のことなのだ。文左衛門がもと侍であった、ということなど問屋組合の若い幹事たちでさえ、殆んど忘れてしまっている。

無念そうに見開いたままの両眼を、銀次郎は閉じてやってから立ち上がった。

「真山様、そいじゃあ私《あっし》は、『魚留』へ行って参《めえ》りやすす」

「銀次郎、油断すんじゃねえぞ。すでに下手人は音三に目を付けているかも知れねえ、そうなると、音三に会ってあれこれ聞こうとするお前《めえ》も狙われる恐れがある」

「へい、百も承知しておりやす。暫くの間、音三をひとりで外歩きさせちゃあいけやせんね」

「そういう事になる。お前《めえ》の喧嘩《けんか》強《つえ》えのを知らねえ俺じゃあねえが、下手人は両刀持ちの凄腕《すごうで》らしいときている。お前《めえ》もひとり歩きには充分に気を付けねえよ。とくにお前《めえ》は、夕方からの拵《こしら》え仕事が多いからよ」

「有り難うござんす。用心いたしやす。そいじゃあ真山様……」

「判った。素足《はだし》はみっともねえからよ、早くそこいら辺りで雪駄を手に入れな。そのうちよ、また呑《の》もうぜい」

「はい……」

銀次郎は真山に丁重に一礼して、事件現場をあとにした。つくづく度量《どりょう》の大きな真山の気性を有り難く思う銀次郎であった。これが若《も》し、月番が北町奉行所で筆頭同心の大津木九造《おおつききゅうぞう》が出張《でば》っていたなら、こうはいかない。

「女にくっついて稼いでいる女男《めおとこ》の出る幕じゃあねえ」と突き飛ばされるのが関の山だ。

銀次郎は「魚留」へと足を向けたが、走らなかった。むしろ、然《さ》り気ない様子でゆったりと歩き、時々小路へ入るなどして大回りをしながら、身辺に注意を払った。事件現場に下手人が舞い戻って、奉行所役人らの調べを遠目で探っていた可能性もあるからだ。

銀次郎は「魚留」へは、裏口に当たる帳場口（仕入口）へと続いている小路伝いに、尾行の有無に注意を払いつつ近付いていった。

帳場口を一歩入ると、そこは竹籠《たけかご》が三段に積まれてズラリと並んでいる。竹籠の中には防腐効果があるとかの柿の葉が敷き詰められていた。

ねじり鉢巻をした老爺《ろうや》――留吉の父親留吾郎《とめごろう》――が、届け先の名と注文を受けた魚名を乱暴に粗書《あらが》きした紙片を「ほらよっ」と気合を放ちながら竹籠に投げ込んでいるところだった。小僧たちがその紙片に沿って、大童《おおわらわ》で魚を一匹一匹丁寧に、柿の葉の上に並べてゆく。むろん、粗書きの紙片は一番あとに魚の上に置かれて、奉公人たちの手で大八車で運ばれてゆくのだ。配達される魚は二番鮮魚と称して午後に水揚げのものである。

「爺《と》っつあん……」

銀次郎は忙しそうな留吾郎に、帳場口の手前から遠慮がちに声をかけた。

「お、銀ちゃんじゃねえか。なんでえ、素足《はだし》じゃねえの」

留吾郎が顔つきを変えて、銀次郎の傍にやってきた。店の古い雪駄を手にしている。

「ともかく、これを履きねえ」

「うん。申し訳ねえな爺っつあん」

銀次郎は勧められるまま、留吾郎の好意に甘えた。

「それにしても大変な事になっちまったなあ『京野屋』さんよう。銀ちゃんが拵えの全てをやったってえじゃないか」

「忙しそうだから爺《と》っつあんよ。用件だけ言わして貰《もら》うよ。音三に直ぐ会いてえんだが」

「音三なら、南町奉行所の筆頭同心真山様からの呼び出しがあって、これから出掛けるところだい。いや、もう表口から行ったかも知れねえな」

「なあにいっ」

銀次郎の目がギラリと光った。

「爺っつあん。真山の旦那と私《あっし》は、今の今まで話していたんでい。ほんでもって、此処へ飛んで来たんでい。その呼び出しは音三に仕掛けられた何者かの罠《わな》だ。行かしちゃあ、なんねい」

「ええっ」

　仰天した留吾郎をその場に残して、銀次郎は目と鼻の先の路地に駆け込んで、

「魚留」の店表《たなおもて》へと回り込んだ。音三が留吉に見送られるようにして、ちょうど表口へと出てきたところだった。

「行かせちゃあなんねえよ、留」

　わざと大きな声を出した銀次郎であった。そう離れていない物陰に潜んでこちらの様子を窺《うかが》っているかも知れない下手人に対し、聞かせるような大声だった。これには銀次郎らしい計算があった。自分の音三への干渉を目立つように振舞って、下手人の殺意を自分の方へ向けさせようとしたのだ。音三の無事のために。

　留吉と音三が銀次郎の前にやってきた。

「留よ、音三を何処へ行かせる積もりだったんだえ」

「つい今し方よ、頑是《がんぜ》無《な》い小坊主がこれを預かったと言って、持ってきたんでよ」

　留吉はそう言って、懐から二つ折りの半紙を取り出して、銀次郎に手渡した。

それを開いた銀次郎の目に、平仮名書きだが達筆な字が飛び込んできた。

事件について色色と詳しく聞き取りたいので自身番屋まで直ぐに出掛けてほしい、という内容だった。差出人に、南町奉行所市中取締方　真山仁一郎とある。

「私《あっし》は今の今まで、真山の旦那と話を交わしていたんでい。音三と会って色色と事件の瞬間のことについて訊いてみたい、という点でも了解を得ている。真山の旦那がこのような連絡をしてくる訳がねえ」

「罠なんだよ。音三を外歩きさせようとする下手人のよう」

いつの間にか銀次郎の背後に立っている留吾郎爺っつあんが、音三に近付きざま腕を摑んで恐ろしそうに声荒く告げた。

たちまち音三の顔から血の気が失《う》せてゆく。

銀次郎が目つき鋭く言った。

「下手人は音三に顔を見られているかも知れねえと想像して、襲い掛かってくる恐れがある。暫くの間、ひとりでの外歩きはしちゃあならねえ。このことは真山の旦那も承知なさっているからよ」

「判った。判ったよ銀ちゃん」

　留吉が青ざめて頷《うなず》く。

「この達筆な平仮名の走り書きは、俺が暫く預かっておこう。それで構わねえな、留」

「構うも何も、それで頼まあ。そんな恐ろしい手紙、持っていたくもねえよ」

「ところで音三よ……」

　銀次郎は怯《おび》えた表情の音三と目を合わせた。その音三のことを思って銀次郎は出来るだけ穏やかな口調で切り出した。口元には少し笑みさえあった。

「音よ。『京野屋』のご隠居文左衛門さんが斬殺《ざんさつ》された事件なんだがよ。どうやらお前《めえ》が一番近くで目撃したらしいんだよな。見たままでいいから、話しちゃあくれめえかい」

「見たままと言っても、何も見えなかったです。それくらい速くて……まるで稲光りみたいに」

「文左衛門さんは悲鳴をあげなかったのかえ」

「あげませんでした。バシッという鈍い音がしたと思ったら、静かに沈み込むようにして両膝《ひざ》を折りました。あれでは誰も気付かなかったと思います」

「バシッという音は、斬られた音だと思うかえ」

「はい、思います。間違いありません」

「下手人が着ていたものは？」

「よくは判りません。文左衛門さんが両膝をがっくりと折った直後には、その侍の背中はもうかなり離れつつありましたから」

「いま侍と言ったが、侍には違いねえんだな」

「町人にも博徒にも見えない背中でした。正面顔は見ていませんけれど、あの後ろ姿は侍以外には見えませんでした。自信があります」

「いいぞ音。その調子だ。で、其奴《そやつ》だが、浪人ではない侍と、浪人とに分けるとすれば、どちらかねい。考え込まずに瞬発的に思い出す感じでよ」

「いわゆる薄汚ない浪人などではありません。私の傍を風のように走り抜けて、次の瞬間文左衛門さんが倒れたのですけど、そのとき香《こう》の匂《にお》いがしました」

「なにっ」

銀次郎の目が光った。ついに有力な一点を音三が口にしたのだ。

香の匂いとくると、浪人が身につける香りとは考えられない。身分立場のある侍と思われる。それも香を着衣に染み込ませる侍は決して多くはない筈《はず》だ。

「どのような匂いだったい。余り考え込まずに思い出して貰いてえ」

「甘い香りでした。桃のような甘い香りでした」

「桃……」

銀次郎が口元を思わずグッと引き締めた。

日本における桃は、「古事記」や「日本書紀」にすでに登場しているように、その存在の歴史は相当に古い。ただ食用果樹としての意識の高まりや栽培となると、江戸時代に近付いてからだ。それも、実は小果で硬肉であったから、音三が言う「桃のような甘い香り」は、今世《いまよ》においてはまだ一般的ではなかった。桃の果実そのものが、そこいら辺りの青物屋に当たり前に出まわっている訳ではないのだ。銀次郎は訊ねた。

「音よ。お前は百姓の生れかえ」

「はい。米の他に祖父が柿や桃を積極的に栽培しています」

「ほう、桃をなあ……なるほど、それで音は桃の香りと判ったのだねえ」

「そうです。下手人が私の傍を走り抜けたとき、ふわあっと漂った香りは、あれは桃の香りです」

「判った。で、下手人の背丈はどうだえ。大体の見当で構わねえ」

「銀次郎さんより小柄、という感じはしなかったです」

「五尺七寸……てえとこかな」

これは銀次郎の呟《つぶや》きであった。つまり小柄な侍ではない、ということである。

「その他に何ぞ感じたことは？」

「チッというような音が聞こえたような気がしました。でも事件とは関係がないのかも知れません。聞こえたような気がしただけなのかも……」

「チッ？……はて、そいつあ、指先をひねり鳴らすような音かえ」

「いえ。それだとパチッだと思います。チッと聞こえたような……」

「うーん……たとえば舌打ち、舌打ちのような、かえ」

「そうです。力強い舌打ち、という感じの音でした」

銀次郎は深刻な顔つきになって、腕組みをしてしまった。

# 六

鮮魚屋「魚留」の留吉や音三たちと別れた銀次郎の姿が、神田須田町二丁目の居酒屋「おけら」に現われたのは、それより一刻《いっとき》ばかりが経って、すっかり日が落ちてからだった。

「よ、銀ちゃん、いらっしゃい」といつものように景気よく声を掛けようとした主人《あるじ》の六平《ろくへい》が思わず、おっとっと、といった感じで口をつぐみ表情を改めた。銀次郎が店に入って直ぐ左手の脚の短い江戸床几《しょうぎ》に腰を下ろし、卓台に頬杖《ほおづえ》をついてしまったのだ。卓台とは言っても逆《さか》さにひっくり返した膝上高《ひざうえだか》くらいの結桶《ゆいおけ》四つを脚がわりとしてその上に粗削《あらけず》りな杉板をのせただけのものだ。

こういった卓台が六つ七つ店土間《たなどま》を占め、更にその外側を床几が囲んでいる。

訪れた客は誰彼なくこの床几に座って、わいわいと騒がしく酒を呑む訳だ。むろん「予約席」なんぞある訳がない。店に一歩入ったとたん、誰も彼もお互い見知った顔だ。

ところが今宵《こよい》の「おけら」はいつもの賑《にぎ》わいが嘘《うそ》のように空《す》いていた。ガラガラだ。だから、忍ぶようにそろりと入ってきて卓台の一つに頰杖をついた銀次郎に気付いたのは主人の六平とテルだけだ。他の先客は気にも止めない。

「どうしたんだい、お前《まい》さん、今夜の銀ちゃん少し変だねえ」

「そうよな、陰気な顔をしていやがる。女にでもふられやがったかな」

「なに言ってんのさ、お前《まい》さんと一緒にするんじゃないよ」

客の評判が非常にいい後妻のテルとひそひそ話を交《か》わしていた六平が、後ろの竈《かまど》にのせた大鍋《おおなべ》で煮染《にしめ》を拵《こしら》えていたひとり娘に「おい、お春《はる》よ……」と小声を掛けた。

「なに?……」

春が振り向いて、竹の箸《はし》に突き刺した里芋をひと口かじって、「うん……」と満足そうに目を細めた。

その春をテルが手招いた。この母と娘、血はつながっていないが、「実の母娘以上に仲がよい……」と客たちにも評判だった。

「どうしたの」

春が両親のそばへ、竹の箸に里芋を突き刺したまま寄ってきた。

「お貸しよ……」

テルが娘の手から竹の箸を取りあげて、やはり里芋を口にした。

「うん、よく出来てる。美味しいよ、春」

「煮染の味の話は後回しにしろい」

六平は母娘を軽く睨《にら》みつけると、「見てみな」と春に言って聞かせ、そっと銀次郎の方を指差した。

そして囁《ささや》き声でこう言った。

「銀ちゃんの顔色、悪いだろう」

「あれま、銀次郎さん、いつ来たのよ、お父っつあん。本当だ、むっつりしてるね。どうしたんだろう」

春も小声で返した。

「何か大事があったってえ顔つきだがな。しかし、こちとらの耳へは今のところ何事も入っちゃあいねえが」

「あたし達は殆ど一日中この店の中だから、世間様で何か大事があってもたいてい一日か二日遅れだよ、耳に入ってくるのはさ……」

「けど、常連客が何かにつけて喋《しゃべ》くってよ、知らせてくれるもんだぜお春」

「でも何だか今夜は客が少ないし、しかも、見なれないお客さんだしね。いつもの口の軽い常連客たちは一体どうしたんだろう」

「うん、ま、こんな夜もある商売ってことだよ。呑み屋なんてえのはな。ともかくお春よ、銀ちゃんに冷酒《ひや》徳利を二本ばかし持ってってやんねえ。春《あたし》からの奢《おご》りよ、とかなんとか言ってよ」

「わかったよ。煮染もたっぷりね」

「おうよ」

六平もテルも娘の春を早く誰かいい人の嫁に、と考えていた。銀次郎とは随分と長く親しく付き合ってきたが、その身分素姓については全く知らない。知らないから、銀ちゃんなら申し分ねえんだが、という思いが六平にもテルにもある。もちろんそのようなことを一言でも銀次郎の前で、口にしたことはない。

春は気立てのよい娘で、客の評判もよかった。美人ではないが、愛くるしい顔立ちだった。着物の上からでも豊かな胸だと判る、ふっくらとした体つきをしている。

春はてきぱきとした動きで徳利二本に冷酒《ひや》を満たすと、それをにこやかな表情で銀次郎が独りぽつんと頰杖をついている卓台へと運んだ。

「これ、呑んで下さいって、お父っつあんが……」

「え？」

暗い思案顔だった銀次郎が、頰杖を解いて春を見た。

「いま煮染を持ってくるから」

「そうかえ、ありがとよ」

春はまるで逃げるようにして調理場へと戻った。六平とテルが「あーあ」という顔つきになる。春にとって銀次郎は〝高嶺《たかね》の花〟かな、という思いがなくもない六平とテルではあった。なにしろ宵待草(夜の社交界)の綺麗《きれい》な夜の蝶《ちょう》たちに囲まれるようにして毎日毎晩拵え仕事をしている銀次郎なのだ。女を見る目が肥えていると思わなければならない。

煮染は、六平が銀次郎の卓台へ運んだ。

「今夜は珍しく暗い顔つきだね銀ちゃん、どしたい？」

六平は卓台に置いた煮染の皿を銀次郎の胸前まで滑らせると、小声で言って自分も床几に腰を下ろした。

「うん、ちょいと嫌なことがあってよ」

「嫌なことって？」

「そのうち六さんの耳にも入らあな。それまで待ちねえよ」

「銀ちゃんの口からは喋れねえっとでも言うのかえ」

「ともかく自然と耳に入るまで待ちねえって」

「判《わか》った。すまねえ。ま、今宵はゆっくりと独り酒を呑んでいきねえ。冷酒《ひや》は儂《わし》の奢り、煮染はお春の奢りでえ」

「すまねえな。御馳《ごち》になるよ」

頷いて銀次郎が徳利に手を伸ばしたときだった。銀次郎も六平もよく知る常連客の左官職人二人が店に入ってきた。二人とも六平と同世代だ。

「いらっしゃい。今日も一日、元気仕事でご苦労さん」

〝元気仕事でご苦労さん〟は、六平が常連客の職人たちを迎えたときに、よく口にする台詞《せりふ》だ。

「おい、六さんよ。夕方少し前《めえ》の〝商い通り〟で大変な事があったらしくってよ」

〝商い通り〟とは、色色な大・小の店が軒を並べて密集している例の鮮魚専門店「魚留」の前の大通りのことだ。

「大変な事って？」

「茶問屋『掛川屋』と老舗菓子屋『桐屋』が向き合っている四ツ辻の辺《あた》りで、呉服問屋『京野屋』の御隠居文左衛門さんが、何者とも知れねえ侍《さむれえ》にバッサリ斬られなすったというじゃあねえか」

「な、なんだってえ……」

驚いた六平が思わず後ろへ下がり、テルと春が「ええっ」と顔を見合わせ、客たちが一斉にシンとなった。

「まるで、つむじ風みてえに現われるや、あっという間に御隠居を斬ったらしいんだが誰ひとりとしてその下手人侍《ざむれえ》を目撃していねえというから、薄っ気味が悪いじゃねえか」

左官職人がそう言い終えるのを待っていたかのようにして、不機嫌な顔つきの銀次郎が面倒臭そうに腰を上げ、店から出ていった。卓台の上に徳利二本と煮染代のつもりなのか、小粒（銀）が置いてある。黒っぽい鈍い色から見て、慶長ものであろうか（鋳造・慶長六年～元禄八年）。

「今の話、ちょ、ちょっと待っていてくれ……」

六平はそう言い終えて、銀次郎の後を追い店の外へ飛び出した。が、銀次郎は速足ですでにかなり遠ざかっていた。ちぎれ雲の流れが速い夜空から、月明りが皓皓《こうこう》と降り出している。

「えれえ無愛想な銀ちゃんだぜ。一体《いってえ》どうしたってえんだ」

事情を知らない六平は首をひねって、不満そうに店の中へと戻った。

月明りの中、銀次郎は目尻をやや吊り上げて歩いていた。呉服問屋「京野屋」を襲った「**文左衛門斬殺事件**」で銀次郎が大きな衝撃を受けたことは言うまでもない。文左衛門の孫娘里の見合いが上手く運ぶようにと、化粧拵えにも衣裳拵えにも己れの経験を全て打ち出した積もりだった。見合いの相手は大身《たいしん》とまでは言わないまでも、四百石旗本の名家だ。

（文左衛門さんが、かつて凄腕隠密勘定調査役（今でいう国税Gメン・マルサ）であった

としても、それは相当に昔の話のことだ。現役の頃の文左衛門さんの位《くらい》高い正義の仕事に対する、意趣返しとは到底考えられねえ）

銀次郎は腕組みをしてぶつぶつと呟きながら、その足は我が家へと向かっていた。

ほんの少し前まで銀次郎の住居《すまい》は本八丁堀にあったのだが、しかし現在《いま》は半蔵《はんぞう》御門《ごもん》の前から四谷御門に向けて伸びている麴町通り《こうじまち》（一丁目〜十丁目。現、新宿通り）の三丁目と四丁目の間を左へ（南へ）折れた山元町《やまもとちょう》（現、平河町）の古家へと移転している。

麴町通りの北側は、知る人ぞ知る〝大旗本街区〟（番町《ばんちょう》街区）だ。数千石の大身旗本邸から四、五百石の中堅旗本屋敷までが、江戸城を護るようにしてそれこそ網の目も無い程に〝密集〟していた。

（呉服問屋「京野屋」が今日《こんにち》の規模に達するには、現在《いま》の三代目主人《あるじ》草右衛門さんの押せ押せ商売の強引さが効を奏した、という噂もある……若《も》しや商売敵《がたき》が絡んでの事件ではあるめえか……）

銀次郎は、「文左衛門斬殺事件」に深くかかわっていくべきかどうか迷っていた。すこぶる気が合って付き合いを深めつつある南町奉行所の筆頭同心真山仁一郎の役に立ってみてもよい、という気持は少なからずある。だが、現実の銀次郎の環境は、そうもいかない状況の中にあった。拵え仕事が断わっても断わっても、断わり切れないほど、増える状態にあるのだ。

〝断わり切れない〟という事情は、大身旗本家や大名家の妻女からの依頼が増えているからだった。

「下手人侍《ざむれえ》が俺に直接突《つ》っ掛《か》かってきやがったなら、動き易いんだがよ」

呟いて速足だった歩みを止めた銀次郎は、あたりを見まわした。無意識のうちに家への近道を選んだことで、いつの間にか番町街区の四つ辻で立ち止まっていた。山元町への古家はこの番町街区を抜けると間もなくだ。

「どうも襲われそうにはねえなあ。鮮魚屋『魚留』の音三とは、わざと大声で接したんだが、効果はねえってことかい」

銀次郎は真昼のように明るい月明りを浴びながら、今度はゆったりと歩き出した。

七

銀次郎は明け六つ（午前六時）頃に目を覚ましたが、腕枕をしたまま布団の中から出ようとはしなかった。住居《すまい》が本八丁堀にあった時には亀島川《かめじまがわ》の河口近くに住む、飛市とイヨという老夫婦が朝飯を調えてくれたりはしたが、山元町へ住居《すまい》を変えてからは、さすがに老夫婦の負担を考えて断わっている。

庭と寝間との間を仕切っている障子に朝陽が射し込んで、梅の木が影をつくり枝から枝へと二羽の雀が飛び交っていた。

「そろそろ朝飯とするかえ……」

自分に言って聞かせるようにして、銀次郎は漸《ようや》くのこと寝床の上に上体を起こした。この家から幾らも歩かない所に室町時代中期の武将太田道灌《おおたどうかん》（永享四年・一四三二～文明一八年・一四八六）が創建したと伝えられている平川天神（平河天満宮）があった。

その平川天神のそばに、うまい朝飯を食わせてくれる小綺麗な一膳飯屋《いちぜんめしや》「小梅」がある。

一膳飯屋とはいっても、町人街区の真っ只中にある平川天神そばの飯屋だ。日が暮れると小料理屋「小梅」に衣替えして、朝昼は目につくことのない仲居が三人、客を品よく接《も》て成《な》してくれる。

銀次郎はこの「小梅」で朝餉《あさげ》を食することが多い。ぜいたくに卵を一つ落とした味噌汁がたまらなく旨いのだ。

起きて畳んだ布団を部屋の片隅へと滑らせ、猫の額ほどの庭にある井戸端で、銀次郎は顔を洗い丁寧に口中を清めた。井戸のある、五坪ほどの庭を持つこの古家を、銀次郎はいたく気に入っていた。庭に井戸さえあれば、大乱闘をやって若し全身血まみれで帰ってきても、冷水を頭からかぶれば、気持がせいせいする、という考えだ。銀次郎は清涼な井戸水は傷を化膿《かのう》させない、と親しくしている神田・子泣き坂下の名蘭方医芳岡北善《よしおかほくぜん》から聞いたことがある。

銀次郎は手早く着替えた。昨夜は帰るなり冷酒《ひや》を茶碗で二杯ひっかけ、着流しのまま寝てしまったから、皺だらけになっている。

今日は「文左衛門斬殺事件」の現場へ行ってみて、そのあと「京野屋」を訪ねる腹積もりだった。

先ず「小梅」で朝餉を、と玄関を出ようとしたとき、「銀ちゃん大変、大変よ」と隣の女房《かみさん》の囁き声と判る女《ひと》が、板戸になっている表戸をコトコトと控え目に叩いた。隣のとはいっても、隣は細い路地一本を隔てた長屋だ。

「どしたんでい」と銀次郎が表戸を開けるや否や、隣の職人長屋に住む鳶《とび》職の女房クメが転がり込むようにして玄関土間に入ってきた。

「なんとまあ、朝から一体《いってえ》どしたんでい、クメさんよう。血相が変わってるぜい」

「血相も変わるわよ。長屋口に銀ちゃんを訪ねて大層な駕籠《かご》が着いたのさ」

「大層な駕籠?」

銀次郎はクメを軽く押しのけるようにして、玄関から出た。銀次郎の古家一戸建は、十軒が向き合うかたちで建ち連なっている貧乏長屋の裏手口を出た直ぐの位置にある。したがって玄関から出た銀次郎は貧乏長屋の溝板《どぶいた》小路の向こうに、長屋の表口を見ることが出来た。この表口の前を南北に走っている通りが麹町通りと丁字型につながっているのだ。

なるほど、いま長屋の表口には〝青漆黒銅貝鋲打棒黒〟と呼ばれる〝大層な〟駕籠が下ろされ、その駕籠のまわりに四人の侍と御女中と覚しき身形《みなり》の者が三人、そして駕籠かきがそれぞれ地に片膝をつき、御女中は腰を下げて神妙の態だった。ただ〝青漆黒銅貝鋲打棒黒〟くらいの駕籠になると駕籠とは称さず、「乗り物」と呼ぶことが正しいと心得ている銀次郎である。だが、この職人長屋の者にとっては、そのような区分だの差別だのはどうでもいいことだ。市井の町人にとっては人が乗って担がれるものは要するに駕籠なのだ。

いま、その駕籠の主人《あるじ》に違いない身分ある奥女中風な身形の女《もの》が、おろおろしている長屋の女房《かみさん》三人にやさしい笑顔で何事かを話しかけていた。背すじに、ぞくりとくるような美人だ。

「こいつあ私《あっし》が出向かねばなるめえよ」

銀次郎は後ろに控えている鳶職の女房クメを振り向いて笑みを見せると、職人長屋の裏手口から入ってゆき、わざと溝板を踏み鳴らした。

おろおろしていた長屋の女房《かみさん》たち三人が、その音で一様に振り返り、ほつれ髪はなはだしい大工の女房ギンが「あれです、あれ」と銀次郎の方を指差した。

「あれです、あれ」と聞いて、奥女中風な美貌のその女《ひと》が思わず「まあ……」と呆《あき》れたような表情となったが、直ぐに口元を手で隠した。おそらく小さく吹き出したのであろう。

銀次郎は道をあけるように左右に分れた女房たちの間へ入ってゆき、奥女中風な美貌《びぼう》のその女《ひと》と確《しっか》り目を合わせてから丁重に腰を折った。

「銀次郎はこの私《あっし》でございやすが」

相手に非礼にならぬようにと、言葉やわらかく告げた銀次郎であった。

「おお、其方《そなた》が銀次郎殿か。妾《わらわ》はさる御方様《おかたさま》の依頼を受けて参ったる者じゃ。突然のことで申し訳ありませぬが、これより暫《しば》し付き合《お》うては下さるまいか」

不快な点がない相手の態度である、と銀次郎は思った。

銀次郎は不安そうに控えている職人長屋の女房《かみさん》たちと目を合わせると、

「有《あ》り難《がと》よ。心配はいらねえから、下がっていておくんない」

と、笑顔で告げた。女房《かみさん》たちは無言で頷くと、そそくさとそれぞれの家へと引き下がった。

銀次郎は表情を改めて、相手に向き直った。

「此処《ここ》では話の一部始終について、うかがえないのでござんすね」

「そのための場を既に幾日か前より調えてあるのです。其方《そなた》が多忙な毎日であることは承知しております。その上で参りましたのじゃ」

「判りやした。その場所とやらは、この身形《みなり》でよござんすか」

「構いませぬ。私《わたくし》がご案内致しますから、後から付いてきて下され」

「承りやした。従いやしょう」

「安堵《あんど》いたしました。礼を言います」

奥女中風の美貌の女《ひと》はそう言うと、軽く頭《こうべ》を下げた。銀次郎は、町人身形の自分を決して見下したりしない相手の態度を、気に入った。

奥女中風の女を乗せて、駕籠と一行はしずしずと動き出し、銀次郎は一番後に付き従った。おそらく何処《どこ》ぞの大名家の下屋敷あたり、と銀次郎は読んでいた。

これまでも大名家からの依頼は幾度かあったが、たいていは一万石、二万石、三万石大名といったところである。しかし今回は、おそらくその名を聞けば驚くような大藩であろう、という気がした。当たっている、という確信もあった。

だがである。駕籠が下ろされたのは、職人長屋から四半刻《しはんとき》（凡そ三十分）も行かない〝程近い〟と言っても差し支えない所だった。右手に〝火の神様〟を祀《まつ》る天神神社の鬱蒼《うっそう》たる森があり、その神社の鳥居と向き合うかたちで、「忍び料亭」と囁かれている「帆亭」がある。元は品川の総網元（網元組合の支配人）で名字帯刀を許された海道権三郎《かいどうごんざぶろう》が営む料亭だった。

料亭という言葉が本格的に市井の人人に認知されるには、かなり時代を下らねばならなかったがしかし、有能な者が少なくないこの業界では何事によらず先鞭《せんべん》をつけたがる秀《すぐ》れ者がいる。

料亭を冠とする大規模な料理屋は銀次郎の時代、何軒かが時代の流れを先取りするかのようにして確かに出現し始めていた。

それらの中にあって、海道権三郎が営む「帆亭」は、建物の造り、料理の味、接客の能力、などにおいて一流の評判が高かった。つまり名料亭だ。

「帆亭」の冠木門《かぶきもん》の前で美貌の奥女中風が駕籠の外へと出てこちらを見たので、銀次郎は（へい……）と黙って頷き近付いていった。

「ついて来て下され」

「あのう、このような朝から一流の評判高い『帆亭』が客を受けておりやすので？」

「おや、知りませなんだか？」

「へい。尤も夜遅くまでの仕事が多い私《あっし》は、今朝のように早く目を覚ますことは滅多にござんせんので、『帆亭』の朝の営みについちゃあ、知っちゃあおりやせんが」

「朝も夜も無いところに、この『帆亭』が『忍び料亭』と囁かれている所以《ゆえん》があると聞いております」

ふふふっと一瞬だが妖しく含み笑いを漏らした、美貌の奥女中風であった。

「は、はあ……」

面倒臭えことになりはしねえか、と思った銀次郎ではあったが、目の前の美しい女が一体何処の何者であるのか知りたくなっていた。

銀次郎は女の後について、「帆亭」の冠木門を潜《くぐ》った。供の者たちは冠木門を一歩入って左手の庭内に設けられている供待間《ともまちのま》で待機だ。

玄関式台に上がった奥女中風と銀次郎を出迎えたのは、玄関式台と接するようにして設《しつら》えられた八畳の「迎《むか》えの間《ま》」に正座をする、中年の女であった。

はじめて「帆亭」に入った銀次郎ではあったが、その中年の女の身形をおそらく仲居頭であろうと見た。宵待草（夜の社交界）で馴《な》らした銀次郎の目だ。狂いはない。

「御出なされませ。すでにお待ちでいらっしゃいます」

仲居頭らしい女は笑みを抑えて無表情に言った。そうするように、と命じられているかのような無表情さだった。銀次郎はやっとのこと（主役は別にいるのだな……）と判った。その主役が男ならぞっとするが、まさかそうではあるまいと自分に言って聞かせた。実は真面目《まじめ》に自分の信じる〝道理の中〟で日夜仕事に頑張っている〝若衆〟からの化粧衣裳拵えの依頼が増えている銀次郎だった。が、夜の蝶たちからの依頼さえも応じ切れずにいる銀次郎だ。〝若衆〟にまでとても手がまわるものではない。一部の夜の蝶たちからは、「綺麗な姐さんたちばかりを贔屓《ひいき》して選んでいる」と不満をぶっつけられてさえいる現状なのだ。

仲居頭らしい女《もの》の案内で、奥女中風と銀次郎はひっそりと静まり返った長い廊下を右へ折れ左に曲がって進んだ。

さすがに朝の「帆亭」だ。どんちゃん騒ぎの音とか、男女の妖しい気配などは感じられない。

（こりゃあ、まるで旗本屋敷の造りじゃねえか。驚いたねえ全くよ……）

銀次郎は外から眺める「町屋敷」風な造りと、内部の武家造りの印象との余りの違いに、そっと舌なめずりさえしてしまった。

案内する仲居頭らしいのが、長くはない渡り廊下を渡り出した。その先に屋根が檜皮葺《ひわだぶき》と判る瀟洒《しょうしゃ》な庵《いおり》があった。茶室風というのとは少し違う。

仲居頭らしいのが、朝の日差しで明るい広縁の障子の前でつつましく正座をし
「お着きになりました」と障子の向こうへ告げた。

「入って戴きなさい」

室内から澄んだ声が返ってきた。女の声だ。年若い娘《こ》か、それとも〝若い年《とし》増《ま》〟か、と問われれば答え難《にく》い澄んだ美しい声であった。ただ銀次郎はその声のやさしい響きの中にある〝妖艶《ようえん》さ〟を聞き逃さなかった。

「それでは銀次郎殿、宜しくお願い申し上げまする」

奥女中風が三歩退がって促すかのように銀次郎と肩を並べ、微笑みながらそっと囁いた。

仲居頭らしいのが「失礼いたします」とうやうやしく障子を開け、奥女中風が「さ、銀次郎殿……」と更に小声で促した。

銀次郎の表情が思わず「え?」となる。このときにはもう、仲居頭らしいのは室内に向かって頭を下げてから、奥女中風の背後の位置にまで引き退《さ》がっていた。

そして、二人は銀次郎をその場に残し、前もって申し合わせてあったように立ち去ってゆくではないか。

「ちょ、ちょっと……」と、銀次郎が二人の背に追い縋《すが》ろうとするよりも先に、室内から「どうぞ銀次郎殿。遠慮のう、お入り下され」と、やわらかな声が聞こえてきた。銀次郎の背すじが、思わず氷を当てられたようにゾクリとなる。

「は、ただいま……」

銀次郎は(仕方がねえ……)と肚《はら》をくって部屋の前まで進み、室内を見ないようにして広縁に正座をし、「万《よろず》拵えを稼業と致しておりやす銀次郎と申しやす、へい」と神妙に頭を下げた。

「そこでは話が遠すぎます銀次郎殿。さ、面《おもて》を上げて妾《わらわ》の前までお越し下され。日頃の常のままで構いませぬ。さ、遠慮のう此処《こちら》へ……」

「さいですか……そいじゃあ」

と、面を上げて相手を見た銀次郎は熱《あつ》い衝撃を受けた。美しい夜の蝶を相手に拵え仕事に精一杯打ち込んできた銀次郎であったが、今日まで女に心を揺らして身の内に「邪」を覚えたことは一度としてない。その銀次郎が目の前の女性《ひと》に熱い衝撃を受けたのだ。それは「妖艶の美」の必要条件の全てを圧倒的な程に満たした蘭麝《らんじゃ》（妖しく甘いよい香り）の女性《ひと》。女という魅惑的で不思議な生き物を毎日毎夜見続けてきた銀次郎の目が、そう捉えたのである。

銀次郎はたちまちのうちに背中に汗を覚え、その妖艶の女性《ひと》の前に敷かれた座布団に正座をし、（参ったな……）と胸の内で呟き肩をすぼめた。

「忙しい中をよくぞ参って下されました銀次郎殿。朝から突然にこのような招きを受け、さぞ驚かれたことでしょう。許してたもれ」

「め、めっそうも……」

銀次郎は顔の前で小さく右の手を横に振り、然《さ》り気《げ》なく相手の着ているもの、そして櫛《くし》を検《み》た。思わず銀次郎は戦慄《せんりつ》した。この部屋の直前まで共にやってきた美しい奥女中の遥《はる》かに〝上位〟に当たる女性《ひと》であると、銀次郎には容易に判断できた。なぜなら櫛に金色《こんじき》の葵《あおい》の御紋が施されていたのだ。

（これは相当な大藩の……おそらく五、六十万石の大大名家の奥方様ではあるまいか）

銀次郎は、そう想像して（こいつあ、多少の無理を押しつけられても断われねえなあ……）と覚悟した。

「あの、誠におそれいりやすが、ご身分をお明し下さいやすと、全身が硬くなっておりやす私《あっし》も、いささかなりともホッと致しやすが」

「そうじゃな。名乗るが作法と心得てはおるが、その前に其方《そなた》が妾《わらわ》の頼みを引き受けてくれるという保証が欲しいのじゃが」

涼しい澄んだ声で、品よく物静かに話す〝大身〟と判る女《ひと》であった。であるにもかかわらず、傲慢《ごうまん》なところは無い。

引き受けると覚悟を決めてしまっていた銀次郎であったから、深深と頷いてみせた。

「承知いたしやした。今の私《あっし》の頷きが、血判の証書にも相当するものとお受け取り下さいやし。誓って偽《にせ》の血判証書ではございやせん」

「なるほどのう。なかなかに颯爽《さっそう》たる潔《いさぎよ》い男と耳に致してはおりましたが、真《まこと》にその通りじゃ銀次郎殿。妾《わらわ》は其方《そなた》が気に入りました」

「そいじゃあ、御素姓をお明かし下さいやし」

「妾《わらわ》は江戸城大奥にて、七代様（将軍徳川家継）のご生母であらせられる月光院《げっこういん》様にお仕《つか》え致す、年寄《としより》筆頭（大年寄）絵島《えじま》（江島とも）と申しまする」

「な、なんと……」

熱い衝撃どころではなかった。その瞬間激烈な痛みが銀次郎の首すじから背すじにかけて、稲妻のように走っていた。針で刺されたような、鋭い痛みだ。手足が震撼《しんかん》した。

〝大身の女《ひと》〟どころではない、江戸城大奥のとんでもない大権力者が、いま銀次郎の面前で身分素姓を明かしたのであった。

## 八

ひとまず銀次郎は平伏した。接し方を誤まれば目付職にある伯父和泉長門守《いずみながとのかみ》兼《かね》行《ゆき》や、日頃何かと目をかけてくれている大番頭《おおばんがしら》六千石の大身旗本津山近江守忠《つやまおうみのかみただ》房《ふさ》に、悪影響を及ぼしかねない。それほどの相手であったから銀次郎はひとまず平伏した。

「そう畏《かしこ》まられては話がしにくい。もっと楽にしてくりゃれ」

「恐れいりやす。それでは遠慮のう少し楽にさせて戴きやす」

銀次郎はゆっくりと面《おもて》を上げ、大奥の年寄筆頭と目を合わせた。

「それでよい銀次郎殿。しかしながら……」

絵島が美しい表情を、ふっと曇らせた。いや、訝《いぶか》し気《げ》な様子を窺《うかが》わせたというべきか。

そしてほんの僅《わず》か上体を、銀次郎の方へ倒し気味にして言った。小声であった。

「銀次郎殿、そなた若《も》しや武士であられたか」

「え？」

銀次郎は思い切り驚いた表情を拵えてみせた。相手が大奥の大年寄と判《わか》った時から、その問いが向かってくるのではないかと内心用心していた。その用心が当たった。

「そなたは若しや武士であったかと訊ねましたのじゃ。その町人の身形《みなり》になる前のことを訊いております」

語尾の「……訊いております」という表現に力が加わって、大奥の最高権力者(総取締)の〝権威〟がチラリと顔を覗かせていた。

大年寄の俸禄《ほうろく》は六百石である。この禄高をみただけでもその地位と権力というものが容易に想像できるというものだ。

「いえ、私《あっし》は生まれ落ちた時から正真正銘の町人でござんすが、何故《なにゆえ》にまた武士であったかなどとお訊ねでござんすか」

「このように問われることは初めてかえ」

「へい。まったくの初めてで……」

「そなたのこの座敷への入り様《よう》、そして只今の平伏の仕様などが、武士の作法そのままの見事さだったからじゃ」

「あ、それならば言い訳が出来やしてございやす。私《あっし》の仕事は有り難いことに、お武家の奥方様たちからお声を頂戴することが少なくござんせん」

「それは存じております」

「で、ござんすから、中には礼儀作法に大変厳しい奥方様もいらっしゃいやして、そこはああしろ、ここはこうしろ、などと御指導を頂戴することが少なくござんせん」

「ほほほほっ、それで自然と作法が身に付いたのじゃな。よいことではありませぬか。まことあざやかに武士の作法を身に付けていると感じました。この絵島、銀次郎殿がますます気に入りました」

「これはどうも、勿体《もったい》ないお言葉でござんす」

「そなたは大奥についての知識は持っておりますか」

「とんでもござんせん。ただ、大奥の年寄筆頭は大年寄と呼ばれて、大奥の総取締という凄いお立場であることぐらいは町人の私《あっし》でも存じておりやす」

「妾《わらわ》は今、六百石を戴いておる。これも知識の一つとして覚えておきなされ」

「六百石とはまた、私《あっし》なんぞには見当もつかねえような禄高でございやすが、お金持でいらっしゃいやすので？」

「ほほほほっ、銀次郎殿は面白いのう。妾《わらわ》はいよいよ其方《そなた》が気に入りました。旗本で六百石と申せば、そうじゃのう、新番組頭《くみがしら》あるいは小姓組番組頭あたりかのう」

「はあ……」

「なんじゃ、よく判りませぬのか。先ほど、有り難いことに武家の奥方から仕事の声を掛けられることが多い、と言うたばかりではないか」

「はい、にもかかわらず、まったく勉強不足で……申し訳ござんせん」

「ふふふっ、ま、よい。六百石の旗本ならば八百坪前後の屋敷に住めて、番所窓が付いた立派な表門を構えていましょう。いくら勉強不足であっても、こう申せば少しは見当がつこう」

「あ、それならば、へい、判りやす。へええ、八百坪の屋敷とは私《あっし》なら目眩《めまい》を覚え、屋敷の中で迷ってしまいやすよ」

「これはまた楽しい男に出会えたものじゃ。これ銀次郎殿。これからはこの絵島と時時会《お》うて下され。宜《よろ》しいな」

「めっそうもござんせん。大奥総取締の絵島様に時時お会いするなど町人の分際でとても出来るものじゃあござんせん」

「ま、そう固苦しいことを言うものではない、銀次郎殿。ところで忙しい其方《そなた》に此処《ここ》へ来て貰《もろ》うたのは化粧、衣裳などの拵えを頼みたいと思うてのことじゃ」

「左様でございやしたか。有り難いことでござんす。拵え仕事でお目に掛かるについては何ら異存はござんせん。ただ、私《あっし》も大勢の常連さんを抱《かか》えておりやすもので、いつといつと絵島様のご都合だけで決められやすといささか苦しゅうござんすが」

「向こう半年の間で、月に一、二度でよい。大奥の総取締にある者として増上寺《ぞうじょうじ》と寛永寺《かんえいじ》へ代参《だいさん》致さねばならぬのじゃ」

「どなた様の御命日に、でござんすか」

「それは今は申せぬ。ひと月前にならぬとな」

「御命日の代参となりやすと髪結《かみゆい》も衣裳の色も地味でなきゃあなりやせん。代参でござんすから申し合せがねえ限り黒などに限る必要はねえと私《あっし》は考えやすが、それでもどなた様の命日かによっては、神経質になる必要もありやしょう」

「なるほどのう。言われてみればその通りじゃ。では将軍家および将軍家に直接つながる御方様《おかたさま》の命日とだけ打ち明けておきましょう」

「承りやした。で、私《あっし》を拘束なさりてえ日ってえのは月の内の前半になりやしょうのう」

「月に一度の場合は後半じゃ。二度に及ぶ場合は前半に一度、後半に一度となろうか。後半になりやしょうか」

「承知いたしやした。絵島様と落ち合う場所ってえのは早目に……」

「此処でよい。此処は便利じゃ。近い」

「近い？」

「いや、こちらの話じゃ。銀次郎殿が気にすることではない」

「判りやした。それじゃあ私《あっし》の拵え道具は一揃えこの『帆亭』に預かって貰うように致しやしょう」

「気持よう承知してくれて妾《わらわ》は嬉しく思います。少ないがこれを取っておいてくりゃれ。妻子《つまこ》に何ぞ買《こ》うてやるとかのう」

絵島はそう言うと、座っていた座布団の下にすうっと手を浅く差し入れ、紫の袱紗《ふくさ》に包まれたものを取り出して銀次郎の方へしとやかに滑らせた。

(金《かね》だな。それも間違《まちげ》えなく二十両はある)

と、銀次郎には直《す》ぐにピンときた。

「お金でござんすね。私《あっし》は拵えに要した職人業《わざ》の代金と用具代などの他には戴きやせん。お気遣いはご無用にしておくんなさい」

「気遣いなどは致しておらぬ。優れた職人業を持つ者を忙しい中呼びつけたのじゃ。足代を支払《しはろ》うて何の不都合がありましょう」

「さいですか。それじゃあ有り難く戴いておきやす。それから私《あっし》はいまだ独り者《ひともん》でござんすから、承知しておいておくんなさいやし」

「なに。銀次郎殿は独り身《み》であったのか」

絵島の二重《ふたえ》の目が一瞬ではあったが妖しく光った。それは銀次郎にはっきりと判る〝鋭い妖しさ〟だった。ほんの一瞬であったというのに。

「ですが何ぞ買うてやりたい可愛い幼子《こ》は身近に幾人もおりやす。禄高六百石の絵島様はお金持。遠慮のう利用させて戴きやす」

銀次郎は紫の袱紗の包みに手を伸ばすと、うやうやしく戴いてそれを着流しの胸元に挟み込んだ。

「それじゃあこれで私《あっし》は失礼させて戴きやす。絵島様のご依頼確かにお引き受け致しやした」

「今日、妾《わらわ》と此処で出会《でお》うたことは内密ぞ。決して口外してはならぬ」

「そりゃあもう、充分に心得ておりやす」

銀次郎は再び平伏すると、座敷を辞した。

絵島は確かに大奥総取締六百石の地位（大年寄）であったが、その権勢は十万石大名の格式に匹敵とも言われ、老中と雖《いえど》も一目《いちもく》も二目も置く存在であった。

そのことを知らぬ筈がない銀次郎である。

## 九

帰り道、銀次郎はふっと思い立って、老舗菓子舗「桐屋」へと足を向けた。

「京野屋」の御隠居文左衛門が斬殺される直前に、乗っていた法仙寺駕籠から下りて立ち寄ろうとした菓子舗だ。茶問屋「掛川屋」と向きあっている。

この店の名菓として知られる「白雪糕《はくせっこう》」を、銀次郎は買い求める積もりであった。

「白雪糕」というのは、米粉を主な材料として砂糖などを加え蒸して柔らかく固めた菓子である。江戸時代の初期にあらわれた菓子で、母乳の出の少ない母親は、まだ歯の出ていない子にこれをなめさせたりした。

今世では、この「白雪糕」が工夫を凝らして次第に落雁《らくがん》へと〝姿〟を変えつつあったが、それでも幼子の菓子として人気を保っている。

銀次郎が文左衛門の斬殺現場まで来てみると、南町奉行所の筆頭同心真山仁一郎が、大勢の同心・目明しや小者《こもの》たちに何やら指示を飛ばしているところであった。

同心、目明しや小者たちが腰を低くして地面を這《は》うようにして眺めている。何か小さな物を探している様子だ。

銀次郎は遠慮がちな顔つきを表に出して、真山同心に近付いていった。

「よう銀次郎、朝から拵え仕事かえ」

「ええ、まあ、そんなところです」

「商売繁盛でいいじゃあねえかい。ところで何ぞ耳へ入っていねえかえ。文左衛門斬殺事件のよう」

「へい。今のところは、これといって……で、真山様、この様子は一体《いってえ》……」

銀次郎は黙々と地面を這うようにして眺めている役人たちを見まわした。

真山筆頭同心が体をねじるようにして、背後の茶問屋「掛川屋」の二階の窓を指差した。

「音三のよう……『魚留』の音三に次ぐ目撃者が二人もいたんだよ銀次郎」

「なんですってい……」

「茶問屋『掛川屋』の二階で茶の袋詰め作業をしていた小僧（丁稚）二人が偶然《ぐうぜん》にあの窓から見ていたらしいんでい。怖くって直ぐに名乗り出られなかったんだとよ」

「小僧たちはどのように目撃したと言ってるんです？」

「光ったものが飛んでいったってえんだ」

「え？」

「きらりと光ったものがな、弧を描いて飛んでいき、あの辺《あた》りに落ちたってえんだ」

真山同心が眉間に皺を刻んで、役人たちが蠢《うごめ》いている辺りを指差してみせた。

「真山様、ひょっとしてその光る物といいやすのは……」

「俺は文左衛門の斬られようからみて、切っ先三寸で殺《や》られたんじゃねえかと思っている」

同感だ、と銀次郎も思ったがそれは口に出来なかった。なにしろ銀次郎は〝町人〟なのだ。

「私《あっし》なんぞにはよくは判りやせんが、そのきらりと光って飛んだものというのは若《も》しや……」

「うむ。俺は切《き》っ先《さき》三寸が欠け飛んだのではと想像しているんだが……」

鍛造の粗い部分が切っ先にあると、斬り込んで切っ先を抉るようにして跳ね上げたとき、切っ先三寸が欠け飛ぶことがある。そのことを知らぬ筈がない銀次郎であったが、〝町人〟であるから口には出せなかった。

「じゃあ今、同心や目明しの旦那方は、その欠け飛んだと見られる切っ先三寸を探していらっしゃいやすので？」

「そうよ、すまねえが銀次郎、お前《めえ》も手伝ってくんねえかい」

「勿論手伝わせて戴きやす。ただ先に行きてえ所がありやすんで、その用を済ませてからでもよござんすか」

「構わねえ。お前《めえ》がいるとよう、妙に心強《づえ》えんだな俺は……不思議な奴だぜ、お前《めえ》は」

「有り難うござんす。あ、旦那ん家《ち》のお嬢ちゃん……マッちゃんは確か二歳でござんしたね」

「おうよ、マッは二歳だがそれがどしたい」

「いや、べつに……そいじゃあ」

銀次郎は一礼して、切れ者同心真山から離れた。

欠け飛んだかの切っ先が気になる真山仁一郎は、老舗菓子舗「桐屋」へと入っていく銀次郎の背中を見送らなかった。

「余り狭い場所に集まり過ぎねえで、も少し範囲を広げねえ」

などと同心・目明したちに指示を飛ばしている。

銀次郎は「白雪糕」の包みを二つ買い求めると真山のもとへ背後から戻っていった。

「旦那……真山様」

銀次郎は背後からそっと小声を掛けた。

真山が怖い顔で振り向いた。気が立ち始めているのであろうか。

「なんでい。何処やらへ先に行くんじゃあなかったのかえ」

「これ……」

「ん？」

「かわいいマッちゃんに。『白雪糕』でござんす」

銀次郎は真山の手にそれを渡すなり踵《きびす》を返して、もう走り出していた。行き先は決まっていた。

十

「ごめんなさいよ」

銀次郎は「神楽坂の黒羽織姐さん」と呼ばれ、美貌でも教養でも群を抜いていると評判の、仙の家の勝手口の板戸をトントンと軽く叩いた。

板戸の向こうで人の動く気配があった。

「どちら様でしょう」

あ、仙の幼子の面倒を見ている兼の声だ、と銀次郎には直ぐに判った。

「私《あっし》は銀次郎でござんす。いきなり訪ねてきて申し訳ござんせん」

「あ、銀次郎さん、今あけます」

女ばかりの住居であるから表戸は鍵付きだが、勝手戸にも鍵が仕込んであるらしく、カタッという音を二度鳴らしてから板戸が開けられた。

「や、お兼さん。いきなり訪ねたりして迷惑でしたかねい」

「とんでもありません。実は助かります」

「助かります？」

「お仙さんが昨夜から熱が高く床についたままで、心細い思いをしていました」

「そいつあいけねえな。で、医者へは？」

「まだ行っておりません。立ち上がろうとすると、ふらふらすると、お仙さんが言うものですから」

「ちょいと上がらせておくんなさい」

「はい、寝間へご案内します。どうぞ」

「あ、これ、桐屋の『白雪糕』でござんす。紀美（仙の子）にあげておくんなさい」

「まあ、これはどうも、お高い名菓をすみません」

銀次郎は兼の後に従って、仙の寝間へと入っていった。

仙は眠ってはいなかった。熱のせいでか赤い顔をしていた。枕元に紀美が心配そうにちょこんと座っている。

「よしよし、おじさんが来たから、もう心配しなくていいよ」

銀次郎は幼子の頭を撫《な》でてやりながら、仙の枕元に幼子と並ぶかたちで腰を下ろした。

「さ、紀美ちゃん、こちらへいらっしゃい」

兼が紀美を促して立ち上がらせ、手を引いて部屋から出ていった。

銀次郎は仙に顔を近付けた。

「どうでい息は。苦しいのかえ」

「来てくれて有り難う。息は苦しくはござんせんけれど、体中が焼けるように熱くて痛いの」

「この四、五日で、お仙が接客した相手の中で怪しい咳《せき》をしていた者でもいたのかえ」

「いましたねえ。三千石の大身お旗本津田石見守正継《つだいわみのかみまさつぐ》様」

「あっ、女道楽で知られた旗本じゃあねえかい。風邪を貰ったな。其奴《そやつ》からよ」

「客商売でござんすからねえ。客が咳をしているからって嫌な顔は出来ないのさ」

「薬は？」

「家に備えの薬を飲んだけれど、効《き》きが悪くて」

「蘭方医の柴岡東雲《しばおかとううん》先生はこの近くじゃあねえか。私《あっし》がひとっ走りして連れてくるから安心して待っていねえ」

「すみませんねえ」

「それからよ、これなんだが……」

銀次郎は着流しの袂から、袱紗に包まれたものを取り出した。大奥総取締の絵島から貰った二十両だ。それを枕元に置いた。

「いつも私《あっし》の仕事を無代で手伝ってくれて有《あ》り難《がと》よ。こいつあこれまでの駄賃だ。二十両ある。何かに役立てておくんない」

「どうしたのさ、このような大金」

「私《あっし》も今じゃあ飛ぶ鳥を落とす勢いの拵《こしら》え師だい。この程度の金に不自由はしねえやな」

「それは判っているけどさ……でも」

「お仙も、金に困っている姐《ねえ》さんじゃあねえことは判っていまさあな。だからよ、これはこれ迄《まで》の色色と手伝ってくれた駄賃なんだ。取っておいておくんねえ」

「本当にいいのかえ」

「いいともよ」

「判りました。じゃあ大切に使わせて戴《いただ》きますよ」

「そいじゃあ私《あっし》は、柴岡東雲治療院までひとっ走り行ってくらあ」

銀次郎は立ち上がった。

「あ、待って……」

「どしたい」

「あたし、銀次郎さんが知ってしまったように子持ちなのさ。ごめんなさい」

「なぜ謝るんだい」

「なんとなく……ただ、なんとなく」

「子持ちで頑張って働いている姐さんてえのは、世の中に沢山いるんでい。胸を張って堂堂と生きなせえ。胸を張ってよ」

「うん」

「風邪熱で赤く火照《ほて》っているお仙の顔もまためっぽう綺麗《きれい》だぜい」

「馬鹿」

銀次郎は目を細めてやさしく微笑《ほほえ》みかけてやり、座敷から飛び出した。

町民の間で評判が良い柴岡東雲治療院は、南町奉行所の役人たちが、欠け飛んだ切っ先三寸を探し求めていた現場の凡《およ》そ半町ばかり手前に在った。

銀次郎は柴岡東雲治療院の前まで走って来て「あれ?……」と足を止めた。鵜《う》の目鷹《めたか》の目《め》で地面を這《は》うようにして探しまわっていた大勢の役人たちの姿がすっかり消えているではないか。

銀次郎は柴岡東雲治療院の隣にある酒・味噌《みそ》・醤油《しょうゆ》卸商「灘屋」の店前を竹《たけ》箒《ぼうき》で掃除していた十三、四に見える小僧に近付いていった。見知っている奉公人だ。

「あ、銀次郎先生」

「よ、八助《はちすけ》。元気に働いているかえ」

「はい。明日は久し振りにおっ母さんに会いに帰ります」

「てえと、府中までかい」

「はい。お父っつあんの三回忌（満二年目の命日）なんです」

「そうかい。おっ母さんは元気なんだな」

「はい、とても元気です」

「そりゃあ何よりだ。じゃあよ……」

銀次郎は懐の財布から一分金一枚（四枚で一両）を取り出して八助の手にそれを握らせた。

「店の誰にも言っちゃあなんねえぞ。それでおっ母さんに何ぞ買って帰ってやんねえ」

「こんなに沢山、ありがとうございます。『桐屋』の菓子でも買って帰ります」

「いや、『桐屋』は此処から近すぎて目立《めだ》たあな。も少し離れた何処ぞで買いねえ。判ったな」

「灘屋」は別名「ケチの灘屋」で知られており、主人《あるじ》の半兵衛《はんべえ》が金に細か過ぎることで有名だった。八助が一分金を銀次郎から貰ったと知れば「子供がそんな大金を持つものじゃない」と取り上げることは充分に考えられる。

「ところでよ八助。向こうの『桐屋』と『掛川屋』の辺りで大勢の町方(役人)が地面を探すようにして動き回っていたのを知ってるだろう」

「あ、探し物なら見つかったそうですよ。何が見つかったのか知りませんけれど、『ありました、見つけました』と騒いでいましたから」

「ふーん、そうかえ。判った。ありがとよ」

「これ、どうもすみません」

手にしている一分金を銀次郎に見せて嬉《うれ》しそうな八助であった。十三、四の丁稚《でっち》にしてみれば一分金は大変な額だ。

「馬鹿、見せちゃあなんねえ。懐へしっかりと隠しておきねえ」

「はい」

銀次郎は八助が一分金を懐へ納めたのを見届けてから、「じゃあな……」と八助の肩を叩《たた》き、柴岡東雲治療院へ足を向けた。といっても、目と鼻の先だ。

「たくさん、ありがとうございます」

八助の囁《ささや》き声が追ってきた。その大き目な囁き声に、銀次郎はチッと舌を打ち鳴らして苦笑するしかなかった。

十一

柴岡東雲先生の「ただの風邪じゃ。心配ない。少し疲れがたまって体力が落ちたところを、風邪にやられたのじゃろ。いくら美貌才媛《びぼうさいえん》の評判高いお仙姐さんでも働き過ぎはよくない。風邪が治っても暫《しばら》くはのんびりと遊んでいなされ。少し値は高いが阿蘭陀《オランダ》渡りのいい薬を置いてゆくでな」

それを聞いてホッとした銀次郎は、仙の家を後にした。行かねばならないところが、次から次へと頭の中で名乗りを上げていたからだった。

銀次郎は南町奉行所へと足を向けた。市中取締役筆頭同心真山仁一郎に会うためだ。そのあと、目付職にある伯父（和泉長門守兼行）の屋敷を訪ねたいとも思っている。隠居を斬殺されて深い悲しみの中にある「京野屋」も、なるべく早く覗かねばなるまいと思っていた。

南町奉行所は外濠《そとぼり》に架かる呉服橋を渡った御曲輪《くるわ》内にあった。今世においては北町奉行所は数寄屋《すきや》橋を渡った御曲輪内にあり、そして中町奉行所というのが鍛《か》冶《じ》橋を渡った御曲輪内にある。

中町奉行所なるものが鍛冶橋御門内に増設されたのは元禄《げんろく》十五年（一七〇二）八月のことで、このころ幕府の老中会議に緊迫した情報が次次と入ってきつつあったからだ。

十二月に大変な騒乱が起こる、と。

それはこうであった。

元禄十四年三月十四日に勅使、院使を迎えるという重大な行事を控えるなか、勅使接待役のひとり播磨《はりま》赤穂《あこう》五万三千五百石の城主浅野《あさの》内匠頭《たくみのかみ》長矩《ながのり》三十五歳は、むつかしい饗応《きょうおう》の典礼・礼法などについて高家《こうけ》筆頭の吉良《きら》上野介《こうずけのすけ》義央《よしひさ》から指導教示（二度目の）を受けていた。にもかかわらずどうしても充分に理解できず、その理解できない無能さを上野介に責任転嫁《てんか》して、次第に上野介への反感を膨《ふく》らませていった。そして、ついには殿中松の廊下で逆上して脇差《わきざし》を抜き放ち上野介に斬《き》り掛かったものであった。

五万余石の藩主である者が幕府殿中で刃《やいば》を抜き放つなどは言語道断では済まない重大犯罪である。あってはならないこと、どころではない。

浅野内匠頭は幕府より即日切腹を命ぜられ、浅野家は断絶に処せられた。

この浅野家の元家臣たち（四十七名）が吉良家を襲撃して主君の無念を晴らすらしい、という情報が老中会議に次次と届いていたのである（吉良家討ち入りは十二月十四日に実行され、豊かな知識と教養を身に付け、有能な為政者でもあった吉良上野介は無残にも斬首《ざんしゅ》された）。

奉行所が北（常盤《ときわ》橋御門内）・中（鍛治橋御門内）・南（呉服橋御門内）の三奉行体制となった背景にはこうした騒乱への恐れがあったためである。

だが宝永《ほうえい》四年（一七〇七）になって**南海・東海大地震**が勃発《ぼっぱつ》して**大坂**で家屋一万余戸・死者三千人以上を出し、続いて**富士山が歴史的大噴火**をおこして武蔵・相模・駿河に甚大なる被害を与えて一気に社会不安が膨らんだ。

こうした大事変が幕閣をうろたえさせ、三奉行体制はその位置が北町（数寄屋橋御門内）・中町（従前）・南町（従前）と変わった。

銀次郎は南町奉行所へ行くために濠に架かった呉服橋を渡り出した。

呉服橋御門は外様《とざま》大名二万石以上の登城門であり、その御門警備も外様大名一万石から二万石の家臣とその指示を受ける若党達に義務付けられている。

お定めにより警備義務の期間は三年間だ。

「よう、銀次郎ではないか」

銀次郎が、南町奉行所市中取締方の筆頭同心真山と交誼《こうぎ》を深めていることを承知している御門警備の侍が、笑顔で銀次郎を出迎えた。

その侍の前で足を止めた銀次郎は先《ま》ず深深と腰を折ってから面《おもて》を上げ、少し微笑んだ。

侍と並んで六尺棒を手にしている若党が、銀次郎と目を合わせて小さく頷《うなず》く。

「おい銀次郎、老舗《しにせ》の呉服問屋で知られた『京野屋』の隠居が大変な目に遭ったというではないか」

侍が囁いたので若党が気を利《き》かしてだろう、後ろへと退がった。

「もうお耳に入っておりやすんで?」

「うむ。『京野屋』は大名ご用達《ようたし》の大店だからのう。不幸な話にしろ目出度《めでた》い話にしろ、市中に伝わるのは早い」

「左様でござんすよね。実はその件で南町奉行所の真山様をお訪ねしたいと思いやして」

「む、事件の何かを摑《つか》んだのか」

「いやなに、私は目明しじゃあござんせんから事件の中へどっぷりと頭を突っ込ませては戴けやせん。せいぜい使い走り程度で」

「しかし、今やお前は拵屋稼業で大変な顔の広さではないか。おっと、あんまり余計な事は訊《き》かない方がいいな。お前を困らせるだけだ」

「恐れ入りやす」

「よい、通れ」

「有り難うござんす。そいじゃあ、ごめんなさいやして」

銀次郎はもう一度深深と頭を下げてから、足早に御門を潜《くぐ》った。

今月は南町奉行所が表番《おもてばん》（月番）だった。**表番の奉行**は先ず朝四ツ（午前十時）の登城太鼓が鳴る前に登城し、昼八ツ頃（午後二時頃）には奉行所へ戻って執務に当たる。

奉行が登城中の奉行所内は筆頭与力の指示なりを受けて役人たちは動いている。**表番に当たっていない非番の奉行**（所）も業務を休んでいる訳ではない。非番奉行所の表門は閉ざされてはいるが内部では役人たちは執務中であり、非番奉行も必要に応じて登城し、求めに応じて和田倉御門外竜の口《たつのくち》の評定所や老中会議に出席したり、あるいは月番老中の指示を受けたりと、結構忙しい。

銀次郎は南町奉行所の表御門の前まで来ると、六尺棒を手にしている大男の門番に対し丁重に頭を下げた。

「おお銀次郎か。また何ぞ協力してくれているのか」

今や門番ともすっかり馴染《なじ》みの銀次郎であった。

「へい。真山様にちょいとお目に掛からせて戴きたいと思いやして」

「判った。構わんから入れ。真山様は今ちょうど同心詰所に来ておられる筈《はず》だ」

「そうですか。では入らせて戴きやす」

銀次郎は腰を低くして御門を潜った。

同心詰所は御門を入って直ぐの右手にある。

銀次郎が其処《そこ》へ行くまでもなく、同心詰所から真山筆頭同心が小さな木箱を手にして表に出てきた。

「あ、真山様……」

「お、銀次郎、来たか。何ぞ大事を摑んだか」

「いや、そういう訳で参ったのではござんせんが……文左衛門斬殺事件でお探しだったキラリと光った物、どうやら見つかったらしいという情報を耳に致しやしたもので」

「早耳だな。誰から聞いた？」

「事件現場近くの店《たな》の奉公人からでござんすが」

「大事《でえじ》な証拠の品だが、お前《めえ》だから見せようかい。これだ」

真山筆頭同心が手に持っていた小さな木箱の蓋《ふた》を開けて、銀次郎に差し出してみせた。

「やっぱり切っ先三寸でござんしたねえ」

木箱の中を見て銀次郎は声をひそめた。

「切っ先を失った刀を持つ下手人《げしゅにん》は恐らく顔をしかめているだろうぜい。出来のいい刀を求めるにしても、このところ高値傾向が続いているので手に入り難いからなあ」

「仰《おつしや》る通りで。元禄十六年（一七〇三）の南関東大地震による大津波は相模・安房《あわ》・上総《かずさ》に押し寄せ、大勢の人や、たくさんの牛馬も犠牲となり、小田原城では大事な刀や槍《やり》や鉄砲までをごっそりと失い、あるいは流されちまったと聞いておりやす」

「その通りよ。あの地震による小田原城の被害は甚大であったらしいからのう。さらに翌年の宝永元年（一七〇四）には出羽大地震、利根《とね》川の洪水などと続いて多くの人命や物資が失われ、何もかもが高値へ高値へと走り出す原因となっちまった」

「宝永三年（一七〇六）には江戸の大火、宝永四年には南海・東海大地震、富士山大噴火と続いてまたしても多くの人命、物資が失われやしたねえ」

「幕府は物価の統制令を出したが焼け石に水だった。が、しかし銀次郎よ。文左衛門斬殺事件の下手人は必ず刀屋に対して動くぜ」

「私《あつし》もそう思いやす」

「お前《めえ》よ、江戸市中の鍛冶屋や刀剣商を片っ端から当たっちゃあくれめえかい。

奉行所の役人とか目明しが動くと下手人は警戒するだろうからよ」

「同感でござんす。私《あっし》が動いてみやしょう。そのかわり奉行所のお役人方や町方の十手持ちに、勝手に動かねえよう指示を出しておくんなさいやし」

「いま同心詰所に皆を集めて、それを念押ししたところだ。お前にはこの切っ先三寸の型紙を手渡すからよう、それを持って動きねえ」

「承りやした。で、真山様へのその時時の連絡はどう致しやしょうか。その都度《つど》呉服橋を渡って奉行所を訪ねるってえのは、私《あっし》の動きが目立ち過ぎることになりやすが」

「そうよな。じゃあ、こうするか。酒好きな俺は、神田須田町二丁目の居酒屋『おけら』によく出かけるからよ。銀次郎は、何ぞ摑んだ時は『おけら』にひょいと顔を出してくれや」

「判りやした。そう致しやす」

「じゃあ、切っ先三寸に合わせていま型紙を切り取ってくるから、ちょいと待っていてくんねえ」

真山はそう言い残して、足早に真正面に見えている奉行所玄関へと石畳の上を急いだ。

玄関を入って直ぐ右手が次の間《ま》、左手が使者の間であることを銀次郎は知っている。

次の間の奥が用部屋だ。

同心詰所から同心たちが出てきた。その人数の多さからみて、真山筆頭同心は市中取締方以外の御役に就いている同心たちをも集めて事件の概要や切っ先三寸のことを打ち明けたようであった。このあたりの周到さが他の役人とは違うところだった。

銀次郎は同心たちの目にとまり難いよう、表御門を入ったあたりまで自分の位置を退けた。

真山が奉行所玄関から出てきた。

木箱は手にしていなかったが、白い紙片が左の手にあった。銀次郎は真山への協力を惜しんではならねえ、という気持を既に固めていた。

何故か大奥総取締絵島の美しい顔が、不意に銀次郎の脳裏を過《よ》ぎった。

十二

南町奉行所を出た銀次郎は、真山筆頭同心から預かった切っ先三寸の型紙を懐《ふところ》に、思案顔で濠端を歩いた。

大奥年寄筆頭の絵島と予想だにしなかった出会いがあったことを思えば、今直《す》ぐにでも伯父で目付職にある千五百石旗本和泉長門守兼行に会うべきだ、という思いがある。

事実その積もりだったが考えが少し変わっていた。

絵島との出会いを伯父に打ち明けるためではなく、先ず大奥を中心とした権力の蠢《うごめ》きなり様子なりを、然《さ》り気《げ》なく伯父から聞き出すことこそが急務だと。

幕府への忠誠この上ない目付職の伯父にうっかり絵島との出会いなんぞを打ち明けたりすれば、とんでもない大騒動になりかねない、という警戒心が頭を持ち上げていた。

毎日が拵え仕事で忙しいだけに、「余計な面倒はごめん」との思いがやや強くなっている銀次郎だ。

黒羽織のお仙姐さんの病状はたいしたことがなさそうなので心配はしていないが、もう一度住居《すまい》の方へ顔を出してやりたいとも思っている。

しかし何と言ってもいま大事なことは、友情を深めつつある南町奉行所の同心真山に、どういうかたちで前向きに協力してやることが効果的かという事だった。

自分が拵屋としてかかわった老舗の呉服問屋「京野屋」の隠居（先代主人《あるじ》）が何者かに斬殺された事件を「どうにも我慢がならねえ」と歯嚙《はが》みしている銀次郎だったから。

「よし。余りあれこれと考えたり迷ったりしねえで、先ず腰軽く動き回ってみるとするかえ」

呟《つぶや》いて銀次郎の歩みは速まった。

隠居の文左衛門八十歳が斬殺されてからの「京野屋」の混乱と悲しみが気になっていた。気になっていたが、店に忠実な頼りになる大勢の奉公人を抱えている「京野屋」だ。混乱と悲しみの真っ只中へ自分の方から口を挟みに行くのは如何《いか》がなものかという気がしないでもない銀次郎である。

が、しかし化粧・衣裳拵えをしてやった長女の里十八歳のことだけはさすがに心配だった。何者かに文左衛門が殺された以上、四百石旗本山野家との縁談が、うまく捗《はかど》る筈《はず》がない。

「あ、やっぱりなあ……」

「京野屋」の近くまで来た銀次郎は呟いて足を止めた。人の出入りが、ひっそりとだが絶えていない「京野屋」であった。大店《おおだな》の主人《あるじ》風の者、職人の頭《かしら》とか棟《とう》梁《りょう》風、それに武士の出入りなどで目立っていた。が、誰の身形も普段のままだ。裏では「同業者貸し」とか「大名貸し」にも手を染めているんじゃねえか、などと不確かな噂《うわさ》がチラホラとある「京野屋」だった。

訪れる顔触《かおぶ》れを見ただけで〝ひとかどの人物〟と想像できそうな人人の出入りだった。ただ、葬儀が始まったという訳では決してない。なんとなくだが「いつもの京野屋」を装っている。

「こいつあ、拵屋ごときがいま訪ねても迷惑扱いされるなあ……」

銀次郎はひとり勝手に頷《うなず》いて踵《きびす》を返し「京野屋」から遠ざかった。

先《ま》ず刀剣商にでも当たってみるか、と考えを変えていた。

と、後ろから明らかに追ってくる足音があった。銀次郎が振り返らないでいると、

「銀次郎先生、銀次郎先生……」

とか細い呼び声が掛かった。怯《おび》えたような女の声で、里（十八歳）だと判ったから銀次郎は顔をしかめて足を止め振り返った。銀次郎先生、という呼ばれ方が気に入らなかった。耳に不快だった。

里が銀次郎の胸に飛び込むかのようにしてぶつかってきた。

「おっとっと、危ねえじゃねえかい」

「ご免なさい。怖くて怖くて……」

「真っ青な顔をしているねい。ま、事が事だから仕方がねえが」

「怖そうなお役人が来ていたりして、里は体の震えが止まりません」

「怖そうなお役人てえと、町奉行とかが来ているのかえ」

「いいえ、違います。一番番頭の和六の話だと幕府のお目付すじだとか……」

銀次郎は思わず（げっ……）となった。尤《もっと》も幕府の目付すじだからといって伯父とは限らない。

若年寄支配下の目付はかつて二十名以上もいたが今世では十名前後となっており、銀次郎の伯父和泉長門守兼行は序列二番の「次席目付」に位置し、したがって目付組織の「内」と「外」に対して大きな影響力を有している。

「で、お里ちゃんよ。その目付ってえ偉いお役人だが、どのような人物だえ」

「銀次郎先生くらいの背丈で、がっしりとした体格の人。目つきが鋭くて……」

合っている、伯父だ、と思った銀次郎は、あと一歩踏み込んで訊《たず》ねた。

「年齢は幾つくらいだえ。若い？　それとも年輩の者？」

「三十歳を一つ二つ出たくらい。鼻筋の通った銀次郎先生よりも男前な剣術の強そうな人です」

あ、そいつあ違う、と銀次郎は里に気付かれぬよう、ふうっと小息を吐き出して安堵《あんど》した。大いなるひと安心だった。銀次郎先生よりも男前な、はいたく不満ではあったが。

「さ、家の中に入っていねえ。ご隠居が大変《てえへん》なことになっちまったんだ。お里も用心しなきゃあなんねえ」

「銀次郎先生と一緒にいたい。ね、私の部屋へ来て下さい」

「あのな、お里よ。この銀次郎は先生なんて呼ばれる柄《がら》じゃあねえんだ。姐さんたち相手の拵え仕事をそつなく上手《じょうず》にやる、ま、いわば職人だわさ。だから先生は止《よ》しにしねえ」

「じゃあ、どのように呼べばいいのですか。出来れば私だけの呼び方を作って下さい」

「うーん、そうよな。じゃあ……ええい、面倒だい。好き勝手に呼びねえ、好き勝手によう」

「やはり、銀次郎先生にします。決めました。もう変えませんよ銀次郎先生」

「どうしてもかえ」

「ね、銀次郎先生、私の居間で一緒に居て下さい」

「いま気付いたんだがよ、私《あっし》はまだ昼飯を食べちゃあいねえんだ。そのあと訪ねたい所もあるしよ」

「食べ物なら直ぐに用意させます。私もまだお昼を戴いておりません。銀次郎先生とご一緒させてください。いいでしょ、私の居間で」

「判った判った、付き合うよ。結構粘る性格なんだな、お里はよう」

銀次郎は根負けして、里の後に従った。

里は店の手前の小路《こうじ》へと入ってゆき、勝手口門の前で立ち止まった。

なにしろ老舗で知られた大店である。勝手口門とは言っても市井の者から見れば、屋敷門に見えかねない立派な四脚門《しきゃくもん》だ。

尤《もっと》も大身《たいしん》の武家屋敷ほどには大きくはない。

「銀次郎先生、此処《ここ》から入りましょ。お店口《たなぐち》はいま色色な人の出入りで立て込んでいますから」

「お里、私《あっし》は知らねえよ。自分の居間へ勝手に男を引き入れたことを両親《ふたおや》に知られると、大目玉をくらうぜ」

「大丈夫です。さ、銀次郎先生……」

「まったく耳に不快な呼び名だぜい。銀次郎先生なんてよう」

銀次郎は苦笑いをしつつ里に手を引かれるまま勝手口門を潜《くぐ》ったが、「おっと待ちねえ」と今度は逆に里の手を引いて立ちどまった。

「お里よ、この勝手口門は、いつも鍵《かぎ》は掛かっていねえのかえ」

「はい。夕七ツ頃（午後四時頃）までは開いています。仕入れとか支払い先の人たち、それに商い契約とか相談事のある人たちはこの勝手口門から出入りします。表通りに面した商い口は、買いのお客様の出入りが多いので」

「それは判るが勝手口門から誰でも出入りできるというのは、昨日《きのう》のご隠居さんの不幸を考えれば余りにも物騒じゃねえかえ」

里は首を横に振って南の方を指差してみせた。

「いいえ。勝手口を入って石畳沿いに南方向へと進めば大番頭の利平や三番番頭の右吉《うきち》が座っている高い格子囲いの帳場に自然と突き当たります」

「なるほどね。三番番頭の右吉さんてえのは初めて耳にするが……」

「殺された祖父（文左衛門）の古い友人に、五百石お旗本の佐々森政之介《ささもりまさのすけ》様と仰る囲碁好きな方《かた》がいらっしゃいました。その政之介様は既に老衰でお亡くなりですが、佐々森家はご嫡男連九郎《れんくろう》様が家督を継いでおられ、『京野屋』へもよく訪ねて参られます」

「それで？……」

「その佐々森家にご三男で部屋住《へやずみ》（家督相続権の無い次男以下の者）の吉之助《よしのすけ》様と仰る二十六になる御方がいらっしゃいました」

「ました、ってえことは今はいないのだな」

「はい。佐々森家には、いらっしゃいません。その吉之助様は事あるごとに『これからは商人の時代だ』とか主張なされておられまして……」

「ははあん、判った。亡き文左衛門さんに無理をねじ込んで佐々森家を蹴《け》り『京野屋』の三番番頭右吉として居座ったという訳かい」

「居座っただなんて……右吉は穏やかな優しい性格です。五百石旗本家の三男でもありましたから、読み書き算盤《そろばん》に大変すぐれております。それで、たちまち三番番頭にまで、自分の力で上がってきたのです。祖父は奉公人を甘やかすような人ではありません」

「そうかえ。失礼を言っちまったな。すまねえ。許しておくんない。で、石畳に沿って北方向へ進むと、おい里よ、背の高い頑丈そうな板戸が立ち塞《ふさ》がっているが……」

「あの板戸には、からくり錠が付いています。簡単には開きません。行きましょ銀次郎先生」

「銀次郎先生ねえ」

首をひねり銀次郎は胸の内で舌を打ち鳴らした。どうにも気に入らない〝銀次郎先生〟であった。

それにしてもこの里という娘は、祖父が殺された事件を本当に腹の底から怖がっているのか、という疑いも生じ始めていた。

確かに顔色はよくないが、話し様《よう》はどことなくあっけらかんとしている印象だ。それに見合いが上手《うま》くいこうが流れてしまおうが、まるで平気という感じがしないでもない。

板戸のからくり錠を開けると庭が広がっていた。敷地の北側に位置している庭であったが、なにしろ広いから明るい。日もよく差し込んでいる。

里は開けた板戸の錠を閉じることを、さすがに忘れなかった。

## 十三

角部屋の自分の居間へ銀次郎を通すなり里が言った。

「この座敷と壁を挟んで背中合せになっているのが客間です」

「あ、そう……」

言葉短く応じて、銀次郎は広縁に胡座《あぐら》を組んだ。明るく広い庭には、何の花なのであろうか白い大輪の花が咲き乱れている。

「いまお茶を淹《い》れてきます。そのあとでお昼御飯を持って来させますから」

「両親《ふたおや》に叱《しか》られたって私《あっし》は知らねえぞ。自分の居間へ勝手口から男を引き入れるなんざあ、てえした娘だい」

「うふふっ」

里は含み笑いを残して足早に座敷から出ていった。怖い怖いと言っていた先程の里は一体何処へ消えてしまったのか、と銀次郎は顔をしかめた。これが「近頃の十八娘」というやつか、とも思った。

と、広縁を足音が近付いてきた。慌ただしい感じだ。

里の足音じゃあねえな、と判ったから銀次郎は素早く座卓の前へと体を移して正座をした。

角部屋だから広縁は西側と北側に走っている。銀次郎が胡座を組んでいたのは、西側の広縁だ。

北側の広縁との間を仕切っている障子に男の影が映って、その人影が西側の広縁へと回り込んで、

「これはまあ銀次郎さん。なんですかお里が半ば無理矢理に引っ張り込んだとか申しまして、驚きましてございます。全く申し訳ございません」

と、座敷に入ってきた。

里の父親で「京野屋」の主人《あるじ》草右衛門であった。

「いやなに、もっと早くに来ようと思ってはおりやしたが、大店『京野屋』さんのことだから事件に驚いて訪れる人が多いと思いやして控えておりやした」

「おそれいります。仰いますように、もう二百二十人を超える人人が励ましや悔《くや》みを述べに来て下さいまして対応に大童《おおわらわ》でございます。こちらと致しましては、気持が落ち着くまでは、ひっそりと息を潜めていたいのですがねえ」

「二百二十人……もでござんすか」

銀次郎は思わず目を大きく見開き背中を反らせてみせた。二百二十という数字に驚いた訳ではなかった。その数字を数えていた如何にも商人らしい精緻《せいち》さにあきれたのだ。不快感にほど近い〝あきれ〟だった。

が、あきれてばかりおれない銀次郎である。表情を改めて丁重に悔みの言葉を述べ、ひと呼吸置いてから付け加えた。

「今、ちょいと話をさせて戴いてよござんすか」

「はい。店口《たなぐち》の方は家内や大番頭の利平らが上手く立ち回ってくれておりますので……」

「此度のご隠居の不幸、私《あっし》にとっては青天の霹靂《へきれき》でござんす。ましてや、お里ちゃんの見合いの日を狙《ねら》い撃ちするかのような残酷な凶行。何ぞ思い当たるようなことがあれば、話して下さいやせんか。決して他言は致しやせん」

「銀次郎さんの仰っている意味が判りかねます。何ぞ思い当たるようなこと、とは一体どのようなことを考えてのお言葉ですか」

「逆に問い返しなさいやしたか。じゃあ言葉を飾らずに申し上げてよござんすね」

「はい。仰って下さい。幸い今は、この座敷に銀次郎さんと私しかおりません。話の進みようによっては、肚《はら》を割りましょう」

「本当に割って下さいやすか」

「私は侍の血を引く家の者ですが、今では頭から足先まで商人だと思っています。その私が、娘の里の拵えに当たって下さいました銀次郎さんを見て、この人は大変信頼できると思いました。商人のカンというやつです。肚を割っても心配のない御人だと見抜いたつもりでおります」

「そいつあ、嬉しいお言葉でござんす。じゃあ率直に申し上げやしょう。先代ご隠居さん時代の『京野屋』の商いは、かなり強引で駆け引き計算の上手なところがあり過ぎた、という噂を耳にしたことがござんす。これについて、ご隠居の後を継がれた二代目ご主人の意見を聞かせて戴きとうござんす」

「…………」

「どうなさいやした。不快そうに口元を歪《ゆが》められやしたが、お腹立ちになりやしたか」

「…………」

「肚を割って戴けると思っておりやしたが」

「…………」

「判りやした。じゃあ私はこれで帰らせて戴きやしょう」

と銀次郎が腰を上げようとすると、主人《あるじ》草右衛門は銀次郎の動きを押さえようとでもするかのように小慌てに軽く手を上げ、そして口を開いた。

「あ、いや、申し上げましょう銀次郎さん。実は今、幕府のお目付すじの方が見えておられまして、店の帳簿を調べておられます。そのため店の誰も彼もが体の震えが止まらない状態で……」

「お里ちゃんからも目付すじが見えているとは聞きやした。しかし妙でござんすね。若年寄配下の正式なる目付の主たる仕事ってえのは、旗本や御家人《ごけにん》の監察にあるってえことぐらい、今時は町人だって知っておりやすぜ」

「は、はい。むろん私も存じておりますよ銀次郎さん。ですから訳が判らないのですよ」

「旗本や御家人の監察だけじゃありやせん。若年寄配下にある目付ってえのは、時には大名にかかわる事件の糾察《きゅうさつ》を命じられることもあるらしい、と耳にしておりやす。つまり町人のゴタゴタになんぞ決して首を突っ込まねえのが若年寄配下の目付でござんすよ」

「だからこそ店の者たちは皆怯えているのです。隠居の父が突然斬殺されて、被害者の立場にある『京野屋』が、なぜ突然お目付すじに帳簿を調べられるのか、全く心当たりがなくて」

「訪ねて来たその目付ってえのは、帳簿を調べる理由について何も言わねえのですかえ」

「はい。何ひとつ仰いません……」

「妙でござんすねい……で、その目付の名は聞きましたかい」

「同道の供侍の方《かた》が五人おられたのですが、その内のお一人が『勘定奉行役宅立合目付、関家常吾郎《せきやつねごろう》様のお調《しらべ》である』と仰いました。赤鼻で顔がテラテラと脂肪《あぶら》光りした狐目の小柄で肥《ふと》った関家様でございます」

「はあて、勘定奉行役宅立合目付、関家常吾郎様ねえ……うーん」

次席目付、和泉長門守兼行を伯父に持つ銀次郎ではあったが、関家常吾郎の名は耳にしたこともなかった。が、それを面《かお》に出すことはなるべく抑えた。

（お里のやつめ。鼻筋の通った男前な、などと言いおって……）

銀次郎は、胸の内で舌を打ち鳴らし、そっと苦笑した。

伯父の家へは目付たちが年に何度か集まって「結束の宴」とかをやる事がある。

目付はその監察的任務から、「広い交際」という事について自粛《じしゅく》を強く求められていることから、自由の幅が広い目付同士の付き合いが重んじられていた。

銀次郎もこれ迄に三、四度その「結束の宴」の場に居合わせた事があった。

したがって目立った目付についてはよく覚えている。

目付たちはいずれも弁舌さわやかで如何にも頭の切れそうな印象の者が多い。男としての容姿も生彩を放っており、剣術についても優れた腕前の持主が少なくない。だが、それらの中に関家常吾郎の名があったことはない。

「しかし、まあ、実際に目付すじが大店『京野屋』へやって来て帳簿を調べているとなると、それなりの理由がきっとあるのでござんしょ。そう考えねえと仕方がない。本当に心当たりがねえんですかえ」

「はい。少なくとも私が『京野屋』の主人《あるじ》となりましてからは……」

このとき足音が広縁をこちらへ近付いてきた。一人の足音ではなかった。二、三人であろうか。

銀次郎も主人《あるじ》の草右衛門も口をとざした。

北側の障子に女の影が三つ映り、そして里が二人の女中を従えて入ってきた。

三人とも盆を胸前に持っていた。

里と父親との会話が始まった。

「あらお父様、いらしていたのですか」

「当たり前でしょうが。お前の拵えの世話をして下さった銀次郎さんが見えておられると判って、知らぬ振りが出来ますか」

「お父様のお食事はございませんことよ」

「いいから、お前たちは盆を置いて、さがっていなさい。はやく……」

「私は一緒に居ても宜《よろ》しいでしょ」

「駄目です。銀次郎さんと大事な話をしているのです。さがっていなさい」

「つまらないこと……」

里は座卓の上に盆を置くと、二人の女中を残し、ふくれっ面《つら》でさっさと座敷から出ていった。

二人の女中は盆の上に載ったものを、銀次郎と草右衛門の前にきちんと並べ置き、丁重に三つ指をついて座敷から出ていった。よく教育をされていることが判る二人の若い女中だった。

足音が広縁を遠ざかるのを待って、草右衛門が口を開いた。神妙な顔つきだった。

「父がこの店を仕切っていた当時は、正直申して倅《せがれ》の私には、父の商売の仕方に殆《ほとん》ど関心などありませんでした。道楽息子と言われても仕方がない有様でして……」

「女遊びがかなり派手であった、とは私《あっし》の耳にも入っておりやす」

「はい。仰る通りです。大酒呑みでしたし博打《ばくち》に手を出したりも致しました。どうもその……甘ったれのくせに気性の激しい一面があるお里は、私の血を濃く引き継いでおるようで」

「ま、お里さん云云《うんぬん》は横へ置いておきやしょうか」

「父が仕切る『京野屋』は確かに破竹の勢いで商いを大きくしてゆきました。金蔵の千両箱は増えるばかりで、あちらこちらに高利で金を貸しては商《あきな》いの勢いに弾みをつける、という手段を取っていたように思われます。あくまで想像に過ぎませんが」

「と言うことは、二代目として商いを継いで以降、余り大開《おおっぴら》に出来ねえ貸付帳のようなものでも見つかったのですかい」

「いや、隠居したとは言っても商いに口やかましい父が亡くなったのは昨日《きのう》のことですから、私が隠し帳簿などを見つけようとする動きなど取れやしませんよ。でも、何処かにあるような気がしています」

「ひょっとして、勘定奉行役宅立合目付なんぞがいきなり訪ねてきたのは、その隠し帳簿とやらが目当てかも知れやせんねえ」

「脅ろかさないで下さいよ銀次郎さん。それでなくとも、びくびくしているのですから」

「ねえ、草右衛門さん。市井には不確かな噂として、『京野屋』は大名貸しとか同業者貸付けなどを相当悪《あく》どくやって巨利を得ているらしい、というのがありやしてね……」

「ええ、その噂があることは私も承知しています。父の貸付帳が見つかれば何もかもが明るみに出るというか……判るのですがねえ」

「草右衛門さんの代になってからは、貸付けというのは、どうなんです？」

「やっておりません。天地神明に誓って……私のこの商い《あきな》い方針だけは、隠居した父に触れさせませんでした。頑として」

「よっく判りやした。私《あっし》もお里ちゃんの拵えをした手前もあって、何とか『京野屋』さんのお力になりてえと思っておりやす。私《あっし》は役人じゃあござんせんが、力を借りることが出来そうな道筋は何本か持っておりやす。若《も》し貸付帳などというものが見つかりやしたら、連絡をおくんなさいやし」

「承知いたしました。こちらからお届けするように致しましょう。番頭や手代ではなく私の手から直接お渡しするなり、お見せするなり致しましょう。三、四人に然り気なく用を言いつけるようなかたちで……」

「そいつあ有り難いです。草右衛門さんに帳簿の見方を教えて貰いながら、きちんと拝見させて戴きやす」

そのあと銀次郎と草右衛門は声をひそめて半刻《はんとき》ほども打ち合せを続けた。

十四

草右衛門との話の最中に、関家常吾郎とその供侍たちが引き揚げるというのを里からの報《しら》せで知った銀次郎は、ほんのひと足遅れで自分も「京野屋」を後にした。結局、里が用意してくれた膳には全く箸を付《つ》けず終《じま》いであった。

「もう暫くお付き合い下さいませんか」

と草右衛門は引き止めたが「また明日にでも参りやすから」と銀次郎は受け流した。

関家常吾郎とその供侍たちは、銀次郎の一町ばかり先を、妙に急ぎ足で歩いていた。

商い通りと称されるほど店が立ち並んでいる通りであったから、銀次郎は軒下に沿うようなかたちで歩いた。

前を行く関家常吾郎たちが振り向いたなら、直ぐさま間近な店へと隠れるためだ。べつに姿を隠さねばならぬほど、前を行く関家常吾郎たちに不穏な〝何か〟を感じている訳ではない。

後ろ暗いことをしてきた銀次郎ではないから、不意に振り返られても慌てる必要などはなかった。お互い顔なじみの間柄ではないのだ。

何かあれば、銀次郎の後ろには伯父の和泉長門守兼行が控えている。目付衆の中では、次席に位置する実力者だ。大目付さえも、一目置いている。

そうは言っても関家たち一行を尾行する銀次郎は慎重だった。凡《およ》そ一町の隔りを縮めも伸ばしもしない。

足早な一行は商い通りを抜けると、神田川に最近架かった木橋を渡って、料亭や小料理屋が立ち並ぶ花町神楽坂《かぐらざか》へと入っていった。

「ん？」

と、銀次郎は小首を傾《かし》げて空を仰いだ。料亭で綺麗どころを呼んで美酒を楽しむには、まだ日は高い。それに「お調べ」という役目を終えたばかりの一行だ。

尤も最近の巷《ちまた》では、ぐれた不良旗本たちが真っ昼間から料亭遊びをしている、という噂が囂《かまびす》しい。それを査察するため、目付すじが抜き打ち的に料亭を訪ねても何らおかしくはなかった。とにかく近頃の旗本家の二男坊、三男坊には、ぐれている者が目立った。深夜の辻斬りの下手人と言えば、連中であることが多い。

関家たちは、「京野屋」を訪ねての帰りであるから、若し単に酒食が目的なら、ぐれ旗本と肩を並べることになりかねない。

その関家一行が、戸惑う様子を見せることもなく、料亭の冠木門《かぶきもん》を潜った。

神楽坂では一、二の規模《きぼ》で知られている「水月」である。銀次郎にとっても、全く知らないという店ではない。

銀次郎は歩みを急がせ、料亭へと消えた一行との隔たりを詰めた。

料亭の玄関へと一行が消えた直後であった。銀次郎は然り気なく料亭の前を四半町ばかり（二十五メートルほど）行き過ぎて、そばの柳の木陰にそろりと身を隠した。人の往き来がまだ多い往来には他人《ひと》の目があるから、意味あり気にサッと柳の木陰に飛び込む訳にはいかない。

柳は体を隠せるほどの巨木ではなかったから、銀次郎は幹に対して体を横向きに張り付けた。

そうして銀次郎は「水月」の冠木門を暫くの間、注視した。

すると、関家一行をまるで追うかのようにして、町人身形の男三人が次次と冠木門を潜ったではないか。「水月」には不似合いな印象の三人だ。

その男供の後ろ姿から、うち二人を「牛込《うしごめ》の文造《ぶんぞう》」と「高輪の直次《なおじ》」と銀次郎は見破った。江戸ではよく知られた目明しだ。市井における評判は決して悪くはない。

あとの一人は誰であるのか、銀次郎には判らなかった。

銀次郎は柳の木陰から出て、懐手のぶらぶら歩きで「水月」へと近付いていった。


「あら銀ちゃん、珍しくひまそうね」

「たまには仕事を離れて呑みに来なさいな。おごるから」

「今夜、私の体、空《あ》いてるわよ」
二、三の姐さんたちが銀次郎に気付いて声をかけ、笑顔ですれ違ってゆく。この刻限だから、ひと風呂あびて体を清めた姐さんたちの〝濡《ぬ》れ帰り〟だ。
ひと風呂あびた直後の着流しの姐さん達は、首すじから胸元の素肌がほんのりと上気していて一層妖《あや》しいことから〝濡れ帰り〟の姐さんと夜の社交界では呼ばれている。これこそ姐さんたちの一番妖《あや》しい時だった。

銀次郎は「よっ」とか「おう」とか適当に応《こた》えて、姐さんたちに笑顔を向けることを忘れない。銀次郎にとっては大事な得意先なのだ。

「水月」まであと、ほんの少しという所まで来たとき、またしても銀次郎は往来脇の煙草屋を小慌てに覗《のぞ》く振りをせねばならなかった。煙管《きせる》なども売っている老舗の煙草屋だ。

向こう角の町家の隅《すみ》から現われた、身形の悪くない浪人態《てい》が一人、「水月」の前に立って、熟《じ》っと亭内の様子を窺《うかが》い始めたのだ。身じろぎ一つせずに。

年齢《とし》は着ているものの地味さから四十を超えたかどうかという印象だ。髪は浪人銀杏《いちょう》ではあったが全く乱れておらず、よく手入れされていると判った。しかし、銀次郎の位置から見て顔がやや向こう向きのため、人相は摑み難《にく》かった。

大小刀の帯び方も、生活の乱れをあらわしているかのようないわゆる「どうでもよい」といった〝乱れ差し〟ではなく、腰に対しての作法を守り確《しっか》りとした位置に帯びている。

（あの浪人。若《も》しかして目明したちを尾行して此処までやって来やがったのか……それとも関家一行が『水月』を訪ねると知っていて現われたのか）

銀次郎は胸の内で呟き煙草屋の陰から、熟《じ》っと浪人を見守った。

「あのう、お客様……」

煙草屋の小僧が店の中から外に出て来て銀次郎の背後から恐る恐る声を掛けた。

「お、すまねえな。どの種類の煙草を買おうかと迷っていたんでい」

「入口脇に立っておられると他のお客様の邪魔になりますので、どうぞ遠慮なく中へお入り下さい」

「あ、いや、またにすらあ。すまねえ」

銀次郎と煙草屋の小僧とのやりとりは、ほんの僅《わず》かの間だった。

ところが銀次郎が「水月」の方へ視線を戻したときには、すでに浪人の姿は消えていた。

（しまった……）

銀次郎は舌を打ち鳴らして、「水月」の冠木門へと急いだ。

店先に残された小僧が「馬鹿……」と呟いて、店の中へと消える。

銀次郎は丁字路となっている「水月」の前で三方向を見回した。

しかし浪人の姿は見当たらない。

「あら、銀ちゃん、どうしたの？」

「水月」の冠木門から、竹箒《たけぼうき》を手にした三十過ぎの胸元がふっくらとした体つきの女が怪訝《けげん》な顔つきで姿を現わした。

女中頭（仲居頭）の竹乃《たけの》だった。「水月」の女中頭になるくらいだから容姿も才知も黒羽織の姐さんたちに、ひけは取らない。

「私に用なら胸が疼《うず》くほど嬉しいんだけれど……どうやら、そうじゃなさそうね」

竹乃が清潔そうな白い歯を覗かせて微笑んだ。銀次郎にとって「水月」はさほど親しい店ではなかったのだが、今や夜の社交界において、銀次郎の存在を知らぬ者はいない、と言ってよい。

銀次郎の強さはつまり、夜の社交界にこそあった。

「しっ……」と言わんばかりに人差し指を口の前に立てた銀次郎が、竹乃に顔を近付けて囁《ささや》いた。女中頭の竹乃のことは、よく知っている。

「頼みてえことがある」

「いいわよ。何でも言って……」

「但《ただ》し、二人だけの内緒事にして貰いてえ」

「なに言ってんのさ。銀ちゃんの普通でない顔色を見ただけで、そうだと判りますよ。見損なわないで」

「すまねえ。そのかわり中村菊右衛門《なかむらきくえもん》一座の評判の舞台に連れてってやるからよ」

「本当《ほんと》？」

「ああ本当《ほんと》」

「嬉しい。じゃあ、そのあとは日本橋八百善《やおぜん》で一緒に夕食を摂《と》るというのはどうかしら」

「構わねえ。二間続きの一方に寝床が敷いてあっても逃げやしねえ」

「それ本当《ほんと》？」

「絶対に本当《ほんと》」

「聞いただけで体に震えがきますよ銀ちゃん」

「と言ったって、竹ちゃんには男前の旦那がいたんじゃねえのかえ」

「いるけど、一度くらいなら旦那を裏切ってもいい。相手が銀ちゃんだもの」

「よしきた。で、頼みというのはな、竹ちゃん」

そう言って「水月」の二階窓を見上げた銀次郎の目が一瞬ではあったが、ギラリと凄みを見せた。

色色の客と接している女中頭の竹乃である。銀次郎のその一瞬の凄みを見逃す筈がない。

竹乃の顔からそれ迄の笑みが消えて、女中頭のキリッとした厳しい顔つきになった。

しかし、二人はまだ気付いていなかった。

凄惨《せいさん》な事態が刻一刻と、足音を立てず「水月」に迫《せま》りつつあることを。

## 十五

女中頭竹乃が、銀次郎の頼みを「判ったわ銀ちゃん」と受けて亭内へ姿を消している間、銀次郎は池泉回遊《ちせんかいゆう》式の庭園を、そぞろ歩いた。

池泉回遊式庭園とは、鎌倉期から室町期にかけて見られた造園形式で、芸術的工夫を凝《こ》らした池の周囲《まわり》を、散策しつつ観賞する庭園をいう。

さらにこの庭園を、「座って観《み》て楽しむ」ため、武家屋敷の書院或《あるい》は料亭の客間などにも次第に特徴ある工夫が凝らされ出した。

料亭「水月」の庭園を眺める客間にも、その工夫は見られた。

「水月」の庭の池は、料亭の敷地内にある池としては相当に大きく、楕円《だえん》の形をしている。

この池の東半分に当たる畔《ほとり》までは、よく手入れされた美しい青竹の林が迫っていた。その竹林の中に人ふたりが並んで歩けるくらいの石畳の遊歩道が、くねくねと続いている。

池の西半分の畔へは、紫陽花《あじさい》の植え込みが小波《さざなみ》のようなうねりの広がりを見せて迫っていた。あざやかな剪定技《せんていわざ》だ。

紫陽花は日本で古くから栽培されていた。

日本産の紫陽花が中国経由でロンドンのキュー植物園へジョセフ・バンクスの手によって持ち込まれたのは、火付盗賊改《あらため》頭取《とうどり》長谷川平蔵宣以《はせがわへいぞうのぶため》が江戸石川島に犯罪者の更生を願って「人足寄場」を設けた寛政《かんせい》二年（一七九〇年）のことだった。

この日本産の紫陽花がフランス、オランダ、ベルギーへと次第に広がるにしたがって花の色を増やし、やがて色あでやかな種種の紫陽花が西洋紫陽花《ハイドランジャー》として日本へ逆輸出される歴史を持つようになるのである。

まさに日本は、世界の紫陽花の母なる国だった。

名料亭「水月」では、この紫陽花と池とさわやかな青い竹林を眺めることが出来るよう、客間を料亭敷地の西側へと寄せるかたちで、東へ向けて設《しつら》えられている。

「遅いな……」

竹林の中の遊歩道をそぞろ歩きながら銀次郎は呟いて、竹林の向こうにちらほらと見えている入母屋造《いりもやづく》りの母屋（客間棟）の方を、覗き見るようにした。

「決して無理をするなよ」

と付け加えて銀次郎が竹乃に依頼したことは、「関家一行」や、その後に続いて入った「名のある目明しの親分」たちの、様子を探り見ることだった。

身形の悪くない「浪人風」に関しては、竹乃には打ち明けていない。その浪人が「水月」へ入ったのかどうか銀次郎は認めていないからだ。

加えて、その浪人の遠目で眺めた姿に、何となく「鋭い痛み」のようなものを感じたからである。

「鋭い痛み」――直感であった。

「近付き過ぎちゃあいねえだろうな」

舌を打ち鳴らして銀次郎は耳を澄ましてみた。静かであった。三味線の音はおろか、ささやき声ひとつ聞こえてこない。しかも竹林の向こうにちらほら見えている入母屋造りの客間棟は、広緑に沿って並ぶ客座敷の障子全てが、ぴたりと閉ざされている。客の気配など、全く伝わってこない。

「水月」の今頃は、台所での仕込みが最も忙しいときだが、その活力ある騒がしさも伝わってこない。尤《もっと》も台所は竹林から見て、料亭建物の西の端と判っている銀次郎であったから、その点についてはは気にはならなかった。

「遅い」

もう一度呟いて、銀次郎は玄関の方へ戻ろうと、くるりと踵《きびす》を返した。

竹林を出たところに、桜の巨木がある。樹齢数十年はこえていると思われる巨木だ。おそらく「水月」が創業された時に植えられたものだろう。たった一本の桜の木であったが、枝を四方へ勇ましく張り出し、毎年見事に花を咲かせることから、この桜を眺めるのを楽しみにして訪れる客も多い。

この桜の木の傍《そば》で遊歩道は右へ折れて石畳の幅も二倍ほどに広くなって玄関式台の前へと続いている。

ここまで来ると、入母屋造りの西の端詰めにある台所の音――声や食器が触れ合う――などが微《かす》かにだが聞こえてきた。

銀次郎が武家の小屋敷に見られるくらいの、よく出来た玄関式台の前に立って、奥を覗き見る姿勢をとろうとした時であった。

「ぎゃっ」という悲鳴が聞こえてきた。

それこそ断末魔を思わせる悲鳴だ。

「なんだ?」

と銀次郎が思わず身構えたとき、「わあっ」「よせっ」「きゃあっ」と立て続けに悲鳴と叫びが奥の方で生じた。女の悲鳴が混《ま》じっていたから、銀次郎の脳裏を竹乃の顔が、サッと過《よ》ぎった。

続いて刃と刃が打ち合う、ガチン、チャリンという鋭い響き。

甲高《かんだか》い女の悲鳴と共に何人もの足音が玄関へと向かってくる。

これは只事ではない、と銀次郎は雪駄《せった》のまま玄関式台に上がり込んだ。

奥へと真っ直ぐに続いている廊下手前の、大きな衝立障子《ついたてしょうじ》――虎の絵の――を回り込んだ銀次郎に向かって、座敷女中たちが恐怖の様子でぶつかるように逃げてきた。

さほど親密ではない「水月」であるとは言え、拵《こしら》え仕事で何度か訪れている銀次郎にとっては、見知った馴染《なじ》みの顔が多い。

しかし、竹乃の姿がその中にはなかった。

「どうした、何があった」

「あ、銀ちゃん。奥の西の客間『けやき』で、お侍たちが……」

「斬り合いか」

「はい、あっという間に始まって……」

「竹乃は……竹ちゃんはどしたえ」

「わ、判りません」

銀次郎は座敷女中たちを払いのけるようにして長い廊下を走り出した。この時にはもう、調理場から出てきた男衆《おとこし》たちも、手に手にいざという時に備えの棍棒《こんぼう》などを持ち、銀次郎の後に続いた。

もちろん銀次郎を拵え師として承知している連中だ。

勝手知ったる廊下を左へ折れ右に曲がって八畳が二間続きになっている客間「けやき」の前まで来た銀次郎は、愕然《がくぜん》となって背すじを反《そ》らせた。

銀次郎に追いついて「けやき」の前に立った調理場の男衆たちも茫然《ぼうぜん》となる。

血の海の中に関家常吾郎と供侍たち、及び「牛込の文造」ら目明し三人、そして竹乃が横たわっていた。ぴくり、とも動かない。

銀次郎は血の海を踏んで竹乃に駆け寄った。

「おい竹乃……竹ちゃんよ。銀次郎だ」

声を震わせて銀次郎は竹乃の肩を抱き起こした。大変なことになってしまった、と思った。この時になって我を取り戻した男衆たちが、呻《うめ》き悶《もだ》える侍たちに寄っていった。

「頼む、しっかりしてくれ竹ちゃん」

銀次郎は竹乃の耳元で叫んだあと、男衆たちに向かって怒鳴りつけるようにして言った。

「おい、誰か医者へ走ってくれ。その足で自身番へ駆け込んで、南町の真山同心に御出《おいで》願うように頼み込むんだ」

「判りやした。私《あっし》が走りやす。自身番の爺《とっ》つぁんとは顔馴染みなんで」

調理場の若い衆《の》が言うなり、血の海を踏みつけるのを物ともせず座敷から飛び出していった。

十六

銀次郎は南町奉行所から真山筆頭同心ほか役人たちが駆けつけるまで、竹乃の亡骸《なきがら》のそばにへたりこんで、店の誰が恐る恐る声を掛けようとも、蒼白《そうはく》な顔で一言も応じなかった。

それはそうであろう。己れの依頼を心よく受けてくれた竹乃が無残にも命を落としたのだ。

漸《ようや》くのこと駆けつけた真山ほか役人たちも、余りの惨状を突きつけられ茫然《ぼうぜん》として一言もなかった。

医者の手当の甲斐《かい》もなく――と言っても殆ど手当らしい手当は出来なかったの

だが――関家常吾郎と供侍たち、そして三人の目明しは助からなかった。誰もが凄《すさ》まじい一太刀《ひとたち》を浴びていた。一行の中で抜刀しかけていたのは関家と供侍二人だけだ。つまり疾風の如く座敷に突入してきた何者かによって、あっという間に叩《たた》っ斬《き》られたことになる。

ひとりだけが斬られたのであれば、まだ話が判る。が、殺《や》られたのは侍が関家を含めて六名、そして名の知れた腕利《き》きの十手持ちが三名である。

へたりこんでいる銀次郎の前へ、真山が血の海に用心しつつ腰を低く下げた。

「おい、銀次郎。確《しっか》りしねえかい。顔が真っ青じゃねえか」

「真山様……女中頭のこの竹乃は、私《あっし》のために命を落としたようなもんでござんす。私《あっし》のために……」

「どういう意味でい」

「ここでは……ここでは話せやせん」

銀次郎は小声でボソボソと応じた。頭の切れが鋭く速い真山である。竹乃の亡骸に合掌し、「わかった……」と腰を上げるのも早かった。

座敷の入口で障子にもたれるようにして泣いている薄白髪の上品な顔立ちの女

の方へ、真山は寄っていった。

「水月」の女主人《あるじ》登代《とよ》五十二歳である。

「女将《おかみ》、気を確りと持ちねえ。色色と訊《き》くのは後まわしだが、気立てのよいことで俺たち役人の間でも評判がよかった女中頭の竹乃は、確か狛江《こまえ》村の生れだったよな」

「はい、左様でございます。狛江村で百姓をしている年老いた両親が竹ちゃんの娘三人を……」

「えっ、竹乃には三人も娘がいたのかえ」

「二歳と五歳と六歳の三人でございます。二歳の子が生まれる少し前に、竹ちゃんは夫を病いで亡くしましてございます」

「そうだったのかえ。それ以来、竹乃の年老いた両親が子供たちの面倒を見ているという訳か」

「はい」

「そのことを、蒼白になることなんざあ日頃滅多にねえ銀次郎は知っているんだな」

「ええ、銀次郎さんは、竹ちゃんにとっては良い話し友達だったようですから、大抵のことは知っている筈《はず》ではないかと……」

「それであんなに真っ青になっていやがるのかえ。で、その年老いた両親の生活ってえのは？」

「幸いなことに、庄屋さんほどではないにしろ、かなりの田畑《でんぱた》持ちで幾人かの小作人を抱えているくらいですから、生活の心配はないと思います」

「そうかえ。そいつを聞いて少し安心をしたよ。こんな時の言い方としては相応《ふさわ》しくないかも知れねえが、少しホッとしたぜ」

真山はそう言うと、女将の肩を軽く叩いて、また銀次郎の傍《そば》へと戻り、腰を下ろした。

「此処《ここ》へ駆けつけたとき、番頭から聞いたのだが、殺られた侍《さむれえ》たちは勘定奉行役宅立合目付とその供侍だというじゃあねえか。お前《めえ》は顔が広い。殺られた侍の中に知った顔はあるかえ」

真山の囁《ささや》きに対して、銀次郎は首を横に振った。真山の問い掛けを、非常に面倒に感じた。

「どなたも知った顔じゃあござんせん。ただ町人態《てい》の三人のうち二人は町衆の間で評判のいい目明し『牛込の文造』と『高輪の直次』と判っちゃあおりやすが」

「次から次と、こう大きな事件が続くと月番《つきばん》の南町だけじゃあ下手人を追い詰められねえ。しかも今回は勘定奉行役宅立合目付とかが絡んだ事件だ。『牛込の文造』と『高輪の直次』それにもう一人の目明し『下谷《したや》の時造《ときぞう》』の三人の身辺についちゃあ奉行所で調べるが、勘定なんとか目付御一行様についちゃあ、奉行所の手を離れるだろうぜ」

「でございやしょうねい。町人の私《あっし》ならむしろ自由勝手に動き回れやすが……」

「漸くお前《めえ》らしい言葉が出たな。文左衛門斬殺《ざんさつ》事件も片付いちゃあいねえのに面倒かけるが、この事件についてもひとつ、顔の広いお前《めえ》がひっそりと立ち回っちゃあくれめえか」

「へい。もとよりその積もりでござんす」

「ところで銀次郎よ、お前《めえ》はどうしてこの『水月』にいるんだえ。先程よ、俺のために竹乃は殺られたってえ意味のことを言ってたが……」

「私《あっし》が此処にいるのは、拵え仕事を竹乃に頼まれたからでござんす。少し早目に此処へ来た私《あっし》のために、じゃあ急いで客間仕事を済ませるから待ってて、と言って客間へと戻っていった直後に悲鳴が……」

銀次郎は偽りを言うしかなかった。肚《はら》の内では下手人に対する怒りで煮えくりかえっていた。

「そういう事だったのかい。だが竹乃の件は、お前《めえ》の責任でも何でもねえよ。俺はこれから、先ず御奉行や筆頭与力の藤浦善次郎《ふじうらぜんじろう》様たちと、御公儀《ごこうぎ》に対する動きを準備《じゅんび》しなくちゃあならねえ。報告だとか何やかやでよ。お前はお前で自由に動いてくれて構わねえからよ。ひとつくれぐれもな」

「判りやした」

頷《うなず》いた銀次郎の肩を力づけるように、がっしりと摑《つか》んだ真山は「あんまし気にするねえ、な……」と言い残して離れていった。

十七

真山は「水月」から奉行所へと急ぎ戻っていったが他の同心たちは、女将《おかみ》をはじめ奉公人たちから事情聴取を始めたので、銀次郎は屋外へと出て、池泉回遊式の庭をまた歩き出した。

「身形《みなり》の悪くなかったあの浪人態は『水月』へ入ったのか、それとも入らなかったのか……」

銀次郎は下向き加減に呟きながら、池の周囲《まわり》を歩いた。

「こんな大事件になるのだったら、もっと奴に近付いておくのだった……殆んど斜め後ろからしか奴の顔は見ちゃあいねえ。無念だが特徴すら捉《とら》えちゃあいねえときた」

銀次郎は自身に対して舌を打ち鳴らし、苛立《いらだ》った。俺は役人でも目明しでもねえんだからもっと淡淡《たんたん》としていてもいいのだ、という気が無いでもない。けれども竹乃を死なせてしまったことは、自分の余計な頼みのせいである、という責任の重さ、苦しさは消えようもなかった。

「ふうっ……」

日を浴びて輝いている池の面《おもて》を眺めて銀次郎が溜息《ためいき》を吐いたとき、「あの……銀次郎さん」と背後から声が掛かった。若い声だった。

銀次郎が振り向くと、楕円《だえん》の形をした池の向こう岸、ちょうど青青とした竹林が切れる辺《あた》りに、竹帚《たけぼうき》を手にした十二、三歳の小僧が立っていた。

銀次郎と顔が合うと、ひょいと腰を折る。

しかし辺りを気に掛けているようで、落ち着かない様子だった。浅草の比較的大きな構えの食事処「きねや」の一人息子朝二《あさじ》である。朝二は十歳のあたりから板場修業を目的として「水月」で働くようになっていたが、まだ板場へは入らせて貰《もら》っていない。先ずは料亭の〝外まわり〟の勉強ということなのだろう。

が、朝二は母親が「水月」の女将の実の妹であるため、決して粗末に扱われている訳ではない。

「どうしたね……」

銀次郎はぐるりと池の畔《ほとり》を回って朝二の前まで来ると、年の割には背丈のあるその細い体を竹林の中へと静かに促していった。

「銀次郎さん、私は見ました」

そう言う朝二の唇が、ぶるぶると小さく震えている。

「見た？」

「はい。裏口からまるで風のように入って行きました」

「裏口ってえと？」

「二階の客間を取り囲むようにして走っている広縁《ひろえん》に裏口というのがあります。その裏口から浪人が侵入するのを見ました」

「なにっ。浪人だと……」

「私は客の内の一人かと思っていました。庭の散歩を終えて座敷へ戻ったのかと……そしたら悲鳴が聞こえ出して」

そこまで話して、朝二は全身を大きく震わせた。

十八

銀次郎は朝二の言う「二階の連なるようにして並ぶ客間を、取り囲むようにして走っている広縁の裏口」を、むろんのこと承知している。が、念のために朝二に案内させ、その裏口の前に初めて来た者のような顔つきで立った。

「なるほど、その浪人てえのは、この裏口から侵入したというんだな」

銀次郎は朝二の顔を見つめながら、板戸が閉じられている裏口を顎《あご》の先でしゃくってみせた。

「そうです。迷う様子もなく風が流れ込むみたいに、すうっと入っていきました」

「ふうーん。で、その時のお前《めえ》は、どこに居たんだえ」

「あそこの薪《まき》小屋の前にいました。今日は私が風呂焚《た》きの番なので、薪の用意をしていました」

朝二はそう言って、楡《にれ》の古木の向こうにある薪小屋を指差した。

銀次郎は頷《うなず》いてから言った。

「それほど離れてもいねえのに、よくぞ浪人に見つからなかったもんだい。あの楡の古木が、お前《めえ》のまだ大人になっていねえほっそりとした小柄な体を守ってくれたんだな。暑い夏の日は、あの木にたっぷりと水をやり、大事にしてやることを忘れるんじゃねえぜ」

「はい、忘れません」

「で、その浪人の顔だが、覚えているかえ」

「覚えています。気色《きしょく》の悪い顔だったから」

「気色の悪いだと？」

「目が糸みたいに細く目尻《めじり》が吊り上がっています」

「糸みたいに細いと黒目が見えねえじゃねえかい。本当にそれほど細かったのかえ」

「本当です。離れて見たら、目が開いているのか閉じられているのか判《わか》らない程でした」

「う、うむ……」

「それに鼻先が鋭く、とがっていました。間違いありません」

「鋭くとがっているてえと？」

「鼻すじに幅がないのです。刀の刃が鼻すじになっているような感じです。そして鼻先が槍《やり》のように鋭くとがっているのです」

「おい朝二よ。若しかして、お前《めえ》は其奴《そいつ》が顔を面《めん》などで隠しているところを見たのじゃねえのかえ」

「いいえ。見間違いではありません。私は目がいいのです。はっきりと見ました」

言うなり朝二は今にも泣き出しそうになった。

「よしよし判った。べそをかくんじゃねえ。お前《めえ》は男だろうが。で、その気色悪い顔について、もう少し詳しく聞かせてくんない」

「げっそりと頬《ほお》が落ちて、青白い顔でした。まるで重い労咳《ろうがい》を患《わずら》っているかのような」

「すると病人かねい……」

「いいえ、あれは病人という感じでは絶対にないです。体つきは痩《や》せていましたが、全身には何かこう……どう言ったらいいんだろ……絶対に殺《や》るぞ、というゾッとする雰囲気みたいなものが……ちょっと違うかなあ」

「たとえば大人言葉に、強い意思ってえのがある。凛《りん》とした気力ってえのもある。こんな言葉が当て嵌《は》まりそうかえ」

「あ、その言葉、二つとも当て嵌まります。裏口から入ろうとするとき、浪人は唇をぐっと強く引き締めていました。そのときの顔つきが、銀次郎さんが今言った二つの言葉そのままです。自信あります」

「朝二よ。お前《めえ》は十二、三の小僧だってえのに、たいした奴だな。よくそこまで相手を見ておれたもんだ。浪人は風のように、すうっと裏口から入っていったってえのによ」

「疑っているのですか」

「とんでもねえ。疑っちゃあいねえよ。感心しているんだい。下手《へた》すりゃあバッサリ斬られていたかも知れねえってのに、大人顔負けの観察振りだあな。たいしたもんだ」

「浪人は一度立ち止まって用心するかのように辺《あた》りを見まわしたんです。私は積み上げた薪の陰から、その浪人を熟《じ》っと見ていました」

「お前《めえ》、ひょっとして、その浪人に気付かれていたんじゃねえだろうな。それが心配だぜ。いずれにしろ、そこまで確《しっか》りと見ていたなら、奉行所の似顔絵描きに協力できる自信は大丈夫《でえじょうぶ》だな」

「はい、大丈夫です。それから銀次郎さん。私は十二、三の小僧じゃありません」

「ん？　どういうこったい」

「私は十四になっています。少しですけど毛も生えてきました。もうじき大人です」

「おう、そうだったかえ。べつに子供扱いした訳じゃあねえんだが、ともかくお前《めえ》の観察は手柄だい。ただ、このことは決して誰彼に言い触らすんじゃあねえぞ。浪人野郎がお前《めえ》に見られていたってえ事が広まるとよ、場合によっちゃあ、お前《めえ》の命が危なくなる」

「でも、その浪人は日が高い内に、このような残酷な事件を起こしたんです。誰ぞに見られることは覚悟していたと思います。なんだか、そんな気がします」

「へええ、お前《めえ》って奴は実家の食事処『きねや』なんぞ継がずに、目明しにでもなった方が成功するかも知んねえぞ」

「目明しなどに、なりたくはありません。『きねや』を継げば、店をどんどん大きくしていく楽しみがあります。目明しで名を知られるようになっても、人生の先は知れています」

「なんとまあ、お前《めえ》、まだ可愛い顔をしているってえのに、厳しいことを言うじゃあねえか。そんなこと、奉行所の同心や目明しの親分の前では言いっこ無しだぜ。いいな」

「はい」

「よし。じゃあ、もう行きねえ」

「銀次郎さんに打ち明けて気分が軽くなりました。ほっとした感じです」

「そうか。当分の間は念のため身辺には気を付けるんだぜい。油断しちゃあいけねえ。とくに夜の出歩きはしねえようにな」

「そうします」

朝二はそう言うと、ひょいと頭を下げて足早に銀次郎から離れていった。

十九

竹林の中で暫《しばら》く考え込んでいた銀次郎は、四半刻《しはんとき》ばかりが経《た》ってから、料亭「水月」を後にし足を急がせた。

その足は、伯父で目付職の次席という重い立場にある千五百石の旗本和泉長門《いずみながとの》守兼行《かみかねゆき》の屋敷を目指していた。

伯父長門守兼行はまさに、下城したところで屋敷にいた。千五百石の**目付旗本**ともなると、その家臣の数は軍役規則によって少なくとも、三十名は擁しなければならない。その内訳は武士七名、若党（準武士）以下二十三名といったところであろうか。そして平常時の登下城の際に供として付く数は、主人《あるじ》の見栄《みえ》とか見識で左右されようが、凡《およ》そ武士が四、五名、若党以下が十名前後というところであろう。

和泉邸の玄関先では、兼行の登下城に随行した家臣たちがまだ五、六人、馬や馬具、槍及び挟箱《はさみばこ》などの点検と片付けをしているところだった。

「伯父上はいま、お戻りであったのか……」

表門の潜《くぐ》り戸から入った銀次郎は、声を掛けながら家臣たちに近付いていった。

「あ、銀次郎様……」

と、皆が一斉に威儀を正し、その内の四十年輩の古い家臣が「お殿様は先程、居間に入られましてございます」と応じた。

銀次郎は頷いて雪駄《せった》を脱ぎ式台に上がって、伯父の居間へと長い廊下を急いだ。

勝手知ったる伯父の住居《すまい》だ。

廊下を迷うことはない。

居間では着替えを済ませた兼行が、床の間を背にして文机《ふづくえ》の前に腰を下ろし、書類に目を通そうとしているところだった。

「これは銀次郎様、お久し振りでございます」

兼行の着替えを片付けていた久仁《くに》という奥向きの女中がにこやかに会釈をして居間から出ていった。

「そろそろ来る頃ではないかと思うていたぞ銀次郎。ま、座りなさい」

「えっ、それでは伯父上、既に伯父上のお耳に入ってございましたか」

「目付の情報網を軽く見るではないぞ」

「とんでもありませぬ。目付の怖さは充分に心得ております る」

銀次郎はそう言いながら伯父と向き合って畳の上にきちんと正座をした。いつものべらんめえ調は影を潜《ひそ》めている。そして、真顔だ。伯父が口を開いた。重い声だった。

「老舗《しにせ》の呉服問屋『京野屋』の隠居文左衛門が何者かに他人目《ひとめ》ある往来で斬殺さ

れた件であろう。確か、お前は拵え仕事で『京野屋』へ出入りしていたのであったな」

「はい。先《ま》ずはその件で色色とお話させて戴《いただ》きたくて参ったのですが……」

「先ずは、というと、まだ他に何事か起こっておるのか」

「ともかく先ずは『京野屋』の件でお話をさせて下さい。順を追ってゆきたく存じます」

「判った。聞こう。話しなさい。『京野屋』の隠居文左衛門は幕府官僚の間でも知られた人物でな。突如として城内にまで伝わってきた此度《こたび》の斬殺事件には皆大変驚いておる」

「かつては勘定吟味役の秘命を受ける隠密勘定調査役であったといいますからねえ。当然、幕府官僚の皆さんには知られた存在でありましょう。幕府内だけではなく諸大名にもよく知られ恐れられていた人だった筈です」

「うむ。その通りじゃ。ところで、その文左衛門が柳原文左衛門直行という名の武士であったということは、町民たちの間では既に広く知られておるのか」

「柳原という姓や隠密勘定調査役であった事は知られていないまでも、もと侍の身分だった人物であることは少なくとも『京野屋』周辺の町民たちは皆知っておりましょう。なにしろ心の臟の病で店主が急死した『京野屋』を救う目的で、華華しく侍の世界から乗り込んできた有能な人物、ですからねえ」

「剣術は全く駄目だったようだが、頭の方は確かにカミソリの切れ味であった、というからのう。『京野屋』への文左衛門の現われ方は、町民たちから見れば、まさに颯爽《さっそう》と舞台に登場する歌舞伎役者のように恰好《かっこう》がよかったのじゃろうなあ」

「ともかく文左衛門の手腕で『京野屋』は急激に商いを大きく成長させ、文左衛門自身も同業者の間で頂点に立つ存在となりました。ですが、商いの手法についての評判は余り宜《よろ》しくありません」

「そうと断言できるのか……単なる噂《うわさ》に過ぎないのではないのか」

「ええ、まあ、負け組が『京野屋』の成長をねたんで、あれこれと悪口を言い触らしていることは充分に考えられますが」

「その側面はあろうな。成功した者は常に妬《ねた》まれる世の中じゃ。人の心の底には、そのねたみの源《みなもと》となる邪悪なものが、息を潜めてとぐろを巻いておる」

「伯父上も身辺充分にお気を付けなされませ。現在の本番次席目付（上級目付の意）から長崎奉行への抜擢《ばってき》昇進の噂、すでに私の耳に入っております」

「なに、もうお前の耳に入っておるのか」

「私は拵え仕事で大名旗本家の奥向きの方方《かたがた》と接することが少なくありませぬから、色色な情報が自然と耳に入ってきます」

「儂《わし》は江戸城での仕事が好きでなあ。長崎奉行への抜擢昇進など望んではおらぬわ」

「情けないことを申されますな伯父上。長崎奉行を三年も勤めれば次は『天下の剣』とも称される大目付の席が待ち構えておりますぞ」

「ははは。思いのほか其方《そなた》は出世欲が強そうじゃな。この伯父は出世には無関心じゃ。江戸を離れる積もりもない。それよりも文左衛門斬殺事件について話の先を進めてくれ」

「左様でございました……」

銀次郎は「京野屋」の長女である里十八歳の見合い拵えから事件に至る迄を詳しく話し出した。

料亭「水月」での事件を打ち明けるには、先ず「京野屋」の悲劇を伯父に詳しく知って貰う必要があるという判断だった。

銀次郎から、ありのままをひと通り聞き終えた和泉長門守兼行は「う、うむ……」と呻《うめ》いて腕組みをし眉間《みけん》に深い皺《しわ》を刻んだ。

「伯父上、大胆な推測になりますが二つばかり、私の考えを申し上げて宜しいでしょうか」

「構わん。申してみよ」

「今回の斬殺事件は、一つには文左衛門が隠密勘定調査役時代に残してきた恨みによるもの。つまり黒黒とした怨念《おんねん》を爆発させた何者かの復讐《ふくしゅう》ではないかということ……」

「その推測は儂の胸の内にもある……」

「あと一つは、強引で強硬な商売の噂が絶えない『京野屋』の商いの諸方針が招いた結果ではないかという見方……」

「侍を辞《や》めて『京野屋』へ入った柳原文左衛門直行の商い方針（経営方針）というのは、復讐を招くほど悪辣《あくらつ》なものであったのかのう」

「私はね伯父上。文左衛門自身には、そのような意識は全くなかったのではないかと推測しているのです。抜群に難《むつか》しい勘定学《かんじょうがく》や算盤《そろばん》勘定そして帳面精査に優れる文左衛門は、己れの知識手腕に沿うかたちでひたすら商いに打ち込んできた……ただ、それだけのことではなかったかと想像しているのですが」

「ところが『京野屋』と商いを競い合う同業者や金銭関係を持つ凡人にとっては、そうじゃなかった？」

「そういうことです。つまり凡人の妬み、というやつですよ。とてもじゃないが、文左衛門に追いつけなかった」

「お前の言う二つの想像が斬殺事件の根底に横たわっていたとすれば、『京野屋』に絡《から》んだ犠牲者はまだ出る恐れがあるな。鮮魚屋『魚留』の音三とかも危ないぞ」

「はい、私もそう思っています」

「切れ者とかの南町奉行所筆頭同心から刀の切っ先三寸の型紙を預かり、界隈《かいわい》の刀屋を回るよう依頼されたと言うたな。見せてみよ」

「はい……これですが」

銀次郎は頷いて、懐《ふところ》から大事そうにそれを取り出し、伯父に手渡した。

「ふむう、確かに切っ先三寸じゃな。人ひとりを斬って切っ先三寸が吹き飛ぶなど、とても良い刀とは言えぬが、しかし、切っ先三寸が吹き飛ぶほどの強烈な一撃であったということは出来る……凄腕《すごうで》だな下手人は」

「ええ、剣術の皆伝《かいでん》級の腕前どころではないかも知れません」

「で、刀屋は何軒を回ったのじゃ」

「それについては、これからです。急がねばならぬと考えています」

「次の犠牲者が出る迄に急いで刀屋を回りその結果を奉行所へ知らせるのじゃ。但し銀次郎、お前はこの事件の下手人と直接対決してはならぬ。対決したなら、お前は負けるかも知れぬぞ。いや、おそらく負ける」

不安気にそう言いながら、型紙を銀次郎の手に返す伯父兼行であった。

黙って頷きながら型紙を懐へ入れる銀次郎の手元を見て、兼行は何かを思い出したような顔つきでチッと舌を打ち鳴らした。

「それにしても妙な……鮮魚屋の音三とかは、南町奉行所の切れ者同心の名をしたためた書状によって、危うく呼び出されるところだったんだな」

「はい」

「ということは下手人はその南町奉行所の切れ者同心をすでに見知っていることになるではないか。違うか」

「私もそう思って、その走り書きの書状を南町奉行所の筆頭同心真山仁一郎に見て貰おうと思ったのですが止《よ》しました」

「何故だ」

「私は事件現場で真山と接触し、話を交わす中で幾度も『真山様』という言葉を用いています。つまり……」

「なるほど、下手人が少し身形を変えて然《さ》り気《げ》なく事件現場へ戻って物陰に潜んでいたとすれば、お前と同心の会話は聞かれているな。つまり下手人はお前の話し相手を奉行所の真山という同心であると知ったことになる」

「そこから辿《たど》って、南町奉行所筆頭同心真山仁一郎、を知ることなど訳もないことですから」

「それは言えるなあ。でその真山という同心は剣術の腕はどうなのだ」

「相当の手練《てだれ》であると私は見ています」

「そうか。ならば真山の身は心配ないな。危ないのは鮮魚屋の音三とかだ。下手人は自分の顔を見られたと思い込んでいようからの」

「はい」

「ともかくお前は一刻も早く刀屋を回って、切っ先の吹き飛んだ刀を持った侍なり浪人なりが訪れていないかどうかを調べあげることじゃ」

兼行がそう言ったとき、不意に玄関の方角から騒がしさが伝わってきた。

次いで廊下を小駆けに踏み鳴らす音。

「一体何事じゃ」

と、兼行が顔をしかめ、銀次郎が「伯父上、ちょっとお借りします」と素早く腰を上げた。

銀次郎は床の間の刀掛けに横たわっていた伯父の愛刀、黒柄黒鞘《くろつかくろさや》の備前国山《やま》城守助廣《しろのかみすけひろ》をむんずと摑んで廊下へと出た。

兼行は座ったままの姿勢を微塵《みじん》も崩すことなく、廊下に立って玄関の方角へ険しい顔を向けている銀次郎を見つめた。

（それにしても誠に頼もしい侍《もののふ》となったものじゃ。拵え仕事とかで町中《まちなか》へ出て

いるのが、男を研き上げることに役立っているのかのう）

兼行は胸の内で呟いた。当初は、拵え仕事に打ち込む銀次郎に対して厳しい言葉を叩きつけてきた兼行であったが、最近では見方が随分と変わってきた。

言うまでもなく、銀次郎の「男」ぶり、「武者」ぶりに眩《まぶ》しいほどの輝きが増してきたと感じているからだ。

銀次郎は伯父の居間に近付いてくる慌《あわ》ただしい気配の原因を推測できていた。おそらく「水月」事件を、奉行所すじから知らせに駆けつけてきたのでは。そう思った。

廊下の角から、和泉家表（奥に対する）を統括している初老の用人山澤真之助《ようにんやまさわしんのすけ》が表情慌ただしく現われた。

銀次郎は「用人の山澤です」と伯父に告げつつ、障子は開けたままにして座敷の中へと戻った。

「と、殿、一大事でございまする」

用人山澤真之助が貧相な体をぺたんと廊下に座らせた。貧相な体格であったから両刀を腰に帯びると足元がふらつきかねない用人山澤である。しかし、和泉家の支配人の立場にあるこの男は算術に大変有能で、主人《あるじ》である和泉長門守はその「家《いえ》」の経営手腕に全幅の信頼を寄せている。

「いかがした山澤。和泉家の用人が見苦しく慌てるものではない」

「いいえ殿、慌てねばなりませぬ。まこと一大事でございまする」

「ならば落ち着いてその一大事とやらを、早く申せ」

「は、はい。ただいま首席本番目付の地位にあられます旗本千八百石本堂近江守《ほんどうおうみのかみ》良次《よしつぐ》様の御用人山根《やまね》仁右衛門《じんえもん》殿が騎馬にて見えられ……」

「ならば直ちに此処へ通すがよい」

「いいえ、次の目付屋敷へ知らせに急がねばならぬからと既に馬を疾《はし》らせましてございます」

「一体何があったのじゃ。銀次郎が居ても構わぬ。申せ」

「はい。山根殿は多くは語らず結論だけを並べ立てるように早口で申され騎馬にて去られましたが、本日、老舗の呉服問屋『京野屋』の商いに不審ありとして店へ出向き、蔵や帳面などを調べておりました**御勘定奉行役宅立合目付**の関家常吾郎殿とその下役の者数名が、料亭『水月』で何者かに斬殺されましてございます」

「な、なにっ」

豪胆で知られたさすがの和泉長門守兼行も、畳を蹴《け》るようにして立ち上がっていた。

その長門守兼行の顔を、用人山澤真之助は平伏に近い姿勢のまま見上げ、言葉を続けた。

「南町奉行所から本堂近江守様への知らせでは、斬殺現場には『京野屋』の帳面上の不審点、仕入蔵の在庫の不審点などを記した数十枚の控《ひか》え書きが血の海の中に散乱していたと申します」

「斬殺されたのは関家とその下役の者だけか……激しく争って殺害されたのかどうか、その点はどうなのじゃ」

「山根殿の話では、関家様と供侍《ともざむらい》のうち二名は刀を抜き合わせようとしたらしく、しかしながら、ほぼ一撃のもとに殺《や》られていたとか……また同席していたらしい腕利きで知られた目明し三名も殺られたとか」

「ぬぬぬっ」

長門守兼行の眦《まなじり》が、くわっと吊り上がった。

「殿、犠牲者はもう二人、料亭『水月』の奉公人の中に出ております」

「なに、奉公人が二人も斬られたというのか」

そう応じた伯父の言葉よりも先に、「奉公人が二人……」と聞いた銀次郎の顔から血の気が失《う》せていった。銀次郎が知っているのは女中頭の竹乃一人だけだ。もしや……という恐れが稲妻のように背すじを走った。

用人山澤が言った。

「山根殿が申されるには、その二人の奉公人のうち一人は竹乃という女中頭で、もう一人は浅草で名の知られた食事処『きねや』の跡取りで『水月』へ修業に来ていた朝二という十四歳らしゅうございます」

聞いて銀次郎は一瞬だが目眩《めまい》に見舞われた。不安が当たっていた。

兼行が吐き出すようにして激しく言った。

「おのれ、おのれ。下手人は、なんの罪もない女中頭と十四歳の若い男の命を奪ったというのか。許せん」

「妙なことになぜ朝二なる十四歳の奉公人が殺害されたのかはよく判っておらぬ

ようでございまする。混乱する事件現場へ、南町奉行所の辣腕同心で知られた真山仁一郎なる者たちが駆けつけた時、朝二は確かにまだ生きていたと言う者が奉公人たちの中に幾人もいるようで……山根殿は、この点が謎だと申されていました」

「もう一人の座敷女中の方は？」

「これは座敷で関家殿一行の応接に当たっていて明らかに巻き込まれたらしゅうございます」

「その座敷女中に亭主や子は？」

「亭主は病気で亡くなっているとかで、子はいるようでございます。ただ、奉公人たちの話では、この女には旦那《だんな》がおるらしいとか」

「旦那？……本堂家の用人である山根が、そう申しておるのか」

「はい。おそらく『水月』の常連客で、大店《おおだな》の主人《あるじ》あたりでございましょう」

「判った。退《さ》がってよい」

用人山澤真之助の貧相な体が廊下から消え去るのを待って、長門守兼行は大きな溜息と共に腰を下ろした。

「銀次郎、其方《そなた》は拵え仕事で、料亭『水月』の誰彼を知ってはおらぬのか」

「実は、今日私が此処へ参りましたのは、関家殿一行の斬殺事件を伯父上の耳へ入れることも予定に入っておったのです」

「なんと……」

驚く兼行に対し、銀次郎は〝事の次第〟を判り易く手短かに打ち明けた。

「そういうことだったのか。だとすればお前も事件の端くれに絡んでおる身ではないか。充分に身近に気を付けねばならぬぞ」

「心得ております。それよりも伯父上、関家殿は『京野屋』を調べたあと何故、料亭なんぞへ立ち寄られたのでしょうか。屋敷へ戻って腰を落ち着けた上で、お調《しら》べ書きの吟味分析に入れば宜《よろ》しかったのではありませぬか」

「関家という男はな銀次郎よ。目付たちの間ではその人品について、よく知られた男でなあ。自分の周囲に対して常に気配りを欠かさぬ性格なのじゃ。『京野屋』の難解な帳簿の調べに精根を込めて打ち込んだ配下の者たちを慰労したかったのではあるまいか。それに、関家自身、剣術は余り達者ではないが豪快な酒呑みである、ということも手伝っていたのじゃろう」

「なるほど、関家殿は酒豪でありましたか。伯父上が仰《おつしや》るように、『京野屋』の商い調査に挑んだ配下の者たちを慰労する目的で料亭『水月』へ入ったことは充分に考えられますね」

「下手人は、関家の動きを逃すことなく正確に追尾して、打ち掛かる機会を狙《ねら》っていたに相違ない」

「私もそう思いますが、それならばそれなりの理由《わけ》がある筈です。伯父上は目付次席のお立場にあります。何か思い当たることはございませぬか」

「さあて……判らぬ。監査《かんさ》とか検査というお役目が扱う仕事は実に色色なのじゃ。たとえば『老中会議』より適任として選ばれた目付に対し直接秘命が発せられた例は極めて少ないがあるにはあった。過去に幾つかな」

「此度《こたび》の関家殿の任務が、その秘命に当たるという事でございましょうかねえ」

「若年寄様ご支配下にある我我目付への特別任務の指示命令は普通、若年寄様より首席目付本堂近江守良次殿、あるいは次席目付であるこの儂を通じて適任者に発せられる。しかし勘定奉行役宅立合目付である関家の此度の任務は少なくとも、この儂の耳へは入ってはおらぬ」

「関家様の任務は、ひょっとすると、若年寄様も全くご存知ない、老中一存のものではありませぬか」

「いや、それはあるまい。事前にしろ事後にしろ、若年寄の耳に入れぬ老中一存ということはない。そのようなことをすれば、老中対若年寄という深刻な対立が幕閣《ばっかく》内に生じてしまう。それよりも銀次郎、気になるのは巻き添えとなってしまった二人の町人、料亭の座敷女中と年若い奉公人じゃ。幕閣としては見舞いを考えねばならぬ」

「座敷女中頭の竹乃は、夫を病で失っております。幼い子供が三人いますが狛江村の両親に預けていまして、幸いなことにこの両親は小作農を使う相当な田畑《でんぱた》持ちで生活には大きな余裕があります」

「そうか、それを聞くと少しホッとするのう。で、その竹乃には旦那とかがいたということらしいが……」

「用人の山澤は、おそらく『水月』の常連客、などと申しましたが違っております。竹乃の旦那というのは『水月』へ酒を納めている江戸一の酒問屋『伏見屋』の若旦那です」

てておるぞ」

「なにっ、日本橋にある江戸一の『伏見屋』ならばこの和泉家へも出入りをさせ
「まあまあ伯父上。町人の男女の事に天下の直参《じきさん》千五百石が目くじらを立てることもありますまい。その若旦那には妻も子もおりますが、竹乃は小娘の頃から七、八年もの間、『伏見屋』で奉公していたのですよ」

「ははあーん、小娘から娘へと妖《あや》しく美しく育ったところで若旦那が手を付けたのじゃな。舞台でよくある艶話《つやばなし》ではないか。けしからぬ奴じゃ」

「それだけではないのですよ伯父上。竹乃は酒についての色色な知識をどんどん身に付けていきましてね。それを『水月』の旦那も女将も大層気に入って竹乃を引き抜いたのです。切れない仲になってしまっていた若旦那にしても竹乃にしても、その方がよかったという訳ですよ」

「おかげで二人の仲は、ずっと続いていたという訳か」

「はい。竹乃は『伏見屋』と『水月』の丁度中ほどの辺りに結構な二階建ての家を与えられ、下働きで雇った老夫婦に掃除、洗濯、台所仕事などを任せて、自分は午後から『水月』へと通っておりました」

「亭主を病で失った三人もの子持ち女としては幸せと言ってもよい生活を送っていたのじゃのう」

「その意味では、女誑《めたら》しとかの評判がなくもない若旦那ですが、決して悪い奴でもなさそうで」

「うむ。惚《ほ》れに惚れた一人の女を金に物を言わせて幸せにしてやる歪《ゆが》んだ男度胸というやつか。真面目《まじめ》一方の女嫌いな儂にはよく判らぬが」

「よく言いなさる……」

「いま何ぞ呟いたか」

「あ、いいえ……案外に真面目な性格の若旦那ではないかと」

「いずれにしろ、町人二人の犠牲者には見舞金を出さねばならぬ。それにしても下手人め……」

「料亭『水月』へは、大身の武家が料理と酒を楽しむために訪れることが少なくありませぬ。会合とかもたまに行なわれているようでございます。また『京野屋』も大奥御用達《ごようたし》の大店であり、斬殺された隠居は、もと幕臣。伯父上、ひょっとして幕府内で何ぞ深刻な権力争いが生じておるのではありませぬか」

「それはないと断言したいのう。幕府というのは奥が深く広く、また複雑じゃ。縦《よ》しんば幕府内に権力争いが生じておったとしても次席目付である儂の立場でそれをぺらぺらと口に出せる訳がないではないか。そうであろう、銀次郎」

「それはまあ……」

「これより首席目付本堂近江守殿を忍びで訪ねる。供をせい、銀次郎」

「畏《かしこ》まりました」

頷いて銀次郎は立ち上がった。このとき嫌な予感が、ふっと脳裏をかすめていた。

二十

「これから本堂家へ御出かけになりますと日が沈んでからのお帰りとなる恐れがございまする。腕に覚えの家臣を少なくとも六、七人はどうか供に付けて下さい」

用人山澤真之助の懇願を「この銀次郎がいるから大丈夫じゃ。心配ない」と振り切って、屋敷を後にした長門守兼行と銀次郎であった。

が、兼行は着流しで丸腰の銀次郎に大小刀を貸し与えるようなことはしなかった。

拵屋稼業の銀次郎が町人で通っていることを今や知り尽くしている兼行は、「町人銀次郎」に無理に大小刀を帯びさせることは却《かえ》ってよくない、と思ったのだろう。

和泉家を出て「旗本八万通」に向け東へ一町ばかり行くと筆頭大番頭九千石西《さい》条《じょう》大和守《やまとのかみ》九郎《くろう》信綱《のぶつな》の大邸宅の前を通り過ぎることとなる。

その西条邸の前まで来た時、堅く閉ざされた表御門に向かって足を止めた長門守兼行は、きちんと正対して軽く頭を下げてから、再び歩き出した。

銀次郎も伯父を見習った。

西条大和守九郎信綱といえば、その父西条山城守《やましろのかみ》貞頼《さだより》の頃から、「旗本八万騎」と称される旗本武士の頂点に君臨してきた「名家」であり「名将」であった。戦国の世ではない平穏の時代の中で「名将」と称されるには、それだけの器であるということなのであろう。

平穏なる時代が下がるにしたがって武士は武士としての威風を次第に失って、出世だけを狙う度量の小さな文官に成り下がる傾向があった。

そういった風潮の中で西条家の主人《あるじ》たち（父と息子）は、侍としての誇りである「強さ」と人としての輝きである「知性」を失わなかった、ということなのであろう。

「旗本八万通」に出た長門守兼行と銀次郎は北へと急いだ。首席目付本堂家まではさほど遠くはない。

小さな寺院の前を過ぎ、幸福神社を左に見て中堅旗本屋敷が建ち並ぶ中へ入ってゆくと、正面に竹林が見えた。

「次席目付が首席目付邸へいきなりお訪ねして宜しいのですか伯父上。向こうは慌てませぬか」

「緊急事態じゃ。仕方があるまい。それに千八百石本堂家の用人山根が、先に我が屋敷へ事件を報告に訪れておるのじゃ」

「はあ、まあ……」

目付たちの間では、いかなる急用であろうとも主人《あるじ》が訪ねる際には、家臣が先に駆け訪ねてその旨を伝え、都合を聞くことを、不文律としていた。

そのことを銀次郎は心配したのだ。目付衆というのは仕事柄も手伝って、そういうことには結構口うるさい。

「近道をしよう」

言うなり長門守兼行は竹林の中を通っている小径《こみち》へと踏み込んだ。

だが銀次郎はその後に従わなかった。

伯父が直ぐに足を止めて振り向いた。

「どうした?」

「竹林は避けましょう。わざわざ薄暗い竹林の中へ入っていくことはありませぬ」

「どうした。『水月』事件で怯《おび》えておるのか」

「はい。怯えております。この広い竹林の向こうへ出れば、確かに目の前に本堂家はあります。それだけに……」

「もし首席目付を狙う刺客団が存在すれば、この竹林の中に潜んでいる可能性は充分にある……そう言いたいのだな」

「次席目付の伯父上の身を心配するからこそです」

「刺客が現われたなら、捕まえればよい。行くぞ」

伯父が歩き出したので、銀次郎は仕方なく竹林の小径へと踏み入った。

頭上で不意に、烏《からす》が気味悪く鳴き出した。

嫌な予感が、銀次郎の脳裏を過《よ》ぎった。

# 二十一

「これはこれは、お待たせしましたな」

長門守兼行《ながとのかみかねゆき》と銀次郎が、湯呑みを手に黙って白い花を咲かせている庭木を眺めているところへ、首席本番目付《めつけ》千八百石、本堂近江守良次《ほんどうおうみのかみよしつぐ》が難しい顔つきで客間に入って来た。

「五男の典信《のりのぶ》が、姑《しゅうとめ》とどうしても気が合わぬと愚痴《ぐち》をこぼしに戻って参ったのでな。男が女女《めめ》しいことを言うな、と叱《しか》っておったところですのじゃ」

「五男の典信殿と申されると、確か御小姓頭取六百石内藤佐渡守高沖《ないとうさどのかみたかおき》様の一人娘和江《かずえ》殿に婿入《むこい》りされたのでしたな」

　長門守兼行はつとめて表情やわらかく応じた。

「左様。その内藤家の姑をミチ殿と申すのじゃが、これが斎藤判官伝鬼坊《さいとうはんがんでんきぼう》が開祖の天流薙刀術《なぎなたじゅつ》（のちの天道流薙刀術）の皆伝《かいでん》の腕前なのでござるよ」

「なんと、それはまた……」

「じゃが典信は和泉殿もご存知のように、この儂に似て小柄で痩せぎすな体つきの上、剣術は大嫌いときておる」

「ははあ、なるほど。すると姑殿はことあるごとに……」

「内藤家の男子たるもの剣術の免許皆伝くらいは当たり前と思わねばならぬ、と口ぐせのように言い、とうとう典信に薙刀術を教え始めたらしくてのう」

「姑が娘婿に薙刀術の師範とは、これまた凄《すご》い話でござるな」

「近頃聞いたこともないような話でありまするよ。当家としては小柄でひ弱な五男の典信を大事に軟弱に育ててしまいましたゆえ、儂としても頭を痛めており申す。それに引き換え銀次郎殿は見る度《たび》に凛凛《りり》しさが増しておるようで、いや、実にうらやましい」

近江守良次に見つめられて、恐縮したように少し頭を下げてみせた銀次郎だった。

天流薙刀術が、極めて実戦的な武術であることを銀次郎はよく理解していた。南北朝の時代以降、戦国時代にかけては、強力な実戦的兵法として用いられてきた薙刀術である。

ただ、戦国の時代が終わって江戸期に入ると、薙刀術は戦うための兵法としてよりも、女性の（武家の妻女の）教養の一環として普及していくようになる。

近江守が言葉を続けた。

「先日、城中で久し振りに大番頭六千石、津山近江守忠房様にお会い致してな。愚息典信についての愚痴をこぼしたところ、『そういう場合は桜伊《さくらい》銀次郎と友達付き合いをさせるとよい』と強く勧めて下されてのう……」

「あ、いや、本堂殿。ご存知のように今や桜伊家は幕府より罰され閉門となっており申す。うっかり閉門された家の者と付き合《お》うたり致すと、典信殿が豪傑なる姑殿からまた何を言われるか判ったものではない」

長門守兼行が顔の前で手を小さく横に振ってみせつつ苦笑した。

「なあに。桜伊家の閉門は表向きのものであって、どうやら実際は幕府の手厚い保護の中にあるらしい、と近頃の大身《たいしん》旗本家はたいてい気付き始めておりまするよ。その理由については全く見えてはいないが」

「いやいや、それは誤解でござる。それよりもこうして訪ねて参った本題へと入ってゆかねば……」

「おおそうでしたな。話を脇道へそらせてしもうて申し訳ない。それにしても、とんでもない事件が起きてしまったものじゃ」

「何者とも知れぬ者に斬殺された勘定奉行役宅立合目付の関家常吾郎とその配下の者たちは、老舗の呉服問屋『京野屋』の蔵や帳面を調べておったようですが、この御役目について本堂殿は予《あらかじ》め知ってござったか」

「いいや、知り申さぬ。おそらく若年寄会議より関家に対し直接に発せられた秘命なのではないかのう」

「矢張り、そのように見なさるか」

「うむ。和泉殿の耳へも入っておらなんだゆえ驚いて、急ぎ我が屋敷を訪ねて参ったのであろうな」

「まさに……」

「これは和泉殿。我ら首席目付と次席目付の二人で、若年寄筆頭大久保山城守《おおくぼやましろのかみ》常春《つねはる》様に直接お目に掛かった方がよいかもしれぬ」

「此度《こたび》の斬殺事件は既に若年寄の皆様にまで届いておりましょうかな」

「もちろん届いており申そう。ここ本堂家へは御奉行所から知らせが入ったのじゃから、町奉行より老中・若年寄へは我らに対してよりも速く知らせが行っていて当然と思うのじゃが」

「それにしても老舗『京野屋』に一体どのような不審の点があって、関家常吾郎たちは乗り込んだのでしょうかな」

「さあて判らぬ……暫くは我我《われわれ》目付の立場で迂闊《うかつ》なことは言えぬし、また言わぬ方が宜しいじゃろう。『京野屋』といえば大奥御用達でもあり、御三家や大名家へも出入りしていることから、我らの一言がかえって更なる大事《おおごと》を招きかねない」

へええ、本堂近江守良次ってえのは思っていたよりも日和見《ひよりみ》でござんすね、と銀次郎は胸の内で思った。本堂の言葉に対して伯父が固い表情で小さく頷くに止《とど》めたことが、いささかなりとも銀次郎をホッとさせた。

首席目付の判断がどのようなものであるかを把握した和泉長門守は長居をしなかった。

穏やかな調子で会話を終わらせ、「まあ、もう少しゆっくりとしていかれよ」と近江守が引き止めるのをやわらかく断わって本堂家を後にした。

二十二

翌朝五ツ半頃（午前九時頃）銀次郎は麹町三丁目の先を左へ（南へ）入った古家《すまい》を、いつもの着流し姿で出た。

麹町通りの北側は数千石の大身旗本邸から四、五百石の中堅旗本屋敷が建ち並ぶ、いわゆる番町《ばんちょう》旗本街区だ。

銀次郎の着物の袂《たもと》には、例の切《き》っ先《さき》三寸の型紙が入っている。「京野屋」の隠居文左衛門斬殺事件に直接結び付いていることが判然《はっきり》としている大事な型紙だ。

今日は先ず神田の鍛冶《かじ》職人「奈茂造《なもぞう》二代目」を訪ね、そのあと順次、数軒を当たってみる積もりだった。

銀次郎は麴町通りの二丁目と三丁目の間を北へと折れ、俗に御厩谷《おんまやだに》通りと言われているゆるやかな長い坂道通りへと入っていった。

通りの両側に建ち並んでいるのは大身旗本邸で、神田の町人街区に近付くにしたがって、その屋敷の規模は次第に小さくなってゆく。

「ひとつ今日は派手に動き回ってみるか……」

銀次郎は自分の言葉に頷いてみせた。切っ先三寸の型紙を手にして派手に動き回ってみることで、ひょっとすると下手人が食い付いてくるかもしれない、という期待が無きにしも非《あら》ずだった。

けれども下手人が周到な準備の上で行動に移っていることは明らかである。銀次郎は、そう確信している。

「京野屋」を見舞った「文左衛門斬殺事件」について言えば、人が往き来する日がまだ明るい〝商い通り〟で生じている。八十歳の隠居文左衛門が、孫娘里の見合いの場である神楽坂の一流料亭「大吉」へ出掛ける途中で、疾風《はやて》の如く現われた下手人にアッという間もなく一刀のもとに殺《や》られているのだ。これは尾行しての襲撃というよりは、明らかに待ち伏せての奇襲とも取れるものだった。しかも下手人は、桃のような甘い香りを着衣に染み込ませていた可能性がある。

また文左衛門が殺られるのをまるで計算していたかのように、勘定奉行役宅立合目付関家常吾郎とその配下の者が、料亭「水月」でたった一人の浪人風に斬殺されたのだ。

しかも、この二つの事件に共通しているのは、下手人が疾風《はやて》の如く消え去った、ということである。見事なまでに。

（どうにも解《げ》せねえな……解せねえことが多過ぎる……）

銀次郎は腕組みをして胸の内で呟き呟き歩いた。

（まるで旋風《つむじかぜ》のように立て続けに二つの事件が連続して起きやがった……しかもだ、二つの事件とも「京野屋」絡みときていやがる）

銀次郎は、二つの事件の下手人は相当に手練な一人か、それとも別別な二人によるものと推測した。

文左衛門斬殺事件を間近で目撃した鮮魚商「魚留」の小僧（奉公人）音三によれば、下手人は着衣から桃の香りを放っていた背丈五尺七寸くらいの侍であったと言う。しかもチッというはっきりとした舌打ちをしたとか。

一方の「水月」事件では、名料亭「水月」の奉公人朝二、十四歳が下手人を間近で冷静に目撃しており「目が糸みたいに細く目尻が吊り上がって鼻のとがった青白い顔の気色の悪い浪人」と証言している。これらから考察すれば、二つの事件の下手人はどうやら二人（一人ずつの犯行）、ということになるのだが。

ただ、証言者のひとりである朝二が、銀次郎と接触した直後に、無残にも下手人か或はその仲間の手によって消されている。

旗本屋敷街を抜けた銀次郎は、鎌倉河岸《かまくらがし》の左手に貧乏長屋で知られた八軒長屋を見て、竜閑橋《りゅうかんばし》方向へと足を急がせた。

自分が目立った動きで刀剣商や刀鍛冶を回れば、文左衛門斬殺事件の下手人は必ず引っ掛かる。そのような予感を覚えている銀次郎だった。

**文左衛門斬殺事件**と「**水月**」**事件**が同一人の犯行ならば、その下手人は後者の事件については切っ先三寸が欠けた刀を用いて凶行に及んだか、それとも**新しい刀**を何処かで求めてそれを使ったかだ。

若《も》し**新しい刀**が質流れ品ならば追及はかなり難《むつか》しく、探索にはなお刻《とき》を要することとなる。

「物」を担保とする「質金融」は古代から見られ、これを専業とする〝商い行為〟が質屋と呼ばれて市民の間で勢いを広げたのは江戸期に入ってからだ。元和《げんな》→寛永→寛文→元禄と時代が過ぎていく中で質屋に関する御定め（掟）も次第に整っていった。

銀次郎の時代の江戸では質商の数は既に二千五百軒（店）を超えており、二百数十の質屋組合が出来ていた。

下手人を探るために、これらを一軒一軒当たるとなると、その間に下手人が江戸を離れるか、〝地中深く〟に潜《もぐ》ってしまう恐れがある。

神田中央通りの向こうに刀鍛冶「奈茂造二代目」の看板が見え出した。

「あら銀ちゃん、これからお仕事?」

「や、女将。今日は夜遅くまで何軒も抱えてんだい」

「て言ったって深夜にはならないでしょ。帰りにでもちょいと立ち寄りなさいな」

「判った。じゃあ空きっ腹で覗《のぞ》かせて貰うよ」

「うん」

よく訪ねる小料理屋の初老の女将と擦れ違いつつ、にこやかに話を交わす銀次郎だった。

「奈茂造二代目」の手前まで来た銀次郎は然《さ》り気《げ》なく辺りを見まわした。人の往き来が多いこの刻限、不審な奴を見つけるのは容易ではない。

「とにかく、切っ先三寸が欠けた刀を探すのが先だ……」

不審な奴が食い付くことに期待している銀次郎だから、今日一日で十軒以上の刀鍛冶や刀剣商を回らなくてはなるめえ、などと考えながら、先ずは「奈茂造二代目」の暖簾《のれん》を潜《くぐ》った。幸い一人の客の姿もない。

「おう、日暮れ仕事が多い銀ちゃんにしちゃあ、今日はまた随分と早いじゃねえかい」

今は隠居身分の初代名人奈茂造が、帳場横の長火鉢を前にしてぷかぷかと煙管《きせる》をふかしていた。すっかり白髪頭だ。

店構えは、入って直ぐが間口広く奥行きの狭い店土間《たなどま》だった。その店土間から框《かまち》へ上がったところが、二十畳大の商いの間と言われている板の間《ま》だ。そして帳場の後ろの板壁には二百振り以上もの刀が、びっしりと横たわった刀架けがある。なかなか壮観だ。

トンカン、トンカンという音が、その刀架けの壁のずっと奥の方から聞こえてくる。「奈茂造」は二代目となってからは刀鍛冶だけではなく、手広く刀剣の売買を手がけてもいる。但し〝なまくら〟が多い並刀には決して手を出さない。売買の対象は名匠の作だけ、これを厳守している。だから店土間が訪れた客で混み合うなどということは余りない。

「ま、上がりねえ銀ちゃん」

「少し邪魔していいかえ爺《と》っつぁん」

「何を水臭《みずくせ》え。いいから渋茶でも飲んでいきなせえ」

「そいじゃあ、ちょいと失礼させて貰いやす」

銀次郎は商いの間に上がって、長火鉢を挟み初代名人奈茂造と向き合った。

火鉢の上で鉄瓶《てつびん》が湯気を立てている。

「いつも元気だねえ爺っつぁん。お幾つになりなすったい」

「忘れちまったよう。確か八十五か六ってとこだろうよ。こんな年寄りに年齢《とし》なんぞ訊くもんじゃねえよう」

「しかし、いつ見てもスタスタと姿勢よく歩いていなさいやす」

「なあに、近頃は膝《ひざ》も腰も痛くなりやがって、ようやく棺桶《かんおけ》が見え出したわい」

「つまらねえ冗談は止しなせえ。爺っつあんは、まだまだ名匠の貫禄充分だよう」

「貫禄と言やあ銀ちゃん。ここ数日に亘って、貫禄充分は侠客たちがそれぞれ若い十数人の手下を連れて、次次とこの店に見えて、安くねえ実戦刀を買ってくれてよ」

「ほう……侠客が」

「おうよ。で、さり気なく、どちらへ行きなさる、と訊ねると、どの侠客も『西へ……』とだけ申し合せていたように答えやがった」

「ふうん……幾人もの侠客と若い手下どもが西へ……か」

「どの侠客もなかなかの男伊達って感じだったたい。まるで銀ちゃんを侠客にした様《よう》によう」

「止してくれい、爺っつあん」

「へへっ。本気で言ってんだぜい。案外によう」

初代名人が苦笑しながら干《かわ》き切った皺《しわ》だらけの手で銀次郎のために茶を淹《い》れ、猫板の上に湯吞みを置いた。

「京に古い付き合いの『浪花屋』ってえ老舗刀剣商があるんだがね。そこから送られてきた宇治《うじ》の茶だ。ま、飲んでみねえ」

「へい。じゃあ頂戴《ちょうだい》いたしやす」

銀次郎は勧められるまま、湯吞みを顔に近付けていき、「ああ、いい香りだ……」と目を細めたあと、ひとくち静かに音立てぬよう啜《すす》った。

「美味しい……旨《うも》うござんすねえ」

呟くように言って、湯吞みを猫板へ戻した銀次郎だった。

初代名人が少し身を乗り出すようにして、銀次郎に顔を近付けた。

「で、何だい?」

「え?」

「店へ入ってきた時から、何ぞ訊きたいような顔つきだったたい。『京野屋』の隠居文左衛門さんが斬殺された現場で、銀ちゃんがお役人を相手にひそひそ話をしていたってえ噂は、昨夜《ゆうべ》のうちに儂の耳に入っとるよ」

「へええ、やっぱり神田だねい。この町は何事も口から耳へと広まるのが速えやな」

「そこが神田の神田ってえとこだわな。料亭『水月』での事件でも銀ちゃんの姿がチラホラしていたってえ言う奴が儂の弟子の中にもいるぜい」

「参ったな……」

銀次郎は思わず苦笑いをしてしまった。

「それで?……」

と、初代名人が皺深い老いた表情を改めた。

目つきが厳しくなっていた。

二十三

銀次郎は袂《たもと》から例の切っ先三寸の型紙を取り出して猫板の上に置いた。

「ん?」

と、初代名人がそれを手に取る。

「爺っつあん、こいつあ文左衛門斬殺事件の現場に落ちていた切っ先三寸の、型紙でござんすよ」

「なんとまあ事件現場に切っ先三寸が落ちていたなんてえのは、聞いたことがないわえ。この型紙の欠け具合から想像すると、こいつあ博徒なんぞが持つ安造りな長脇差《ながどす》じゃあねえぜ銀ちゃん。お武家の刀だい……つまりだ、下手人は侍《さむれえ》か浪人で、切っ先三寸の欠けた刀を今も持っていやがるってえ訳だな。いや待てよ、既《すで》にそっと新しい刀を手に入れたかもしれねえ」

型紙を猫板の上に戻した初代名人の口調が俄然《がぜん》、熱を帯び出した。

「その通りでござんすよ爺っつぁん。それでね、こうして刀鍛冶や刀剣商を当たろうとしている訳でさあ。切っ先三寸を失った刀を手に下手人野郎が、ひょっとしてこの店に訪ねて来てやいませんかねえ」

「しかしよ銀ちゃん、妖《あや》しく美しい姐《ねえ》さん達を相手に拵仕事《こしらえしごと》をすることの多い多忙なお前《めえ》さんが、なぜ目明しのような真似をしていなさる」

「南町奉行所の真山同心のお役に少しでも立とうと思いやしてね。私《あっし》は妙にあの御人《おひと》と気が合うもんでござんすから」

「なるほど。あの御人《おひと》は町人たちの間でも評判がいいからねい」

「それに真山の旦那が、激務の市中取締方筆頭同心に就いてから、まだ日が浅いからねえ。何とのう応援して上げてえのでござんすよ」

「前任の筆頭同心だった千葉要一郎《ちばよういちろう》様もなかなかの切れ者だったらしいがよ、今はどうしていなさる？」

「さあてねえ。どうしていなさるのかねえ。近頃は姿を見かけることもありやせんやな。ところで爺っつぁん、二度訊《き》きをさせて貰いやすが、切っ先三寸が無《ね》え刀を持った胡乱《うろん》な野郎がこの店へ訪ねて来ちゃあいませんかえ」

「よし判った。儂《わし》は腰痛の治療で箱根の湯から昨日《きのう》の午後遅くに戻ったばかりなんでな。奈茂助《なもすけ》（二代目奈茂造）に訊いてみようかねい」

「お願い致しやす」

銀次郎は軽く頭を下げ、初代名人は頷《うなず》いて手を大きく叩《たた》き鳴らした。

「おい誰か、二代目を呼んできておくれ」

沢山の刀が架かっている壁の向こうで「はい、承知しました」と打てば響くような若若しい返事があって、廊下を踏み鳴らす足音が奥の方へと次第に消えていった。

トンカン、トンカンという音がふっと止《や》んで、一人のものでない足音が、廊下をこちらの方へと戻ってくる。

商いの間（板の間）の大障子が片側へ静かに引かれて、小柄な、しかしがっちりとした体つきの男が姿を見せた。

「二代目奈茂造」こと奈茂助五十六歳であった。父の技《わざ》と精神をよく継いで、初代奈茂造をこえる名人、と既に言われている。

「やあ銀次郎さん、久し振りじゃないか」

「ちょいちょい店を覗《のぞ》いてはいるんだがねい。二代目はいつも奥に引っ込んでいなさるから」

「ま、ともかく奈茂助、ここへ座れ」

初代名人が自分の横を顎《あご》の先で、しゃくってみせた。

「何ぞありましたか親父殿《おやじどの》」

奈茂助は父親のことを早くから「親父殿」と敬って呼んでいる。

「奈茂助よ。儂が箱根の湯治場へ行っている間に売買した刀は何振りだえ」

「売りが八振り、買いが二振りですが」

「その買いの二振りってえのは、『売り』と『買い』が相対する商いだったのかえ」

「はい。そうですが……それが何か？」

「箱根から戻って来た儂に、**文左衛門斬殺**《ざんさつ》**事件**と名料亭『**水月**』**事件**を話してくれたのはお前《めえ》だ。その二つの事件に関して、銀ちゃんがこれを手に訊きたいことがある、と訪ねてきたってえ訳だ」

　初代名人はそう言うと、猫板の上にあった切っ先三寸の型紙を手に取り、二代目に差し出した。

「これが何か判らぬお前《めえ》じゃねえよな。よっく見てみな」

「よっく見なくとも差し出された瞬間に判りましたよ親父殿。これは切っ先三寸(の型紙)じゃあないですか」

「その通りだ。さすがにお前《めえ》だな。それでだ……」

「あっ」

不意に二代目が小さく叫んだ。

「どしたい」

「あの侍だ親父殿……」

「なにっ。ここへ来たのか。切っ先三寸を失った刀を手にした野郎が」

「ちょ、ちょっと待っていて下さい」

二代目は勢いよく立ち上がって大障子を開け、奥の部屋へと消えたが直ぐに戻ってきた。

一振りの刀を手にしている。黒柄黒鞘《くろつかくろさや》だ。

「説明するよりも、ま、手に取って見て下さい銀次郎さん」

「そうですかえ。じゃあ……」

頷いた銀次郎は差し出された黒柄黒鞘の大刀を受け取って、柄及び鞘の特徴を熟《じ》っと眺めた。

初代名人の銀次郎を見つめる目が、鋭くなってゆく。

次いで銀次郎は鞘を払った。

その瞬間、目尻が小さく一度だけ、ピクリと震えた。

切っ先三寸が無かった。

銀次郎は猫板の上で次の登場を待っている型紙に手をのばした。

初代名人の喉仏《のどぼとけ》が音を立てずに、大きく上下する。

「ぴったりだ……」

銀次郎が低い声で呟《つぶや》いた。

何という事か、最初に訪ねた「奈茂造二代目」の店で結果が出たのだ。

切っ先三寸の型紙は、寸分の違いもなく黒柄黒鞘の大刀の切っ先三寸に合っていた。この場にいる三人の目が確《しっか》りと、その事実を捉《とら》えた。

「こ奴ですよ。文左衛門斬殺事件の下手人野郎ってのは」

銀次郎は刀身を静かに鞘に納めつつ言った。両の目が光っている。

「銘は備前広介高信《びぜんひろすけたかのぶ》です。室町時代末期の作でなかなかの名刀です」

二代目がそう言ったあとを、初代名人が引き継いだ。

「備前を名乗ってはおるが、広介高信は大和《やまと》五派の一つ當麻《たいま》派の流れを濃く受け継いでおってな。女で悶着《もんちゃく》を起こして大和におれなくなり備前へ流れたと言われておる」

「鍛鉄については神業と伝えられておるのに、なぜ切っ先三寸が欠けたのですかね親父殿」

「おそらく激烈じゃろ」

「激烈？」

「この備前広介高信でもって人を殺《あや》めた下手人侍の剣の技が、刀身の強度を何倍も超えた激烈さで、人体に打ち込まれたということじゃわい」

初代名人の言う通りであろう、と銀次郎は黙って頷いた。

こ奴に捕方《とりかた》を向かわせたなら、大勢の犠牲者が出る、とも思った。

この下手人野郎と、家族を持っている同心真山とを直接対決させる訳にはいかねえ、と銀次郎の心は曇った。

(切っ先三寸を吹き飛ばす程の激烈な斬《き》り技の剣法……一体何者なんでえ)

胸の内で呟いた銀次郎の歯が、微かにキリッと嚙《か》み鳴る。

その奴の足音が、そろりと自分に近付いてくるような感じがあって、銀次郎はぞくりとするものを背中に覚えた。いや、来るなら俺に向かって来い、その方が有り難え、と思って、背すじに思わず力《りき》みが走った。

# 二十四

己れの膝先に視線を落とした銀次郎は、腕組みをして暫《しばら》くの間、険しい表情で無言だった。その銀次郎の無言に、初代奈茂造も二代目奈茂造（奈茂助）も、息を殺したかのようにして付き合った。

「で……二代目」

ようやくのこと顔を上げた銀次郎が小さな溜息《ためいき》をひとつ吐いて相手を見た。

名指しされて二代目奈茂造は、待ちかねていたように上体を大きく前へと傾けた。

「切っ先三寸を失ったこの備前広介高信を……」

そう言いつつ銀次郎は、その銘刀を二代目奈茂造の前にそっと横たえた。

「この備前広介高信を此処へ持ち込んだ野郎の顔立ちとか住居《すまい》を、教えておくんない二代目」

「顔立ちを教えるのはいいが住居《すまい》は判んねえよ、銀次郎さん。しかし綺麗《きれい》な姐さんが相手の捕屋仕事に忙しいお前《まい》さんが、なんでまた目明しの親分さんのような目つきをして、そこまで気になさる」

「おい奈茂助、いいから知ってることをとっとと話しちまいな。銀ちゃんには銀ちゃんの事情ってえのがあるんでい。お前が心配するこっちゃあねえやな」

初代名人が苛立《いらだ》ったように銀次郎に助け舟を出した。竹を割ったような気性《きしょう》の初代名人だ。

二代目奈茂造は「わかった」と頷くと、天井を仰いでひと呼吸をしてから、思い出すかのようにしてゆっくりと語り出した。

「ありゃあ、きちんとしたお役目についている侍じゃあないね。つまり浪人だよ。しかし貧乏長屋で真面目に傘張りをしているような感じの浪人ではなかった」

「てえと……？」

銀次郎の表情だけではなく、初代名人の顔つきまでが厳しくなった。

「あれは金に困っていない浪人だ。ひょっとすると、夜の女遊びにだらしない奴かも知れない。そんな感じがしたな。だから身形《みなり》は、決して安物ではない、きちんとした着物を着ていたよ」

「身形に限って言えば、薄汚れた印象じゃあねえ、というんだね」

初代名人が横から口をはさんだ。

「薄汚れた身形どころか、毎日洗濯を欠かしていないかのような清潔な着物だったわさ。しかし、目つきは、むしろ清潔な印象とは正反対の感じだった」

「ほう……それはまた。で、其奴《そいつ》は住居《すまい》を教えてくれなかったのかえ」

「教えてくれなかった。しかも刀の真贋《しんがん》を判別する鑑定書もない。盗み刀とか、奪い刀なのかも知れねえ」

「鑑定書なしで持ち込んだ名刀備前広介高信とは確かに……普通じゃあなさ過ぎるねえ」

銀次郎はわざと大形《おおぎょう》に驚いてみせ、頭の後ろあたりで、その〝浪人〟の人相なりを自分勝手に想像した。

二代目奈茂造は言葉を続けた。やや早口になっていた。

「背丈はそうよな……ちょうど銀次郎さんくらいかねい。それによ、洗いたてを着ているかのような清潔そうな着衣からはよ、ふうっといい香りが漂っていたかな。あれは、うーんと……そうだ桃のような薄甘い香りだった」

そいつだ、一致した、と銀次郎は思ったから、たたみ込むようにして訊《たず》ねた。

「妙な癖のようなものはなかったかい二代目。目立った特徴のようなもの、と言い方を変えてもいいが」

「あった、あった。口の奥、いや喉の奥の方で鳴っているかのような舌打ちをときどき放っていやがったい。そのくせ笑みを絶やさねえ温《あたた》かな表情を見せてやがるもんで、かえって気持が悪かったなあ」

「笑みを絶やさねえ温かな表情?」

「そう、目を細めて微笑《ほほえ》むってえのかな。決して本気じゃねえ微笑みだよ。その笑みの裏で、ねばっとした蜘蛛《くも》の巣を張っているような」

「ふーん。不気味だな。次に凄《すご》みってえのはなかったかねい。たとえば剣術にすぐれた侍崩れ特有の荒れた凄みってえのは」

「その点はよく判らなかった。表に出ていなかった、と言った方が当たっているのかなあ。いずれにしろ、気持悪かったのは喉の奥の方から聞こえてくる小さいが鋭く鳴る舌打ちの音。それによ、なんと表現していいのか……あいつの目だが、剣術家のような目つきというよりも、いやらしい策略家の目つきかも知れない、という気がしたよ」

「凄い見方をするねえ。で、鼻すじは？」

「形よく通っていたねえ。整った顔かどうかと問われりゃあ、整った顔に入ると言えようかい。口元も決してだらしなくはなかったから」

頷いて聞く銀次郎の頭の中で、「そいつ」の顔立が次第に鮮明となっていった。目鼻立ちや口元をどう美しく見せるかという化粧拵えや衣裳拵えに才能を発揮している銀次郎である。想像して描くというその能力には卓越したものがあった。

「それで二代目よう、その奴は備前広介高信の切っ先三寸の直しを頼んだのかえ。つまりこの銘刀を後日に引き取りに来るのかどうか」

銀次郎はそう言って、二代目の前に横たわっている名刀を顎の先でしゃくってみせた。

二代目が首を横に振った。

「それがさ銀次郎さんよ。その人物が『全《まっと》うに切れる刀が直《す》ぐにいるのだ』と表情態度をガラリと変えて語調を強めるものだから、交換するというかたちで同じ価値と判断できる名刀を手渡してやりましたさ」

「同じ価値の……で、当人は満足して引き上げたのですかえ」

「むしろ喜んでいるような様子でしたわさ。こちらにしても備前広介高信の業物《わざもの》は欲しかったのでね。切っ先三寸が欠けているとはいえ、我我のような刀鍛冶《かじ》にとっては垂涎《すいぜん》の名刀。いい研究と学びの材料になりやす」

「なるほど」

銀次郎はこっくりと頷き、二代目の考え方に初代名人も表情を和らげて満足そうに首を縦に振った。

「それで二代目、どのような刀を相手に手渡してやったのでござんすか」

「親父殿にはまだ言っちゃあいねえんで、知ったら少し気分を害すっかな。その人物に手渡したのは、**伊勢国桑名住右衛門尉**《いせのくにくわなじゅううえもんのじょう》……」

「な、なにいっ……」

聞くや初代名人は殆《ほと》んど反射的に片膝を立て、くわっと目を見開き二代目を睨《にら》みつけた。

銀次郎はといえば、これも表情が止まっていた。驚きでも茫然《ぼうぜん》でもなかった。止まっていた。まるで感情を凍《い》てつかせでもしたかのように。

「お前、正気かっ」

今まさに二代目に飛びかからんばかりの形相《ぎょうそう》であったので、我を取り戻した銀次郎が「まあまあ爺《と》っつぁん、爺っつぁんよ。二代目は二代目の考えや判断あってしたことなんだろうよ。それを聞いてやらなくちゃあ」と、割って入った。

「そうなんだよ親父殿。俺は俺なりに考えてやったことなんだい」

「言ってみろ。どのように、俺は俺なりに考えたんでえ。さあ、言ってみろい」

「今日まで黙ってたがね親父殿。あの右衛門尉は矢張り不吉だあな。刀鍛冶といえども持っていちゃあいけねえと思う。三年前に流行《はや》り病でそれまで元気だった母様がぽっくりと亡くなったとき、あの右衛門尉は旗本七百石中石清三郎時宗《なかいしせいざぶろうときむね》様から『不要のものとなった。買うてくれぬか』と持ち込まれたんだ。そうでしたね親父殿」

「う、うむ……それはまあ。いいでしょう、と買い受けたのは、確かにこの儂だ」

「しかしですぜ親父殿。あの右衛門尉を大層気に入ってその作り具合を具に調《つぶさ》べて熱心に研究を重ねていた親父殿の一番弟子、奈茂次郎助《なもじろすけ》が心の臓の病で急死したじゃございませんかい。親父殿が目をかけて『奈茂』の二文字まで与えた次郎助だって、それまでは病気らしい病気をしたことがねえ名職人だった」

「………」

初代名人は苦虫を嚙み潰《つぶ》したような顔つきで、腕組みをし溜息を吐いた。

「銀次郎さんも、まあ聞いておくんなさいよ。極め付けは、その後に生じた悲劇なんだ。江戸での刀鍛冶を志《こころざ》した十三歳になる福造《ふくぞう》ってえ子が、相州の名人で知られた五之介正信《ごのすけまさのぶ》の紹介状を手に、ここ奈茂造へ弟子入りしたんだがねい。その三日後に不慮の事故で亡くなってしまったんだ」

「不慮の事故とは……それはまた、一体《いってえ》どうして……」

さすがに驚いて問い直さずにはおれない銀次郎だった。すると初代名人が苦しそうな顔つきで語り出した。

「その福造って子を一目見て、儂は『この子は物になる』と思ったもんでな。奈《な》茂次郎助《ものじろすけ》の直弟子《じきでし》にしたんだわさ。次郎助もその子を気に入って自分の仕事場に控えさせることにした。そこで福造は見たんだ。次郎助が熱心に調べ研究している伊勢国桑名住右衛門尉を……その刀の妖麗《ようれい》さに心打たれたのかどうか判らねえが、次郎助がちょっと座を立った間に、福造の手が右衛門尉へと伸びた」

「そ、それで？」

「次郎助が戻ってきたとき、福造は刀を手にしたまま首をざっくりと裂いて、血の海の中で既に息絶えていたってえ訳だ」

「なんと哀れな……それにしても爺っつぁんよ」

「ま、もう少し喋《しゃべ》らせておくれ銀ちゃん。右衛門尉は刀身を鞘から引き抜くときの固さに特徴があるんじゃや。凄腕の剣客なら訳もなく抜刀できても、ろくに剣術の修練をやっていない『なよなよ侍』には容易には抜刀できないどころか、むしろ危険がともなう」

「なんとなく判りやすよ爺っつぁん。余計な力が不均衡に腕とか肩に掛かっちまいやすからねい」

「その通りよ。可哀そうに福造は、幼い腕力を無理に加えて抜刀しようとし、勢いよく鞘から走り出た刃で首を裂いたらしい、という訳よ」

「人の生き死にってえのは、全く色色とござんすねえ」

銀次郎がそう言うと、奈茂造二代目が「ところでよ銀次郎さん……」と切り出した。

「ん？」という目つきで、銀次郎が二代目の顔を見る。

「綺麗な姐さんたちに昼夜囲まれて拵仕事に精を出している銀次郎さんに念のために言っておきたいんだがねい」

「念のためってえと？」

「先程から親父殿や俺が右衛門尉、右衛門尉と繰り返し言っている刀のことなんだが……」

「おっと奈茂助よ。そいつを銀ちゃんに話して聞かせるのは、この儂の役割にしときねえ。お前《めえ》はもう、仕事場に戻っていな」

初代名人が横から口を挟んだ。

「そうですかえ、判りました親父殿。そいじゃあ銀次郎さん。そのうち綺麗どころを抱えている神楽坂あたりの店で一杯やりましょうや」

「ようがす。約束しやした」

銀次郎が二つ返事ならぬ一つ返事で応じると、二代目はニッと笑って立ち上がり帳場から離れていった。

銀次郎は、伊勢国桑名住右衛門尉がどのような刀であるか、初代名人から説明を受けるまでもなく、よく知っていた。が、ここは相手の話をとにかく心静かに聞くほかない、と思った。それに初代名人の説明の中から、自分の知らなかった新しいことが窺《うかが》えるかも知れない。

「右衛門尉という刀には実は余り感心しねえ言い伝えがあってなあ銀ちゃん。尤《もっと》も鍛練を積み重ねてきた昨今の刀鍛冶ってえのは、そのような言い伝えなんぞ、気にもしねえんだがよ」

「聞かせておくんない爺っつぁん。こいつあ下手人探しに案外役に立つかもしんねえ」

「さあ、それはどうかのう。ま、とにかく聞いておくれ」

「へい」

「右衛門尉は室町時代の後期になって伊勢国桑名《いせのくにくわな》で産声《うぶごえ》をあげた刀なんでい。ここ江戸じゃあ大きな声では言えねえが、この右衛門尉が徳川家とかかわるようになった最初は、天文《てんぶん》四年（一五三五）十二月五日の寒い朝のことで、徳川家康様の祖父松平清康《まつだいらきよやす》様が御陣屋にて、近習阿部弥七郎《きんじゅうあべやしちろう》に斬殺されなすった。この斬殺に使われた刀が、なんと右衛門尉でな」

「ほう……」

と、銀次郎の表情がすかさずかたくなる。知っている話ではあったが、そのように演じてみせた。

「この名刀が徳川家に対して及ぼす背筋の寒くなるような災いは、その後も続いたんだわさ。天文十八年三月六日、今度は徳川家康様の父松平広忠《ひろただ》様が家臣である岩松八弥《いわまつはちや》によって暗殺され、これに用いられた刀がまたしても右衛門尉だったってえ訳だ」

聞いて銀次郎は黙って頷き、目の前に横たわっている切っ先三寸を失った備前広介高信を見つめた。

「話はこれだけじゃあ終わらねえんだ銀ちゃんよ。実は徳川家康様は子供の頃、持っていた小刀で、手に軽くはねえ傷を負いなすったんだ。これは鍛冶仲間の間ではよく知られた話でな。その刀ってえのが矢張り右衛門尉の小刀でよ」

名刀右衛門尉による徳川家の悲劇がまだ続くことを知っている銀次郎は、今度は息を殺して初代名人の顔を見つめるだけとした。初代名人が店の外をちょっと気にするような様子を見せてから口を開いた。小声であった。

「天正七年（一五七九）になって織田信長の天下取りがいよいよ現実味を帯びてくると、信長自身の周囲に対する疑心暗鬼が俄然慌《あわ》ただしさを帯び始めることについちゃあ、改めてくどくどと述べるまでもなく、江戸住居《ずまい》の銀ちゃんなら知っていような。詳しくはなくともよ」

「うん、知っている。かなり詳細に知っていまさあな。あの織田信長っていうのは、相手を信用しているように見せかけて信用してねえんだ。それも冷静に信用してねえから怖いわさ。尤も本気で天下を取りてえんなら、自分以外の者を絶対に信用しちゃあなんねえと言われている。その意味じゃあ織田信長ってえのは優れた為政者だったんだろうねい」

「だが明智光秀《あけちみつひで》に裏切られあっさりと殺されちまった。これはよう銀ちゃん、信長は口にこそ出さなかったが明智光秀を心底から信頼していたと思うんだわさ。天下を取った暁《あかつき》には、光秀に一番の要職を、つまり覇者である自分にとって最も重要な側近の地位に、光秀を当て嵌《は》める肚《はら》だったんじゃねえかなと思うねえ。ところが度量が小さく視野も狭かった光秀は、そこに気付かなかったのではないか、と儂は思っとるんじゃ。その両者の考え方の差の余りの大きさが、信長暗殺をあっさりと成功させたに違いないんじゃ」

「なるほど爺っつぁん、それは面白い見方だよ。ひょっとすると、実際にそうだったのかも知れねえな。私《あっし》はねえ爺っつぁん、織田信長が信頼せずに不審と警戒の頂点に置いていた人物は羽柴秀吉《はしばひでよし》（豊臣秀吉）じゃあなかったかと思ってんだい」

「ずばり、その通りだい。儂もそれに違いねえと思っている。そいつで正解だよ。あの羽柴秀吉ってえのは、戦国時代で最もすぐれた〝不審人物〟だったに違いねえ。おっと銀ちゃん、話が横道にそれちまったな。その他人を信用しねえ信長が大鉈《おおなた》を振るった大事件がよ、遂に天正七年九月に起こっちまったい」

「つまり、また右衛門尉事件が生じたということ？」

そうだと知っている銀次郎であったが、あえて訊ねた。

「そういうこと。徳川家康公の長男で且《か》つ信長の娘五徳《ごとく》姫の婿《むこ》であった岡崎三郎《おかざきさぶろう》信康《のぶやす》が、甲斐《かい》の武田勝頼《たけだかつより》への内通を義父信長に疑われ、生母で家康公の正室でもあった築山殿《つきやまどの》と共に、自害へと追い込まれちまった」

「むごい話だねえ」

「まったく、むごい。たいした証拠もなく、信康と築山殿が怪しい、と信長に密訴したのが何《なん》と五徳姫だというから、なお呆《あき》れる」

「まったくまあ、戦国時代ってえのは夫婦もへちまも、あったもんじゃねえなあ。で、爺っつぁん、岡崎三郎信康の自害に用いられた刀が、またまた右衛門尉という訳でござんすね」

「その通りよ。でな、銀ちゃんよ。ここで大事なことを知っておいて貰いてえ。これまでの話の中に幾度も右衛門尉が登場した訳だが、実はこの刀こそが、徳川様の今世に妖刀伝説を振り撒《ま》いている村正《むらまさ》なんだわさ」

「そうくるんじゃねえかな、と予感していたよ爺っつぁん。しかし村正ってえのは妖刀どころか、大変な名刀だという話を、江戸雀たちの居酒屋話で耳にしたことがあるがよ」

「居酒屋話で耳にしたって？……じゃあ村正の妖刀伝説は今や町人の間にまで知れわたっていやがるのかえ」

「まあ隅隅《すみずみ》までという訳でもねえとは思うが、芝居好きが耳をそば立てそうな話題にゃあ違いねえよ爺っつぁん。が、なにしろ徳川将軍家が絡んでいる妖刀伝説だい。場所を弁《わきま》えずに、おおっぴらには口に出来ねえやな。下手をすりゃあ首がとぶ。それにしてもその村正が、爺っつぁんのところにまで来て保存されていたってえことは、よほどあちらの武家こちらの武家と、持主が転転と変わっていたんじゃねえのかえ？」

「ご明察よ。だがよ銀ちゃん、そんなことよりも妖刀伝説の村正が、策略家の目つきの安心できねえ奴の手に渡ってしまったてえことを、先ず心配すべきじゃねえのかい。他人事《ひとごと》のように言ってしまって全く申し訳ねえんだが、奈茂造二代目にしたってべつに悪気があってしたことじゃあねえんだ。ひとつ、大目に見てやっておくんないよ銀ちゃん」

初代名人はそう言うと、長火鉢の猫板に額がくっつくほど頭を下げた。

「おいおい爺っつぁん止しねえな、誰も奈茂造二代目を責めたりするもんけえ。むしろ、その野郎の全体像が判ってきて、南町奉行所の真山同心を手助けしてえ私《あっし》としては、大助かりよ」

「其奴が文左衛門斬殺事件の下手人なら、銀ちゃんは用心しなけりゃあならねえぜ。剣術の心得ある奴の殺気ってえのは、村正を手にすると層倍の激しさになるってえからよ」

「判ったよ爺っつぁん、用心する。若《も》しもだが、再び其奴が此処へ現われることがあったなら、なんとかうまく工夫して住居《すまい》を訊き出してほしいのだがねい」

「心得ておくよ。やってみよう」

「ありがてえ。じゃあ今日はこれで失礼させて貰いますよ」

銀次郎はそう言うと、座っていた位置を後ろへ少しずらして、丁重に頭を下げた。

「奈茂造二代目」を後にした銀次郎の顔つきは、ガラリと変わっていた。村正の妖刀伝説については、奈茂造や奈茂造二代目よりも、詳しく知っている銀次郎だった。妖刀伝説を地で行くような事件が、表立ったものよりも遥かに数多いことを承知している銀次郎である。

「こいつあ、いよいよ油断がならねえ」

銀次郎の目つきが険しくなっていた。

## 二十五

翌日から四、五日の間、銀次郎は目のまわる忙しさだった。浅草と神楽坂に新しい料亭が三店も店開きしたことに加え、大身旗本家の葬儀が二軒も続いて、それの拵え仕度に没頭させられたからだ。

新しく店開きした三店の料亭のうち、神楽坂の「八重《やえ》」は新築披露で招いた客の送迎・接客に、宵待草《よいまちぐさ》（夜の社交界）でその名を知られた一流どころの姐さんたち三十人以上を使い、その姐さんたちを、夜の社交界でその右に出る女《もの》はいないと高く評価されている仙が差配した。

また、心《しん》の臓の病で亡くなった新番頭《しんばんがしら》千五百石の大身旗本豊富伊豆守《とよとみいずのかみ》邸の隠居三郎兵衛宗房《さぶろうひょうえむねふさ》の葬儀が、「旗本八万通」に面した自邸で行なわれたのであったが、これの裏方をも仙が見事に支えた。

豊富三郎兵衛宗房と言えば「綺麗に酒を楽しむ老大身」として宵待草の姐さんたちから、慕われ尊敬されていた人物だった。

奥方を伴なって上品な座敷遊びをすることで知られた人物であり、この宗房と奥方から、仙は他のどの姐さんたちよりも大事に可愛がられていた。

それで奥方から白羽の矢を立てられたのだ。自邸で行なわれる葬儀には大勢の幕臣が訪れ屋敷の女中だけではとても対応できないため三、四十人の女性《にょしょう》の応援と差配を頼みたい、と。

それを見事にやってのけた仙であったが、姐さんたちの身拵《みごしら》えを裏で支えなければならない銀次郎の忙しさは、それこそ名状し難いほどだった。

「銀次郎さん、本当にお疲れ様でした。お互い漸くひと息つけましたね。銀次郎さんの拵えで皆、助かりましたさ。ほんに有り難うござんした」

徳利を持つ白肌の手が銀次郎の方に伸びて、差し出された盃にトクトクトクと酒が注《つ》がれた。おっと、こぼれる、と銀次郎に思わせておいて、徳利がすっと口を上へと向ける。

あざやかな手並で注ぎ酒をするりと切ったのは、仙である。

さすがであった。

銀次郎は盃を一気に空にすると、それを静かに膳《ぜん》へと戻し、窓の外を流れる大川を眺めた。明るい日差しの中を、数え切れないほどの川船が上り下りしている。刻《とき》は正午を少し過ぎた頃で、銀次郎も仙も豊富家の葬儀の後片付けを手伝うなどで徹夜仕事となり、屋敷を辞したのは昼四ツ半（午前十一時頃）を過ぎてからだった。

そのあと二人して浴室の備えがある馴染《なじ》みの小料亭《こりょうてい》「春日《かすが》」に入り、風呂を御馳走《ごちそう》になって体を清め、こうして漬物が肴《さかな》の質素な酒膳を挟んで向き合い、ホッとしたところだった。

「三郎兵衛宗房様の葬儀はよお仙、さすがに幕府の要職に就いていらっしゃる弔い客たちであふれかえっていたねえ、しかし派手にならず、実にいい葬儀だったい。質素で地味で、それでいて威風ってのがあってよ」

「確かに三郎兵衛宗房様のお人柄が偲《しの》ばれる葬儀でござんしたねえ。奥方様のお考えが確《しっか》りしていらっしゃるのですよ。またご嫡男宗勝《ちゃくなんむねかつ》様も新番頭という立派な地位に就いていらっしゃるにもかかわらず威張るようなところが針の先ほども無くて……」

「そうよなあ。武士ってえのは、地位《くらい》が上がれば上がるほど、人間ってえのを大事とする考えが出来ていなきゃあならねえ。亡くなられた三郎兵衛宗房様のようによ」

「まこと銀次郎さんの言う通りでござんすねえ。あ、お酒、私にも注《つ》いで下さいましな」

「お前《まい》さんは今日は素面《しらふ》で家に帰りねえ。御天通様《おてんとさま》が明るい内に帰るってえのに、紀美坊（仙の幼い一人娘）に赤い顔を見せるってえのは感心しねえや」

「ならば、得意の化粧拵えで赤くなった顔の色を上手に薄めておくんなさいましよ。私だって今日は心身ともに疲れ切っていますからさ、吞《の》みたい気分なのでござんすよ銀ちゃん」

「ほう、今日は銀ちゃん、ときたかえ……」

「浅い付き合いではない筈なのに、いつもいつも堅苦しく、銀次郎さん、などと呼んできたけれどもひとつ今日を境にして、銀ちゃん、と親しく呼ばせておくんなさいましな。駄目ですかえ？」

「堅苦しかったのは、お仙の勝手だったじゃねえかい。好きにしねえ、どちらでもいいやな。じゃあ酒は三杯だけだぞ。そのうち何処《どこ》かへ連れて行ってやるから今日は辛棒しておきねえ。いい子だからよ」

「まあ……いい子、だなんて」

仙はくすりと笑うと盃を手に取って、銀次郎の方へ差し出した。何処かへ連れて行ってやる、と言った銀次郎の言葉が嬉《うれ》しかったのか、目を細めてにこやかである。なにしろ美人だ。

銀次郎は、仙の端整な顔を熟《じ》っと見ながら、その盃へ酒を注いでやった。

「なあ、お仙よ」

「え？」

「お前《めえ》、綺麗な顔をして、教養もなかなか立派だとか言われているのに、もう嫁には行かねえつもりなのか。紀美坊を背負って、ずっと夜の仕事を続けるのかよ」

「男はもう、こりごりでござんすよ銀ちゃん。本当《ほんと》、心底からこりごり」

仙はそう言うと、盃にそっと口をつけた。整った表情に悲しみが広がり出していた。

「悪いことを訊いちまったかえ」

「銀ちゃんなら何を口から出してもよござんすよ。なんだか不思議に素直に聞けるから」

「過ぎた苦労が滲《にじ》み出ているような言葉だねい。お仙とは短い付き合いじゃねえのに、考えてみりゃあお互い身性《みじょう》について打ち明け合ったことはねえなあ」

「打ち明けたくなんざあ、ござんせんさね。思い出しただけで胃の腑《ふ》に痛みが走りますからさ」

「そうか……うん、じゃあ金輪際、男に関しては訊かねえことにしよう」

「銀ちゃんが知っている範囲だけの仙、その仙だけとこれからも付き合っておくんなさいな」

「判った」

「でもね、本心を言いますとさ、こうして銀ちゃんと親しくさせて貰っていることに、仙はいつも怯《おび》えているのですよ。びくびくとね」

「それはどういう意味でえ。聞き捨てならねえ台詞《せりふ》だなお仙。何がどう、びくびくなんでえ」

「私の背に張り付いて離れない不吉な影が銀ちゃんにまで災いを及ぼしゃしない

かとさ」

「ますます黙っちゃあおれねえな。おいお仙よ、お前《めえ》の身性についちゃあ訊かねえことにしよう、と言ったばかりだが、それは取り消しさせて貰うぜ。この銀次郎を信じて答えちゃあくれねえか。お前《めえ》の亭主というのは、いやさ、まだ幼い一人娘の紀美坊の父親ってえのは一体《いってえ》どんな男なんでい、打ち明けておくんねえ」

「銀ちゃん……」

「いいから話してしまいな。亭主がどんな男であったにしてもこの銀次郎は驚きやしねえ。たとえ鬼であろうと閻魔《えんま》であろうともよ」

「では思い切って喋ってしまいましょうかねえ。その男、浪人でござんしてねえ……ちょっと見は笑みを絶やさない温《あたた》かな表情をしていますのさ。でも、それこそが二重人格。その裏に隠された気性はとんでもなく激しく、心の冷たい男でござんしたよ。鼻すじの通った、なかなかの男前でありましたがねえ」

「浪人かあ。じゃあ金銭的にも色色と苦労したことだろうよ。それでお仙は生活のために夜の世界へ入ったという訳だな」

「けれども嫁いだ当初の亭主は百俵十人扶持《ぶち》を得る仕事持ちでござんした。それに御目見《おめみえ》以上の立場でしたよ」

「ほう……百俵十人扶持で御目見以上と言やあ、若《も》しかすると『これぞ貧乏旗本、百俵六人泣き暮らし……』と後ろ指を差されるってえとかの、小十人組に所属する番士だったのかえ」

「ええ、ずばり、その通りですよ。たとえ薄給な下級の旗本ではあっても幾人かの使用人を『軍役の見栄《みえ》』とかで抱《かか》えておりましたから、やりくりはそりゃあ大変でござんした。その上、亭主は表裏が極端な気性の激しい心の冷たい男でござんしたから、上席の方方《かたがた》とのお付き合いが極めて下手《へた》で、何かと意見を衝突させることが多く、ある日とうとう……」

「刃傷沙汰《にんじょうざた》になっちまったかえ」

「そうなのさ銀ちゃん。打ち明けたくはない恥じなんだけどねえ、小十人頭《かしら》と組《くみ》頭《がしら》の御二人に対し、利き腕《うで》の手の甲を狙って斬りつけ、軽くはない傷を負わせてしまいましたのさ」

「ちょいと待ちねえ、いま手の甲を狙って、と言ったなお仙よ。狙って、と……」

「はい、小十人頭、組頭の御二人とも、印《はん》でも押したかのように手の甲の全く同じ位置を傷つけられましてさ。御二人とも、その早技《はやわざ》に震えあがったと、評定所《ひょうじょうしょ》（江戸幕府の最高裁判所）への訴えの中で申されたとか……」

「亭主ってえのは剣術を相当やるのかえ」

「小野《おの》派一刀流を麻布《あざぶ》道場で長く学び、十七歳で免許皆伝《かいでん》を授《さず》かって、道場の四天王とか言われていましたよ。この仙も門弟の方方《かたがた》と雑談をする機会が幾度かござんしたけれど、亭主の気質に、見苦しく激しい刺《とげ》みたいなものがブツブツと目立ち出したのは免許皆伝を授って四天王と持て囃《はや》されるようになってからだとか……」

「なるほど。**賞を貰うと精神《こころ》が潰《つぶ》れる**ってえ古い諺《ことわざ》があるが、お仙の亭主は免許皆伝が重荷だったのかもしんねえなあ。で、評定所の裁定ってのは、どうなったい」

「もちろん銀ちゃん。蟄居閉門《ちっきょへいもん》を申し渡されてさ、その五日後には改易《かいえき》を命ぜられましたよ」

「そうか……蟄居閉門で済まずに改易が出たかあ」

銀次郎は手酌で自分の盃に酒を注いで、その盃を手にしたまま大川の流れに視線を注いだ。蟄居閉門だと辛うじて食い扶持（家禄）は保障されるが、**改易だと「武士としての全て」を失う**。つまり侍としての地位も家禄も屋敷も無くす訳であるから、平民へと追いやられる他ない。

それでも、切腹より軽い処罰ではある。

銀次郎に気付かれないようにか、仙が目尻に浮き上がった涙の小さな粒を、そっと指先で拭《ぬぐ》った。

「剣術ってえのが亭主を駄目にしちまったのかも知んねえなあお仙よ。なるほど小十人組の番士は将軍に直属する武官の中でも地位は下の方だがよ。それでも『いざ鎌倉！』の際は将軍を護らなきゃあなんねえ。だから武芸は不可欠な要件なんだ」

「銀ちゃんは、旗本や将軍直属の武官組織とかについて、詳しいのですかえ」

「そりゃあ、お前《めえ》よう、お仙も知っての通り俺は拵え仕事で大名旗本屋敷へも出入りをしているからよ、ある程度のことは知ってらあな」

「でも、なんだか似合っている……」

「似合っている？　どういう意味なんでえ」

「将軍に直属する武官だとか何とか喋っている時の銀ちゃんの雰囲気がさ……なんだか侍みたい」

「そんなことよりもよ、俺はお仙が先程言った『手の甲を狙って……』が、妙に気になって仕方がねえのだ。しかもだ。上役二人の手の甲の全く同じ位置、ときていやがる。亭主は免許皆伝どころではねえ腕前だったんじゃあねえかい」

「私は剣術のことはよく判りませんし、別れた二重人格みたいな亭主にかかわることなんぞは今さら思い出したくもありませんよ銀ちゃん。でも、麻布道場の門弟の方方《かたがた》から、亭主が閃光《せんこう》のような**切っ先三寸打ち**を得意としていたと、聞かされたことがござんした」

「**切っ先三寸打ち**……そいつあお仙よ、道場での修練のときの技《わざ》の名だい……真剣だと**切っ先三寸斬り**となる」

「その**切っ先三寸斬り**とかで、上役の御二人は亭主に、別れた亭主に手の甲を裂かれましたのさ」

　そうか、と頷く銀次郎の目が、きつい光を放ち出していた。

「別れた亭主は今、何処に住んでいるんだえ。ときどき紀美坊に会わせたりしているのか」

「何処に住んでいるか知りませんよ、また知りたくもありませんねえ。紀美に会わせるなんてとんでもない」

「別れた亭主を、そこまで嫌いになるとはなあ」

「嫌いになるというよりは、あの二重人格が怖いのですよ。笑みを絶やさない温《あたた》かな表情の裏に隠している、氷のように冷たい目つきと性格が……なにしろ本当の……真実の温かみってものを針の先ほども持っていませんからさ」

「にしても、どの辺りに住んでいるのか見当ぐらいはついているだろうに」

「いいえ、見当もつきません。それにしても銀ちゃん、どうしてそのようなことを訊くの？」

「まあまあ、俺が知りたがったり訊きたがったりすることを、余り気にしないでおくんない。なんとなくお仙のことをもっと確《しっか》りと理解してやんなきゃあ、という気になりかけているんだからよ」

「本当に？」

「ああ、本当だ。だから、亭主の名前ってえのを教えてくんねえかい」

「野木澤六四郎《のぎさわろくしろう》……私よりも八つ上でさ、背丈は銀ちゃんくらいかな」

仙は呟くようにして言うと、手酌で二杯を立て続けに呷《あお》った。銀次郎はそれを止めようとはせずに、ただ熟《じ》っと見守るだけだった。

「なあお仙よ。先程お前《めえ》は、銀ちゃんと親しくさせて貰っていることに怯えている、と言ったたな。そして、私の背に張り付いて離れない不吉な影が銀ちゃんに災いを及ぼしゃしないか、とも言った。正直に言っちまいなお仙。若《も》しやお前《めえ》は今も別れた亭主に付き纏《まと》われてんじゃねえのか。金なんぞを毟《むし》り取られてんじゃねえだろうな」

仙は答えるかわりに、また手酌で二杯を呷り呑んだ。それを銀次郎は、答えである、と解釈した。

銀次郎は座る位置を仙の横へ移すと、「呑むのは、もうそれくらいにしときねえ」と、仙の肩にやさしく手をまわした。仙の体がゆっくりと銀次郎に寄り添うように傾いてゆく。

「銀ちゃん……」

「ん？」

「あんな男を父親に持ってしまった紀美が可哀そうでさ」

「野木澤六四郎に嫁いだということは、お仙も武家の出なんだな」

「その日暮らしの三十俵二人扶持の御家人のひとり娘でござんした。毎日が嫌になるくらい貧乏で貧乏でねえ。町人の娘に生まれたかったとさえ思いましたさ。麻布の狭い、じめじめとした薄暗い組屋敷では今はもう亡くなった両親《ふたおや》が内職に必死でしたねえ。私は十二歳の頃から十五歳の三年間神楽坂の料亭『伊勢』で下働きをして御給金を頂戴し懸命に両親《ふたおや》を助けましたよ」

「知らなかったなあ。そうだったのかえ。でも『伊勢』とは、いい店で下働きをしたねえ。あの店は奉公人の皆に対し、熱心に教養を積ませることで知られた名店だ。お仙の女としての見事な輝きの深さは『伊勢』で磨《みが》かれたんだねい」

「私もそう思っておりますよ。生活に疲れ切った両親《ふたおや》が前後して惨《みじ》めな姿で亡くなり、御家人という看板が自分の肩から外れた時は嬉しゅうござんした。これで町人になれる、自由なひとりの女になれるとねえ」

「すると野木澤六四郎に嫁いだのは？」

「嫁いだなんて、綺麗なもんじゃあござんせんでしたよ。そのころ野木澤六四郎は何処で金を都合していたのか、『伊勢』へたびたび呑み食いに訪れては、座敷女中に手をつけたりしておりましてねえ。女遊びに、だらしない男の典型でござんした。私も十五になってからは女将さんの勧めで座敷の手伝いを時どきさせられることがあって……なにしろ給金とは別にくれる御手当がよかったから」

「その座敷手伝いで、野木澤六四郎の手がついた……のだな？」

「ええ、そうですよ銀ちゃん。軽蔑《けいべつ》する？」

「そのような言葉を口にするんじゃねえよ。で、気が付いたらそのまま、野木澤家に女房として入り込んでいたってえ訳だ」

「野木澤六四郎はね、『伊勢』で遊ぶと金が掛かるので、無代《ただ》で女遊びを満喫するため私を口先うまく組屋敷へ迎えただけのことなのでござんすよ。六四郎は野木澤家の嫡男でござんして、当時、既に隠居していた両親は老いて病の床にありましたから、六四郎の自由気儘《きまま》が家の内外《うちそと》で罷《まか》り通っておりましたさ」

「なるほどねえ、その怖い者なしの生活が、上役二人に斬り掛かるという荒事《あらごと》につながったという訳だ」

「ああ、もう嫌《いや》。こんな話、もう止《よ》しましょう。ね、銀ちゃん」

「判った。止そう、うん、止そう。すまなかった。なんだか慌ただしく呑んじまったが、ちょうど徳利が空《から》になったぜ。今日のところはこのあたりで、お開きとしようや。紀美坊が待つ家へ帰ってやんねえ。送ってやっからよ」

「私《あたし》、ほんのもう少し呑みたいんだけれど……駄目かしら」

「そうか。呑み足りねえか。じゃあ二、三本追加で頼んでくるから、少し待ってな」

仙の心身のつかれを察した銀次郎は、立ち上がって廊下に出た。

(野木澤六四郎を、このままには出来ねえな……お仙のつかれは、限界かも知れねえ)

呟いた銀次郎は、思わず大きな溜息を吐いた。

閃光のような切っ先三寸打ち(斬り)が得意な野木澤、そう言った仙の言葉が、銀次郎の頭の後ろで蠢《うごめ》いていた。

小野派一刀流の免許皆伝を十七歳で授けられ、麻布道場で四天王とうたわれたとなると、野木澤六四郎の剣の腕は相当に高位な剣客の域に達していると見なければならねえ。銀次郎は、そう思った。背中を、ひやりとしたものが貫《つらぬ》いたような気がした。

二十六

「さあて、そろそろ出ましょうかねえ銀ちゃん。お互いに大層忙しい身でありますから、身も心も明日に備えなければ」

「そうよな、その通りだい。じゃ、出るとするか。家まで送って行かあ」

「とんでもござんせんことよ。恋しいお方《かた》同士でもあるまいし、今日は、ひとりで歩いて帰らせておくんなさいましな」

「今宵《こよい》も黒羽織を着て仕事かね。このうえ疲れた体にまたムチ打つ気かえ」

「そうさねえ。さすがに今夜は休みましょうか。明日の夕方までは我が子にぴったりと寄り添っていてやりましょう。徹夜明けの今日でありますもの」

「そうよな、可愛い幼子のために、そうしてやんねえ。それが一番よ。さ、帰ろうやお仙」

そう言いながら、立ち上がった銀次郎であった。

「はい。帰りましょう……ね、手を貸して銀ちゃん」

「うん」

銀次郎は仙が差し出した手を摑《つか》んでゆっくりと立ち上がらせた。べつに仙は酔っていなかったし、酔うほどは呑んでいない。客に上手《じょうず》に合わせて呑んだ振りをしていても、酔わない呑み方の呼吸くらいは心得ている。

二人はよろめきもしない、しっかりとした足取りで廊下に出た。表通りに面して縦格子の障子窓の備えがある明るい廊下だった。

「本当に家まで送らなくっても大丈夫かえ。色色と話を聞いちまったので、ちょいと心配だあな」

「酔っているように見えて？　嫌な奴が現われたなら、平手打ちを食らわしてやりますよ」

「おいおい、酔っているようには見えねえが、嫌な野郎に平手打ちなんざあ、かえってよくねえ。相手はブチッと切れるぜ、恐らくよ」

「ともかく、この店を出てからはひとり歩きで帰らせておくんなさいな。黒羽織の仕事なんてえのはさ銀ちゃん、無性《むしょう》にひとりになりたい時があったりしますのさ」

「判ったよお仙。じゃあ気を付けて帰んねえ。平手打ちはいけねえぜ平手打ちは。いいな」

「はい。判りましたよ。お前《まえ》さま」

二人は、浴室の備えがある小料亭「春日」の店前《たなまえ》で、右と左に分かれた。

だが何歩と行かぬうちに振り向いた銀次郎が、「おい、お仙……」と声を掛けた。

仙が端整な面《おもて》を「ん?」とさせ、ほんの少し小首を傾《かし》げて振り返る。

銀次郎は二、三歩、仙の方へ戻って言った。

「俺は今日から十日ばかり、拵え仕事を休まあ。お仙じゃあねえが、なんだか俺もひとりに浸ってみてえ。正直、体がかなり疲れているんでよ」

仙に対し、本気であるような、ないような調子で告げた銀次郎は、相手の返事を待たずにくるりと背を向けて腕組みをし、やや足早に歩き出した。

仙は一、二歩銀次郎の背を追ったが、直《す》ぐに諦《あきら》めた。

（いけねえ。野木澤六四郎が、桃の香りを漂わせる匂袋《においぶくろ》とか匂紙《においがみ》を肌身離さねえ嫌《や》な野郎だったのかどうか、お仙に確かめるのを忘れちまったい……が、ま、いいか）

銀次郎はぶつぶつと呟いたあと、小さく舌を打ち鳴らしたが、振り向く積もりはなかった。

匂袋（香嚢《においぶくろ》とも）は平安時代の宮廷人の身だしなみとして、欠かせないものだった。

その歴史は極めて古く、東大寺大仏殿（奈良）の北西に位置する校倉造《あぜくらづく》りの正倉院《しょうそういん》からは、今世になってから七つもの匂袋が見つかっている。

銀次郎の時代（江戸時代）には既に匂袋はほぼ一般にまで普及していて、浮世袋、花袋、誰袖《たがそで》などの名で広まっていた。

だが、拵え仕事をしている銀次郎の知る香りのもととなる香料といえば、丁香《ちょうこう》（丁字《ちょうじ》の蕾《つぼみ》を乾燥させたもの）、麝香《じゃこう》（ジャコウジカの麝香嚢を原料とする黒褐色の粉末）、そして竜脳菊《りゅうのうぎく》などであった。

「桃の香《にお》いなあ……」

鮮魚商「魚留」の小僧、音三は文左衛門を斬殺した下手人が、この時代あまり一般的ではない「桃の香りを漂わせていた」としっかりした口調で断定している。身の丈は五尺七寸程度、チッと舌打ちをするような音を出していた、なども明確に証言をしているのだ。

「魚留」の小僧とはいっても店先の仕事だけではなく、小車《こぐるま》で配達のような仕事をもしている十三、四歳である。人を見て特徴をつかみ記憶する力はそこそこ信頼できる、と銀次郎はみている。

音三の生家はある程度の田畑《でんぱた》を持つ百姓のようで、祖父は柿や桃を積極的に栽培しているというから、音三が桃の香りを嗅《か》ぎ分けた点についての信頼性は高いと言えそうだった。

銀次郎の足が、何か思いついたかのように、ふっと止まった。腕組みをしたまま空を仰《あお》ぎ、考え込んでいる様子である。

空を仰いでいる横顔が真剣だった。

「よし。とろくせえ調べ方よりも、ひとつ、こいつを思い切ってやってみるかえ」

呟いた銀次郎は、己れの決意を確かなものとでもするかのように空を見上げたまま「うん」と頷いてみせると、いきなり走り出した。真顔だ。

次の角を右へ折れて一町半《ちょうはん》ばかり行くと〝商《あきな》い通り〟と呼ばれている大通りへと出る。華やかな目抜き通りであるだけに、人の往き来はめっぽう多い。

それら人人の間を縫うようにして走る銀次郎の足は、鮮魚商「魚留」へと向かっていた。

銀次郎は一体、何を思いつき、何をしようとして「魚留」へ急ぐのか。いやに表情が硬かった。

「あらあ銀次郎さん、銀次郎さん……」

〝商い通り〟に入ったとたんに、銀次郎は澄んだ黄色い声を横合いから掛けられ、おっとっとっと立ち止まった。

聴き馴れない声ならそのまま走り過ぎていたところだったが、そうもいかなかったのだから、つまり聴き覚えのある声だったのだろう。いや、〝聴き覚え〟では済まされない声だった。

「よう、『紫円橋《しえんばし》』の女将。お久し振りでござんす」

日本橋の料理旅館「紫円橋」の二代目女将、民《たみ》三十九歳であった。

江戸で料理旅館という名を最初に用いはじめた女将なのである。

ただ、料理旅館という名が江戸市中では「変な名だねえ」と余り歓迎されておらず、今のところ、『紫円橋』ほか数える程しか見当たらない。

当たり前の料理屋に旅籠《はたご》をくっ付けただけじゃあねえか、と宵待草の間では余り評判はよくない。が、春夏秋冬よく繁盛して客の絶えることがなかった。

だから店の規模は面白いほど拡大を続けている。

「このところ、『紫円橋《うち》』へは御無沙汰だねえ銀次郎さん。他人様《ひとさま》よりは手間賃をうんと弾んでいるんだから拵え仕事がなくっても、たまには立ち寄っておくんなさいな。銀ちゃん最近どうしてんのかしら、と座敷女中たちがうるさくってねえ。料理とお酒では不自由させませんからさあ……ね」

と、銀次郎の傍《そば》へとやってきた民は、にっと笑って目を細めた。

「有り難うござんす。そいじゃあ、二、三日のうちにも……」

そう言い置いて民に背中を向けようとしかけた銀次郎に、「ちょっと、ちょっと銀次郎さん。なんですかねえ、その慌てようは……」と、思わず顔をしかめる民であった。この民も大の銀次郎贔屓《びいき》である。

民が言葉を続けた。少し早口になっていた。

「うちにねえ銀次郎さん。つい先日、新しい娘《こ》が座敷女中の見習いで二人、入ってきましたのさ。二人ともなかなかの娘《こ》でしてね。今はまだ座敷へは出しちゃあいませんけど、見習いでも二、三日中には髪や化粧をきちんと拵えてやりたいと思っておりますのさ。出来れば新しい着物や帯を選ぶのもねえ」

「さいでしたかあ。ですが女将、まことに申し訳ござんせんが、ちょいとばかし大事な私事《わたくしごと》で向こう十日ばかりどうしても手が塞《ふさ》がってしまいやす。今度だけは、誰ぞ他の人に頼んでみておくんなさい」

「おやま。銀次郎さんに断わられるなんて、はじめての事だねえ。何ぞ深刻なことでも？」

「いやなに。その逆でさあ。祝い事がほんの少しばかり江戸を離れた場所で二つ重なりやして……」

「ご親族の？」

「へえ、まあ……なもんで、今回はご勘弁を。その代わり、と言っちゃあなんですが、次回は無代でやらせて戴きやすので」

「そう……じゃあ、仕方ござんせんねえ。私が見様見真似《みようみまね》で何とかやってみましょうよ」

気前のいいことで知られる「紫円橋」の女将民は言い終えて、くるりと踵《きびす》を返し銀次郎から離れていった。

「怒らせちまったかねえ」

銀次郎が呟いて首をすくめると、それと気付いたのかどうか、少し先で民が不意に振り返った。

「怒っちゃあいませんさ、銀次郎さん」

民はそう言い残して、さっさと歩き出した。

うへえ、地獄耳だ、と銀次郎はもう一度首をすくめて苦笑いを漏らした。カラッとした民の気性の良さ明るさは充分に知り尽くしているつもりの銀次郎だった。

こいつあ暫《しばら》く無代奉仕を覚悟しなければならねえ、と銀次郎は自分に言って聞かせた。民に告げた「……大事な私事で向こう十日ばかり……」は、事件の調べで動き回るには、**十日ばかりの自由**が要《い》る、という判断からきていた。

「さてと……」

銀次郎は辺りを見まわしてから、すぐ脇の商家と商家に挟まれた路地へと入っていった。この辺りからは用心して「魚留」へと近付かなければならねえ、と思っていたところだった。賑《にぎ》やかな通りだから誰に見られているか知れない。

拵え仕事上とは言え、自分が仙と親しいことを野木澤六四郎が若《も》し知っていたなら、そして、その自分が刀鍛冶「奈茂造」へ出入りしたことに気付いていたなら、これからの動き方には気を配る必要がある、と思った。

よしんば野木澤が「京野屋」の隠居文左衛門（柳原文左衛門直行）斬殺の下手人であったとしても、慌ただしくは捕縛はできそうにない。

斬殺された文左衛門がかつて、老中支配下にある勘定吟味役の秘命を受けて活動した隠密勘定調査役であったことを思えば、**何故斬殺されたのか**、慎重にその原因まで突き止めなければ本当の事件解決にはならない。

更に言えば、野木澤は何者かから暗殺命令を受けていたのではないか、という疑いにまで踏み込んで調べ尽くす必要がある。

「尤も、野木澤の野郎が、下手人だった場合の話だがよ……」

ボソッと漏らして、銀次郎は真っ直ぐな長い路地を突き当たって、漸く右斜めへと入っていった。此処からは長屋の裏塀と裏塀に挟まれた路地になっている。そう長くはない路地が、その先、出口の向こうに「魚留」の裏口（帳場口）を見せていた。

しかも、その裏口に今、干物《ひもの》の入った竹編みの平籠《ひらかご》が「伊豆勢」と染め抜いた法被《はっぴ》を着た兄《あん》ちゃんによって、次次と積み上げられている。その数の多さからみて、どうやら届け先が決まっている常客の注文の品が、入ったようだった。

とにかく「魚留」はよく繁盛していた。この勢いだと、あちらこちらに出店を構えたり、小料理屋を開いたりと、多角化に乗り出すことになるかもしれない。そう思わせるほどに活況を呈している「魚留」だった。

奥から出てきた老爺《ろうや》――白い手拭《てぬぐ》いを額にねじり巻いた――が、法被姿の兄《あん》ちゃんと、手振りを交じえて短く話を交わした。

兄《あん》ちゃんが、へい、と頷《うなず》き笑顔を残して消えていった。

老爺が、路地を次第に近付いてくる銀次郎に気付いて、「お……」という顔つきになった。老爺は留吉の父親、留吾郎だった。

銀次郎は「しいっ……」と、口の前に人差し指を立ててから路地口を出、そのままの勢いで留吾郎を裏口から奥の方へとやんわり押し込んでいった。

「ど、どうしたんだい銀ちゃん。瞼《まぶた》がちょいとばかし腫《は》れてるぜい」

「大身《たいしん》お旗本の葬儀を二軒も掛け持ちしたり、神楽坂に新しい料亭が次次と店開きしたりで、拵屋銀次郎は目がまわる忙しさで疲れ切っているのさ……それよりも爺《と》っつあん、留吉にちぃと頼みたいことがあってよ」

「無理をかい」

「うーん。無理といやあちょいと無理だなあ。しかしこの『魚留』が他人様《ひとさま》から後ろ指を差されるような無理は絶対に頼んだりはしねえよ」

「なら、受けた。ま、銀ちゃんの性格はよく知ってらあな。留は表（店）だい」

「このまま土間路地《どまろじ》を抜けさせて貰《もら》って構わねえかえ」

「何を今さら水くせえ。行きねえ、行きねえ」

「有り難うよ、爺《と》っつぁん」

銀次郎は留吾郎の肩をポンと叩《たた》くと、魚の匂《にお》いが漂っている帳場の前を通り抜けるかたちで狭い土間路地を表口へと向かった。活気のある「店の間」に接する板《いた》の間《ま》で留吉の女房、才《さい》が大きな白い乳を赤児《あかご》に含ませていた。亭主よりも勝気な女房だが、気はいい。どことなく高級魚の鯛《たい》のような顔つきをしている。

「あら、銀次郎さん、ご免なさい。こんな恰好で」

「何を言ってんだい、赤児に大きな白い乳を含ませている母親の姿ってえのは、菩薩《ほさつ》様でえ。留公はいるね」

「うん、表に……」

銀次郎は頷いて、店路地の出口を塞《ふさ》いでいる格子戸を左へ引き開けた。

広い店土間《たなどま》があらわれた。なにしろ「魚留」は江戸では知られた鮮魚商だ。むろん乾物も扱っているから得意先は広い。

表通りへ六尺に限ってだが店先が飛び出すことを奉行所から許されているくらいだから、とにかく広い店構えである。

「や、銀ちゃん……」

音三ほか五人も使っている働き者《もん》の小僧たちに、てきぱきと指示を放っていた留吉が、銀次郎に気付いて足元に積み上げられた空の竹編みの平籠を、かき分けるようにして近付いてきた。

「忙しいところ済まねえが、留にちいと大事な頼みがあるんだ」

「あちらこちらの武家屋敷や料亭、小料理屋へ海産物を手広く納めさせて貰っているのは、みな銀ちゃんの顔のお陰なんだ。俺に出来ることなら、なんでもするけど」

「そう言われると余計に言い難いんだがよ。音三を今日から二、三日の間、借りられないかと思ってな」

「音三を?……それってえと、若しかして銀ちゃん」

「うん、その若しかしてだい。呉服商『京野屋』のご隠居が斬殺《ざんさつ》された件で、俺は南町奉行所の真山様にちいとばかし手を貸して差し上げてえと考えている。それでよ、事件が起きたとき下手人の最も身近にいて、大まかにしろその輪郭を摑《つか》んでいる音三に協力して貰いてえと思ってんだい」

「この店にしてみれば、音三も他の奉公人も、それぞれの両親《ふたおや》からの大切な預かり者なんだ。危ないと判っていることには、いくら銀ちゃんの頼みでも応じにくいなあ」

「危ない目になんぞ遭《あ》わせるものけえ。音三の身の安全は俺が体を張って守るからよ。二、三日の間、音三を預からせておくんない。な、留」

銀次郎は留吉に対して真顔で頭を下げてみせた。

「銀ちゃんに頭を下げられると弱いなあ。それに真山様は町人たちの間でも空威《からい》張《ば》りをしねえ評判のいい同心ときているからなあ……判った。銀ちゃんに音三を預けるよ。但《ただ》し三日の間だけだぜ」

「有り難え、恩に着るぜい。決して危ない目には遭わせやしねえ」

「そのかわり、銀ちゃんに頼みがあるんだ」

「言ってみな、留の言うことなら力になるぜい」

「嬉しいねい。今はさ、『魚留《うち》』は八丁堀の与力同心の組屋敷には、まったく入っちゃあいねえんだよ」

「え？　そうだったのかい。そいつあ気付かなかったなあ」

「江戸橋南詰の『力魚《りきうお》』が一手に引き受けているんでさあ。でね、せめて月の内の幾日かくらいは『魚留《うち》』に任せて貰えねえかと」

「よっしゃ判った。『力魚』と衝突することがねえよう工夫して、真山様にひとつ相談を持ち掛けてみるとすっか。但し、『京野屋』のご隠居斬殺事件の調べが落ち着いてからだ」

「是非お願いするよ銀ちゃん。『力魚』も大変評判のいい店なんで、『魚留《うち》』としても力ずくで押し入るような事はしたくねえので」

「そうよな。衝突はよくねえ。真山様は頭の切れる御人《おひと》だから、音三の協力で事件の調べがいい方へ向かえば、『魚留』『力魚』双方の顔が立つようなかたちで、お力を貸して下さるだろうぜ」

「で、音三は今から連れていくかい？」

「出来ればそうしてえんだが、店の都合でむつかしいなら夕方まで待たせて貰うぜ」

「銀ちゃん相手に待たせるようなことは、したくないよ。構わねえから連れていきな」

留吉はそう言うと、ちょうどこちらを見た音三を「おい……」と手招いた。

そのあと小声で「銀ちゃん、くれぐれも身の安全だけは……」と囁《ささや》いた。

銀次郎が「任せておきねえ」と深深と頷いてみせたところへ、音三が「こんにちは銀次郎さん」と笑顔でやって来た。

二十七

辺《あた》りに然《さ》り気《げ》なく注意を払いつつ、道道《みちみち》小声でようやく話し終えて、銀次郎の手が音三の肩をポンと軽く叩いた。

「……と、そういう訳なんでえ。力を貸してくれるよな、音《おと》」

「はい、なんだか膝《ひざ》が震え出しそうですけど、怖《こわ》がらずに頑張ってみせます」

「なあに、怖がったって構やしねえ。音が前面に出ることはねえから安心しな」

「少し、面白いな、という気もします。毎日が鮮魚や干物相手ですから正直なところ退屈していました」

「ほほう……音は案外に度胸があるのかも知れねえなあ。年齢《とし》は幾つになったい」

「十四です。薄くですがもう毛も生え出しています」

「はははっ。それじゃあ立派な男だ。頼もしいぜ」

笑った銀次郎の足が止まった。二人は美貌《びぼう》の黒羽織の姐《ねえ》さん、仙の家の近くまで来ていたが、銀次郎の視線はその手前にあるやや大きな店構えの蕎麦屋《そばや》の二階を捉《とら》えていた。江戸八百八町に顔が広い銀次郎にとっては、全く主人《あるじ》を知らない店でもなかった。

「どうでい。あの蕎麦屋の二階の窓からだと、仙の家を誰が訪ねて来るかよく判るだろう」

「そうですね。先ず見逃がすことはありません」

「よし、蕎麦屋の親父《おやじ》に頼んでみようかえ、ついて来ねえ。天ぷら蕎麦でもおごってやらあ」

「うわっ、いいなあ」

二人は蕎麦屋の暖簾《のれん》をくぐった。この店の親父は江戸っ子の中の江戸っ子であることを、いつも口ぐせのように自慢にしている。ただ、話し好きで少しばかりうるさい。

「いらっしゃい。お、なんでえ、銀ちゃんじゃあねえかい。久し振りだな。しっかりと忘れてくれているもんだとばかり思っていたぜい。嫁はどうした、嫁はよう。もう貰ったのかえ」

　銀次郎が身構える間《ま》もなく、白髪頭《しらが》の親父勘助《かんすけ》の口からポンポンポンとまくしたてるような早口が飛んできた。

　蕎麦をすり上げていた客たちが、思わず肩を揺らせて笑い出す。

「しっかりと忘れていたんじゃねえよ勘助爺《と》っつぁん、とにかく忙しいんでい。このところ神楽坂、浅草、深川と次次に料亭だの料理旅館てえのが新しく出来るんでよう」

「そうらしいな。で、何か食ってくれんのかえ。それとも茶だけかえ。茶一杯でも銭は貰うぜ。うちも商売やってんだ」

「この子に天ぷら蕎麦の特上《とくじょう》を頼まあ。俺は勘助爺っつぁんに、ちいと頼みがあってよ」

「お？　天ぷら蕎麦の特上を注文してくれるんなら、話を聞こうじゃねえかえ。ま、こっちに来ねえ」

　親父はそう言うと、調理場に向かって「天ぷら蕎麦の特上を店の坊やに」と大声で怒鳴った。まさに怒鳴り声だった。店の坊や、と言われた音三が不満顔で、空《あ》いている小上がりに腰を下ろした。もう毛が生えているんだぞ、と言いた気な顔つきであった。

親父は銀次郎を、店の奥の自分たちが休憩する三畳の小座敷へ座らせて向き合った。

「此処でいいかえ。それとも店の外で立ち話でもするかえ。なんなら、銀ちゃんの奢《おご》りで小料理ってえ方法もあるが……」

「外とか小料理屋なんぞは駄目だ。此処で構わねえよ、此処で。実はな爺っつぁんよ」

銀次郎が声を潜《ひそ》めると、勘助は今にも喧嘩《けんか》を始めそうな顔つきで、銀次郎に顔を寄せてきた。

双方ともに早口のべらんめえ調だ。二人の話は直ぐにまとまった。

「遠慮はいらねえ。二、三日と言わず、銀ちゃんなら一月《ひとつき》でも二月《ふたつき》でも構やしねえよ。で、貸し賃だがよ。うーん……ま、いいや。銀ちゃん、いい男だから」

「助からあ。とり敢《あ》えず二、三日でいいやな。一月《ひとつき》はかかるめえ。本当に助かるぜ爺《と》っつぁん」

「そうかえ、そうかえ。じゃ、まあ、好きなように使いねえ。俺の口の堅さは心配いらねえから安心しな」

「そんなのは判ってらあな。ほんじゃ二階へ上がらせて貰うぜ。一緒に来た坊主が蕎麦を食べ終えたなら二階へ上がらせておくんない」

「承知した」

「爺っつあん。そのうち盃を付き合っておくんねえ」

「喜んで……じゃあな」

勘助は忙しそうに調理場の方へと戻ってゆき、銀次郎は休憩用小座敷の脇《わき》にある階段口から二階へと小駆けに上がった。

二階は狭い廊下を間に挟んで、表通りに向かって二部屋が、そして裏手の長屋の屋根と向き合って二部屋がある。

銀次郎は表通りに面した四畳半の座敷へと入ってゆき、窓際に胡座《あぐら》を組んで障子を三、四寸細目に開け顔を近付けた。

「これなら見逃がす心配はねえな」

銀次郎は、野木澤六四郎が今も仙に纏《まつ》わり付いているに相違ない、と読んでいた。

あれほど美貌と教養のある仙であり、しかも夜の社交界では最も稼《かせ》いでいる筈《はず》の姐さんである。その元《もと》女房を、女遊びにだらしなく遊び金が欲しい野木澤が簡単に手放す訳がない。

仙の住居《すまい》に近付いてくるかも知れないその野木澤の顔を、音三に確かめて貰おうと考えている銀次郎であった。日が落ちれば、野木澤が気に入って通い詰めていた神楽坂の名料亭「伊勢」をも、同じ方法で見張ってみようと思っている。

蕎麦を食し終えた音三が、満足そうな顔つきで部屋へ入ってくるなり、鼻をクンクンとさせた。

「なんだか湿気臭いですね銀次郎さん」

「飯屋とか居酒屋など食い物を扱っている店の天井裏とか二階ってえのは、こんなもんでい。贅沢《ぜいたく》言わずに、さ、此処へ座んねえ」

微笑《ほほえ》みながら、やさしく言ってやる銀次郎だった。音三に大役をつとめて貰わなければならないのだ。

「銀次郎さんは、食い物屋の天井裏に入ったことがあるんですか」

「馬鹿言ってねえで、さ、此処へ……」

銀次郎が音三を、細目に開けた窓障子の前に座らせると、音三の表情がたちまち真剣となった。

音三の役割については既に充分に言って聞かせてある。

「音よ、お前、目《めえ》はいいよな」

「大丈夫です。通りの向こうの屋根にとまって交尾をしている秋蠅《あきばえ》だって見えます」

「そいつあ頼もしいや。頼りにしているぜい」

銀次郎は音三の肩に軽く手を置いてやってから、手枕でごろりと横になった。

その途端であった。考えられない程の速さで二人は〝効果〟に見舞われていた。

「来たっ、来ましたよ銀次郎さん、あいつです」

音三の〝声を殺した叫び〟に、銀次郎は「なにっ」とはね起きた。

「見て下さい。向こうから近付いてくる身形《みなり》のよい浪人です。記憶が甦《よみがえ》ってきました。あの顔です。間違いありません」

「いいぞ音、よし、代われ」

　銀次郎は音三を押し除《の》けるようにして窓障子に顔を近付け、「あいつかあ……」と漏らした。まさに二代目奈茂造と仙の二人から聞いた印象を併《あわ》せ持っている身形よい浪人態《てい》が、次第に窓の下へと近付いてくる。腰の大刀は白柄黒鞘《しらつかくろさや》だった。妖刀《ようとう》とも天下の名刀とも伝えられる村正《むらまさ》であろうか。

「よし、音三。お前《めえ》はもう帰《けえ》りな。店の裏口から出して貰ってよ。寄り道をせず小駆けに真っ直ぐにだぜ。判ったな」

　銀次郎は音三に向かって早口で言うと、袂《たもと》から一分金《いちぶ》(鋳造・慶長六年〜元禄八年)一枚を取り出して「手柄だぜ」と握らせた。

　音三が嬉しそうに礼を言って、部屋から出ていった。

　身形のよい浪人態——野木澤六四郎に間違いがない——が、懐手《ふところで》でゆっくりと窓の下を通り過ぎてゆく。悠然たる足取りだ。真昼の往来で容赦なく「京野屋」の隠居文左衛門を斬殺しておきながら。

(なるほど、さすがにスキが無《ね》えなあ。仙の言った通り、相当に強そうだい。こいつと立ち合えば、下手《へた》をすりゃあ俺の方が不利かも知れねえ)

　銀次郎はそう胸の内で呟《つぶや》いて、舌を小さく打ち鳴らした。急に心細くなっている自分に腹が立っていた。

「奴の住居《すまい》を突き止めて、いっその事あとは南町の真山の旦那に任せて、俺は手を引くかねい。俺は役人じゃあねえんだから、あんまし出過ぎるのはよくねえし……」

思わずそう漏らして、銀次郎は苦笑してしまった。幼子の父親でもある真山に危ない橋を渡らせたくはない。それが銀次郎の正直な気持だった筈だ。

野木澤六四郎に相違ない人物の足は、まぎれもなく仙の二階建の住居《すまい》へと向かっていた。

野木澤家は改易《かいえき》によって既に取り潰《つぶ》されている筈《はず》だった。つまり身形のよい六四郎はもはや侍としての資格を失っているにもかかわらず、堂堂と二本差しで歩いているではないか。

しかも金銭に苦労しているような感じは、微塵《みじん》も見られない。がっしりとした体つきだ。充分に栄養を摂《と》れているのだろう。

野木澤六四郎が、表通りから逸《そ》れて小路へと入っていった。もう確実であった。

六四郎は矢張り仙を訪ねやがる、と銀次郎は歯をギリッと噛み鳴らした。

長屋の塀に左右を挟まれた、小綺麗な小路の突き当たりに、夫婦窓《みようとまど》（連双窓とも）を二階に持つ、仙の住居がある。

よし、と銀次郎は立ち上がった。目に凄《すご》みを漲《みなぎ》らせていた。六四郎を相手に、「やるっ」と決めたのだった。

二十八

小路から、案外に早く表通りへ引き返して来た野木澤六四郎の表情は、明らかに不機嫌そうであった。仙から思っていた通りのカネを、得られなかったのであろうか。

蕎麦屋一階の物陰に身を潜めていた銀次郎は、野木澤の住居《すまい》を突き止める目的で、尾行を開始した。相手は小野派一刀流の免許皆伝を十七歳で授けられ、麻布道場の四天王とうたわれたとかの剣客である。

尾行の仕方に少しでも油断があると、気付かれる危険があった。こちらは無腰だ。

尾行するうち銀次郎の表情が「はて……」となった。刀鍛冶《かたなかじ》「奈茂造」の店がある方角へと、野木澤の足は向かっているではないか。

ならば、事《こと》は銀次郎にとって、うまい具合に運んでいることになる。これは、予想外の有り難さであった。

刀鍛冶「奈茂造」の少し手前にある、あまり繁盛していない小さな居酒屋へと野木澤六四郎は入っていった。

銀次郎は目を細めて、眩《まぶ》しく晴れわたった空を仰いだ。

陽《ひ》の高さで凡《およ》そ八ツ半過ぎ（午後三時過ぎ）であろうとの見当はつく。

若《も》し野木澤が一刻《いっとき》ばかり居酒屋で腰を据えるとなると、空にはうっすらとした暗さが広がり出すかも知れない。

尾行する者にとっては有《あ》り難《がて》え、と銀次郎は思った。

銀次郎は、野木澤が入った居酒屋の前を足早に通り過ぎた。用心のため顔を、然《さ》り気《げ》なく居酒屋とは反対側の鍋屋《なべや》に向けて。

鋳掛《いか》けの音がトントントンと遠慮がちに外へと漏れている。

銀次郎は「奈茂造」の前まで来て、暖簾を左右に開き、「ごめんよ」と声低く入っていった。

広い店の間《たなま》には奉公人や客の姿は無く、帳場に初代奈茂造ひとりが座って、厚い帳面をじっくりとした手つきで、めくっていた。とどこおっている代金の取り立てでも考えているような渋い顔つきだった。店の内に入って来た銀次郎に気付いていない。

「爺っつぁん……」と、表通りに油断なく注意を払いつつ銀次郎は上がり框《がまち》に腰を下ろして小声を掛けた。

初代奈茂造が顔を上げた。

「お、銀ちゃんじゃねえか。つい、この前に来てくれたばかしなのによ。今日はまた、どしたい」

腰を上げて、上がり框までやって来た奈茂造に、銀次郎は小声で頼んだ。

「爺っつぁん、すまねえが刀身の頑丈な大刀を一本貸しておくんない。ちょいと急いでんだ」

「おいおい銀ちゃん。刀を貸せたあ、物騒なことを言ってくれるじゃねえか。一体何があったんでえ」

「訳はあとで、ゆっくりと話すよ。当たり前《めえ》のことだが借りた刀への責任は確《しっか》りと持たせて貰う。借り賃も爺っつぁんの言う額以上を払うからよ。今日は持ち合せが充分じゃねえが」

「そんなこたあ、どうでもいいやな。危ない橋でも渡ろうってのか」

「少しな……少し危ねえ」

「判った。それだけ聞きゃあ充分でい。喧嘩《けんか》か何だか知らねえが負けるんじゃねえぜ。ちょいと待っていな」

初代奈茂造は店《たな》の間《ま》と、壁で背中合せに仕切られている裏側の部屋へあたふたと入っていった。そして、一本の大刀を手にして直ぐに店《たな》の間《ま》へ戻ってきた。見るからに豪刀、と銀次郎にも判る黒柄黒鞘の刀剣であった。

「これを使いねえ。同田貫正国《どうたぬきまさくに》じゃよ。めったにお目にかかれねえ豪刀だと思うがねい」

「凄い……こいつあいい」

銀次郎は感心しながらも、表通りへ注意を払うことを怠らなかった。

「だがよ銀ちゃん。お前《めえ》さん、この刀を恰好つけて操ろうなんてえ思っちゃあいけねえよ。喧嘩剣法、度胸剣法でいきねえ。相手は誰だか知らねえけどよ」

「うん、判った。それで突っ込むよ。そいじゃあ、こいつを借りるぜ爺っつぁんよ」

銀次郎が同田貫正国を帯へぴしっと差し通すと、初代奈茂造が「おっ、いやに似合っているじゃねえの」と首を傾げた。

それも道理である。実は、「**閉門旗本**」桜伊《さくらい》家の嫡男、いや、現家長である銀次郎は無外流《むがいりゅう》を極め、且《か》つ、亡き父元四郎時宗《げんしろうときむね》が修めた鹿島神伝一刀流をも自己流の修行で、かなりの位《くらい》まで心得ている（徳間文庫『無外流 雷《いなずま》がえし』上下）。

銀次郎は「茶でも飲んでいきねえよ」と初代奈茂造の勧める言葉に「いや、またゆっくりと……」と返して店の外へと出た。野木澤を見失なっては、という心配に見舞われていた。

「奈茂造」で教えて貰った事件の下手人に間違いない男が、直ぐ近くの居酒屋に入っていることを、初代奈茂造に打ち明けたい気持はあったが、ぐっと堪《こら》えた銀次郎である。

今が一番、用心し慎重にならねば、と下腹に力が入っていた。

自分の拵え仕事の業《わざ》を打ち込んで美しく調えてやった娘の見合いを、その娘の祖父を斬殺するという非情の手段で滅茶苦茶にした野木澤六四郎だ。

「許せねえ」という義憤が噴き出していた。

表通りに出た銀次郎は、居酒屋へ背を向けて四半町ばかり行ったところに古くからある質素な職人旅籠の表口を潜った。常日頃からこの職人旅籠とは、さすがに交流がない銀次郎だ。

「いらっしゃいませ」

と老婆の嗄《しゃが》れ声が銀次郎を迎えた。最初が大事と心得ているから銀次郎は素早く、しかし然り気なく皺《しわ》だらけの老婆の手に、二朱金一枚を握らせた。はじめが肝心、と考えての二朱金だった。

「すまねえが、表通りが見える部屋で暫く休ませちゃあくれねえか。ねんざした足首が痛くってよう」

「おやまあ、お気の毒に。今日はどの部屋もふさがっていますがよう、このばあが使っている部屋でよければ、一刻でも二刻でもゆっくりしていきなさるがええ……」

「表通りは見えやすかえ」

「ほれ、そこの部屋ですよう。障子の嵌《は》まった格子窓も付いとるし」

ばあ様が皺だらけの顎を杓《しゃく》ってみせたのは、表口を入って直ぐ右手脇にある三畳大ほどの筵《むしろ》を敷いた板の間だった。冬が訪れると、寒くて寝間《ねま》には出来そうにないような筵敷きの板の間だ。なるほど障子の嵌まった格子窓が、表通りに面しているから、さほど暗い部屋ではない。

ばあ様が接客の合間合間に、老いた体をひと休みさせるのに使っているのだろう。

これなら野木澤六四郎が表通りを歩いているところを見逃す心配はない、と銀次郎は、ばあ様に勧められるまま板の間に上がりこんで、腰の大刀を取った。

気を利《き》かした積もりなのだろう、ばあ様が背後で「ゆっくりしていきな……」と言いながら板戸をうるさく鳴らして閉じた。

板戸が受け柱にぶつかって、バンと大きな音を立てた。元気な、ばあ様だ。

銀次郎は格子窓に嵌まった障子を細目に開けて、窓際に陣取った。筵がチクチクと脚の素肌に痒《かゆ》い。

二朱金を握らせたというのに、余程ケチなばあ様なのか気が利かないのか、一杯の茶も白湯《さゆ》も出ないまま、刻が過ぎていった。少しばかり酒を呑んでみたい気もあったが我慢するしかない。なにしろ相手は小野派一刀流の麻布道場で四天王とか言われた凄腕だ。こちらが素面《しらふ》で力一杯立ち向かっても、果たして勝てるかどうか判らない。それに事件の深層を掘り起こして把握するためにも、野木澤を斬り倒す訳にはいかなかった。なるべくなら捕縛《ほばく》して南町の真山同心に手渡すのがスジだと思っている。

表通りが次第にうっすらと暗くなり出したが、人の往き来は途絶えることがなく、旅籠へも次次と客が入ってくる。通りの両側には様様《さまざま》な職人の店《いえ》、たとえば刀鍛冶、鍋釜、塗師《ぬし》、蠟燭《ろうそく》、紺屋、大工、左官、乗物、瀬戸物、などが軒を寄せ合って並んでおり、比較的遅くまで表口を開けているから、賑《にぎ》やかな通りだった。ただ、夜盗などが横行すると早早と表口を閉じてしまう。

「今夜はいい月夜になりそうですよ」

「おや、そうかねえ」

「まだ明るさが残っている空に、もう満月が浮かんでおりますよ」

訪れた客とばあ様との会話が、板戸の向こうでしたとき、格子窓から外を見ていた銀次郎の表情が、不意にひきしまった。格子窓の向こうに野木澤の姿が現われたのだ。懐手の悠然とした歩み様《よう》は酒に呑まれている足元ではなかった。しっかりと大地を踏んでいる。

「酔っていやがらねえかあ……」

大刀を手に立ち上がった銀次郎は、それを帯に通した。帯がヒョッと短く鳴る。

銀次郎は板の間から出ると、ばあ様がこちらに背を向けて客と話しているのを幸い、声を掛けずにそのまま外へと出た。

尾行が再開された。今度は銀次郎の腰に同田貫正国がある。無腰のときにあった何となくの不安は消えていた。

「同田貫正国」はよく斬れる実戦用の剛刀を鍛えあげることで知られた、すぐれた刀匠の名前である。九州肥後《ひご》の人だ。それが刀を呼ぶときの名となっている。戦乱絶えることがなかった天文・永禄の頃（一五〇〇年代）、絶頂期にあったのが、この同田貫一門だった。

野木澤の足は神田の町人街を通り抜けると、西方向から東方向へと流れている大外濠川（神田川）に架かった木橋（昌平橋《しょうへい》）を渡った。一体何処を目指して行こうとしているのであろうか。かつての妻、仙に会ったとすれば、幾許《いくばく》かの金を半ば無理にでも得た、いや、奪った可能性はある。幼い子の前で、その子の父親である野木澤を相手に、金のことで「寄こせ」「いやです」の言い争いを仙がするとは思われない。そういう争いが似合わない仙だから、三両とか五両くらいは手渡したであろう。銀次郎はそう思っている。

（野郎の身形と恰幅《かっぷく》のよさからみて、単に仙からだけ金をせしめているとはとても考えられねえなあ……ひょっとして、別に金を得る道筋を持っているのでは）

銀次郎は、ふっとそう感じて唇をへの字に結んだ。たとえば暗い組織に入り込んでいて、そこから何らかの報酬を得ているとかだ。

昌平橋を渡った野木澤の足は銀次郎の予想に反して、遊びなれている筈の、神楽坂の料亭「伊勢」へは向かわなかった。下谷御成《したやおなり》街道と並行して走っている明神《みょうじん》下の通りを、不忍《しのばず》池の方角へと向かっているではないか。すでに野木澤家は幕命により取り潰されその姿形を失っているため、六四郎が帰れる屋敷は存在しない。だいいち、もう武士ではない野木澤だが不忍池の方向に、住居《すまい》を構えているとでも言うのであろうか。

空が急にすうっと暗くなって、青白い満月の明りが際立ち始めた。尾行する者にとって、月明り降る夜とはいえ、塩梅《あんばい》はよかった。身を隠せる暗がりは、そこいら辺りに幾らでもある。

野木澤は下谷広小路に入って疎水《そすい》に架かった三橋を悠然たる足取りで渡り、寛永寺領である「谷中《やなか》の森」（上野の森）を抜け、大名家下屋敷に囲まれるかたちで五十以上もの小寺が密集して立ち並ぶ、俗に「谷中千駄木《せんだぎ》寺町」と呼ばれている寺町へと入っていった。

この界隈《かいわい》は深い木立に覆われ、無住寺が幾つもあった。無住寺となった原因の多くは住職のふしだらな生活によるものだ。寺町でありながら、その外側には岡場所や出会い茶屋にこと欠かない名の知れた歓楽街が控えている。その意味では、僧にとっては「**堪忍の精神**」を育《はぐく》むよい修行の地ではあった。

その修行に負ければ、僧は追放され、寺は取り潰される。過ぎたるふしだらに対しては、僧の死罪もむろんある。

野木澤六四郎の足が、小さな三門《さんもん》を傾かせた月明りの下でも廃寺と判る荒れ寺の前で立ち止まり、然り気なく辺りを見まわした。用心している。

さすが剣客だ、と感心した銀次郎は見つからぬように道端の名も知れぬ巨木の陰に身を潜めて、様子をうかがった。

野木澤は夜空の満月を一度仰ぎ見てから、傾いた三門を潜った。

しかし銀次郎は油断しなかった。三門の中へ入ったと見せかけて、突如飛び出してくる場合がある。

小野派一刀流の皆伝者なら、それくらいのことはやりかねない。見つかったら激しい勢いで斬りかかってくるだろう。なにしろ皆伝者なのだ。

暫く経ってから、銀次郎はそろりと三門に近付いていった。

皓皓《こうこう》たる満月の明りが、雑草の繁茂する荒れた境内に、傷《いた》みひどい小さな金堂を浮き上がらせていた。

が、格狭間《こうざま》の輪郭に似た曲線を持つ花頭窓《かとうまど》の障子は破れていない。

当たり前なら廃寺の花頭窓など障子は破れてボロボロの筈だ。その障子が全く傷んでいないことが月明りの下で判った。

金堂には誰か定住の生活者がいて、冬の寒さにも耐えられるよう障子を張ったと思われる。その定住の生活者こそ、野木澤六四郎であろうと、銀次郎は確信した。

と、花頭窓に明りが点《と》もって人影が障子に映った。男の——野木澤の——人影であると判った。腰の刀も映っている。それこそが徳川一門にとっては大凶の妖刀村正なのであろう。

「思えば……哀れな」

銀次郎は口の中でそっと呟き、雑草を踏み鳴らさぬよう気を配りながら、荒れ放題の金堂へと近付いていった。貧乏旗本であったとはいえ、かつては百俵十人扶《ぶ》持《ち》の禄《ろく》を得、御目見《おめみえ》以上の小十人組に属していた野木澤家である。百俵十人扶持だから、敷地二百坪前後、家屋の部屋数、六部屋か七部屋の屋敷を拝領していた筈だ。それが短慮に走って上役二人に刃を向けて傷つけ、目も当てられないような凋落《ちょうらく》ぶりだ。切腹を免れただけでも、まだましと言わねばならない。普通、朝廷直属軍とか将軍直属軍の武官や文官に対して銃刀などを向ければ、その行為は「朝廷」や「将軍」へ向けたものと判断されて極刑を言い渡される。それに比べれば、野木澤六四郎の凋落ぶりはまだしも、ましと言わねばならない。

「さてと……どうするか」

銀次郎は、金堂から十二、三間《けん》ばかり離れた松の巨木の陰に身を隠して思案した。やはり南町の真山同心へ向け誰かを走らせた方がよかったか、と反省がこみ上げてきた。しかし、今、反省してもどうにもならない。

斬り合えば、倒すか倒されるかになることは、目に見えている。若《も》し倒されれば、文左衛門斬殺事件の真相は闇《やみ》に埋もれたままになる可能性があった。

「仕方がねえ……やるか」

銀次郎は同田貫正国の柄に手をやった。

まさにその時、三門の外で大きな放屁《ほうひ》の音が響き、続いて噯《おくび》が一つあった。そして、辺りを警戒しない足音が三門を入ってきた。大胆だ。

銀次郎は身を翻すようにして、松の巨木に張り付いた。張り付いたから次第に近付いてくる相手は見えない。

銀次郎の全身に痛いほどの緊張が走り、背骨が朽ち木を折るような乾いた軋《きし》みを発した。

## 二十九

屁《へ》と嗳を放った何者かは驚いたことに、たじろぐ様子も見せず「俺だ……」と告げながら荒れ金堂へと近寄っていった。傷んだ桟唐戸《さんからと》を開け、そして閉める不快な軋み音。

銀次郎が松の巨木の陰からそっと顔を覗《のぞ》かせてみると、金堂の花頭窓の障子に、腰の大刀を帯から抜き取りつつ腰を下ろす侍の影が映っていた。

銀次郎は耳を澄ましてみたが、ぼそぼそという声が聞こえてくるのみで、何を話しているのか聴き取れなかった。

と、障子の左側に映っている人影が、障子の右側に映っている人影に明らかに徳利と判《わか》るものを差し出した。どうやら酒と簡単な肴《つまみ》、たとえば鰑《するめ》の焼いたものくらいは調《ととの》えてあるらしい。

差しつ差されつが始まったが、人影の動きは落ち着いたゆったりとしたものだった。

（もしや、後から入っていきやがった放屁と噯の侍は……）

銀次郎は、神楽坂の料亭「水月」で生じた大惨劇に、若しや放屁野郎がかかわっているのでは、と想像した。「水月」では勘定奉行役宅立合目付関家常吾郎と供侍の五名、やり手親分で知られた「牛込の文造」ら目明し三名、そして女中頭の竹乃と板場の下働きをしていた小僧の朝二、合わせて十一名が斬殺されている。まさに大殺戮《さつりく》であった。

「放屁野郎が『水月』事件の下手人なら、いま俺が立ち向かっていくのは危ねぇかも知れねえな。金堂の二人が相手では、俺がたとえ死力を尽くしてもよ……」

銀次郎はぶつぶつと漏らすと、今夜はひとまず引き揚げて南町の真山同心への報告を優先させた方がいいかも知れねえ、と思った。しかし、女中頭の竹乃と板場の下働き朝二の仇《かたき》だけは「何が何でも俺の手でやらなきゃあならねえ」と決心を固めている。いまだ犠牲となったこの二人の家族に会っていないことも、銀次郎の胸をひどく痛めていた。下手人にひと太刀《たち》あびせないことには、竹乃と朝二の家族には、とても面と向かっては会えないと考えてきた銀次郎である。

「水月」事件に対し、南北奉行所の探索の動きは決して迅速ではない、と銀次郎の目には映っていた。また、その事情にも見当がついていた。なにしろこれは幕府の官僚である目付職とその配下の殺害事件でもあるのだ。しかも奉行所の信頼厚い目明し三名が巻き込まれている。幕閣《ばっかく》にとって無視できない大事件なのだ。

南北奉行所の裁量で自由に探索できる権限の域を超えている大事件だと言うことである。

この事件について南北奉行所が探索の自由度を広げるには、先《ま》ず目付筆頭（首席本番目付）の本堂近江守良次もしくは、銀次郎の伯父で次席目付和泉長門守兼行の事前の許可もしくは了承を得る必要があった。

ただ、和泉長門守兼行は、「水月」事件の犠牲者である竹乃と朝二に銀次郎がかかわっていることと、そのために調べの動きを始めていることは既に承知しているため、その意味では事前の了承は取れている、という見方が出来た。

暫《しば》し金堂の様子を見張っていた銀次郎は、今夜のところは一先《ひとま》ずこれで引き揚げるか、と決めた。

松の木陰から用心深く出た銀次郎の足元で、枯れ枝でも踏みつけたのかパキッという音が鳴った。夜の静けさのせいで、かなりの響きだった。

銀次郎は「いけねえ……」と、松の陰にするりと戻って息をころした。

直《す》ぐに桟唐戸を開ける軋んだ音がした。

「誰かいるか？」

「いや、誰も……」

「野良犬でも入って来たのだろう。ま、余り神経を苛立たせないで今宵はゆっくりと呑もうじゃないか。明日は組織から報酬を頂戴《ちょうだい》できる日なのだ」

「きちんと山分けだぞ。一分の違いも無しにな。いくら小野派一刀流麻布道場の同門でも金のことでは、別だからな」

「判っている。しかし相変わらず金のことでは冷《さ》めた考え方をするのう。お互い十七歳で皆伝を授かった、長い付き合いだというのによ」

「共に麻布道場の四天王と仲良く称されてきた友情と言うのはだな、金とは別物だよ。長い付き合いというのも、金とは別物だ。金は金よ。な、そうだろう。金はあくまで金なんだ」

「もういい。入って呑み直そうや、たのやま殿よ。酒ならじっくりと友情だけで付き合えるだろう」

「ははは っ、皮肉を言うな野木澤」

栈唐戸の閉まる軋んだ音がして、静けさが戻った。

「そうだったのかえ。事件の輪郭が、うっすらとだが見えてきたぜい」

呟きつつ漸《ようや》くのこと松の陰から出た銀次郎は、花頭窓の障子に映る二つの影を熟《じ》っと見つめた。

かなりの手がかりを摑んだ、という確信があった。花頭窓の障子に影を映す二人の口から「組織」「報酬」という言葉が出たのだ。

「今夜のところは、これ以上、踏み込まねえ方がいいな……」

銀次郎は足元の枯れ枝や落葉に注意を払いながら、三門の方へと戻り出した。

金堂の中の二人が「何らかの組織」から日常的生活に困らぬ金を得ているらしいことは充分に想像できた銀次郎である。野木澤のとても浪人には見えない恰幅の良さが、そのことを証していると銀次郎には思えた。まだ顔も知らぬ、「たのやま」とか言うもう一人の麻布道場の同門とかも、放屁に品は無かったにしろ恐らく恰幅はよいのではないかという気がした。しかもである。明日は報酬を頂戴できる日だ、と野木澤は言っている。銀次郎は想像した。報酬とは、若し事件に絡んでのものなら、おそらく二百両から三百両だろう、と。やったことの大きさ次第では三百両から五百両もあり得る、というのが銀次郎の報酬感覚だった。但し「暗い報酬」という意味においてである。

三門まで来て銀次郎は夜空の満月を仰いだ。南町の真山同心も相当な手練《てだれ》である、と銀次郎は承知をしている。しかし、家庭持ちの真山を金堂内の二人には向かわせたくない、というのが、銀次郎の正直な気持だった。なにしろ金堂内の二人は、小野派一刀流麻布道場の四天王とかなのだ。凶悪な人斬りに慣れていると なると、その太刀すじは四天王とかを超えた猛烈な力量・凄みを備えていると思わねばならない。刺客の太刀筋とかは、人を斬る経験を積めば積むほど、鋭利さを増すとか言われている。

「矢張り……俺ひとりで立ち向かうかねい」

銀次郎がポツリと自信なさそうに漏らして三門を潜《くぐ》ろうとしたその時であった。金堂の方で「貴様、何者かっ」という叫び声と、鋼《はがね》と鋼が相当な速さで打ち合う音とが同時に聞こえてきた。

ハッとなった銀次郎は脱兎《だっと》の如《ごと》く身を翻《ひるがえ》した。

その直後である。

「わあっ」「ぎゃあっ」という悲鳴が続け様に聞こえてきた。断末魔を思わせる悲鳴だ。

銀次郎は、金堂の桟唐戸に向かって右の肩から激突していった。当の本人は微《かす》かにさえも気付いてはいなかったが、このとき銀次郎の戦闘本能は既に爆裂して炎《ひ》を噴き上げていた。

傷みのひどい桟唐戸は、銀次郎を巻き込んで金堂内へと吹き飛んだ。

一回転して素早く片膝つく姿勢を取った銀次郎は、すかさず大刀の柄《つか》に手をかけていた。居合抜刀の構えだ。

「あ……」

銀次郎の口から、驚きの小声が漏れた。血の臭いと微かな桃の香りのなか、信じられないような惨状が揺れ動く大行灯の明りの中にあった。居合抜当の構えのまま、銀次郎はジリッと腰を上げた。

小野派一刀流麻布道場の四天王と称された野木澤と「たのやま」とかの二人が、血を噴出させて仰向《あおむ》けに倒れているではないか。しかも二人とも首を切り落とされ、刀を壁際にまで弾《はじ》き飛ばされていた。その光景は誰が見ても、圧倒的な力の差によって討ち倒されたことを物語るものであった。

その圧倒的な力量の者が、血刀を下げて突っ立っていた。右手に持つその大刀の切っ先から、ぽとぽとと血玉がしたたり落ちている。背丈は五尺七寸の銀次郎よりもやや高い。

銀次郎は相手を睨《にら》みつけるだけで、ひと声も発することが出来なかった。息苦しいほどの圧力が、のしかかっていた。その圧力の原因は、相手の面相を確かめられないことにあった。相手は、誰の作なのであろうか精緻《せいち》に彫り作られた金剛《こんごう》力士《りきし》の面で顔を覆っていた。形相《ぎょうそう》凄まじい面だった。

「お前は誰じゃ」

金剛力士がおどろおどろしい声で、銀次郎を見据えた。凄惨《せいさん》な現場を銀次郎に見られたにもかかわらず、慌ても狼狽《うろたえ》もしていない。悠然たる構えだった。

「貴様こそ何者か」

銀次郎は胸を絞り込むようにして声を出した。怯えている自分が見えていた。

「ふん。未熟者が……」

金剛力士は血刀を己れの袖で拭《そでぬぐ》うという無造作な一面を見せると、パチンと音を鳴らして鞘に納めた。

「命が惜しければ尾行は止《よ》せ。つけて来たならば斬る。首と胴が離れると思え」

野太く低い声で銀次郎に告げた〝金剛力士〟は、ゆっくりとした足取りで銀次郎の脇を擦り抜け、月明りの中へと出ていった。銀次郎ごときはまるで眼中に無い、と言ってもいい相手の余りにも悠然すぎる態度だった。

銀次郎は暫くの間、体が動かなかった。少しでも動けば、バッサリと斬られるような恐怖に見舞われていた。おのれえ、という悔しさがこみ上げてはきたが、背に噴き出す恐怖の汗をとめることは出来なかった。

## 三十

銀次郎は神田須田町二丁目の居酒屋「おけら」へ、いつ入ったのか全く覚えていなかった。金剛力士の形相物凄い面で顔を隠した〝あいつ〟が、脳裏から消え去ることがなかった。「おけら」へ入るまでの途中、二度も三度も後ろを振り返ったことだけは覚えている。今夜の「おけら」はいつもより立て込んでいた。満月の夜のせいなのであろうか。

「くそっ」

銀次郎は徳利の酒をぐい呑み盃に満たし、一気に呷《あお》り呑んだ。すでに空《から》になった三本の徳利が目の前に並んでいることに気付いてさえいない。

調理場で、てきぱきと忙しそうに動き回っている主人《あるじ》の六平五十一歳が、後妻のテルと囁《ささや》き合っては銀次郎の方をちらりちらりと見ている。いつもらしくない銀次郎の様子が気になっているのであろう。

「春ちゃん、これ、銀次郎さんの席へ、そっと持っていっておあげな」

鍋から大根と烏賊《いか》の煮たのを小皿に取ったテルが、それをひとり娘の春に手渡した。ひとり娘とは言っても、後妻のテルは春とは血のつながりは無い。

しかし、実の母子のように仲がよい二人だった。

「銀次郎さんの様子、今夜は少し変だね、おっ母さん」

「判ってる。こういう時はね、そっとしておくのさ。だからあれこれ言わずに、この小皿をそっと銀ちゃんの前に置いてきな」

「うん」

春はテルに言われた通りにした。だが、銀次郎は自分の前に大根と烏賊を煮た小皿が置かれたことにさえ気付かない。銀次郎に淡い想いを抱いている春は、泣きべそ顔で調理場へ戻ってきてから、グスンと鼻を鳴らした。

「今夜は仕方がないよ。また機嫌のいい銀ちゃんの時もあるからさ」

テルが娘の肩を叩いてなぐさめた。

そのテルの表情が、このとき変わった。居酒屋の女将の顔になっていた。

「あら、棟梁《とうりょう》いらっしゃい」

銀次郎の意識を〝覚醒《かくせい》〟させようとして、わざと放ったテルの甲高い声だった。

だが、銀次郎は徳利の一点をまるで睨みつけるかのようにして、微動だにしない。

銀次郎の脳裏では今、胴から離れた二つの首を検《み》ている自分の姿が現われたり消えたりしていた。その自分の姿と、金剛力士面の〝あいつ〟が、ふっと重なったりもする。

すでに何処かで一杯ひっかけてきたらしい上機嫌な六十前後の棟梁が、従えてきた五、六人の職人たちと共に、銀次郎の席の背中側に陣取った。びしっと着込んだ紺の法被《はっぴ》の両胸と背に㊙とあざやかに白く染め抜かれている。棟梁の名、剣《けん》五郎《ごろう》の剣からきていた。棟梁はもと貧乏御家人の息子で武士を捨て職人の道に入って大成功したとの噂もあったが、よくは判っていない。それでも剣五郎の名はなるほどいかにも元御家人らしい。

それはともかく、江戸では知らぬ者がない㊙であったから、混み合った酔客たちと㊙職人たちとの元気な〝交流〟が始まって、店内はたちまちにして一層の賑《にぎ》わいに陥った。

それでも銀次郎は、別世界にひたっていた。脳裏に漂う金剛力士面の〝あいつ〟や、首を検《み》ている自分の姿に、心暗くかかわっていた。二つの首の一つはもちろん、野木澤六四郎であった。亡骸《なきがら》の懐からは桃の香り――珍しい――を漂わせる匂《にお》い袋《ぶくろ》も出てきた。これで野木澤六四郎が老舗《しにせ》の呉服問屋「京野屋」の隠居（先代主人《あるじ》）文左衛門八十歳を斬殺したことは、ほぼ確定した。問題は、野木澤の剣友「たのやま」とかの、もう一つの首である。着ているものについて言えば、料亭「水月」で二階の窓を熟《じ》っと見上げていた浪人の着物の地味さによく似ていた。

くわっと目を見開いた断末魔の形相は、「水月」の奉公人朝二から聞いた人相に酷似している。

(金剛力士面の野郎に立ち向かえなかった……くそっ)

胸の内で怒鳴り上げて、銀次郎はギリギリと奥歯を噛み鳴らした。

くやしかったし、情なかった。居合抜刀の構えに入っていたにもかかわらず、そこから先へは一歩も踏み込めなかった。

(俺はうぬぼれていたのだろうか……剣ではおそらく誰にも負けやしねえと)

銀次郎は慌てて、拳《こぶし》の甲で目尻を拭った。涙の粒が湧き上がってきた。止められなかった。

「おのれ……あ奴」

銀次郎は立ち上がって、よろめいた。不快の酒が、足元にきていた。酔うを知らない銀次郎の、それはこれまでに味わったことのない心の疲労であった。

銀次郎は呑み代《しろ》を払うことすら忘れて、居酒屋「おけら」を出た。

翌朝、銀次郎が目を醒《さ》ましたのは、麹町の蟄居閉門屋敷、つまり生家である桜伊家の居間だった。床の間の刀架けには白柄黒鞘の大小刀備前長永国友《びぜんおさながくにとも》が横に架けられており、枕元では「奈茂造」から借りた同田貫正国が銀次郎の目覚めを待っていた。

「よかったぜい。斬り合いなんぞでお前《めえ》の刃《やいば》を傷つけなくてよ」

体を起こした銀次郎は、同田貫正国の鞘をひと撫《な》でして呟いた。この居間へ入ったまでは確りと覚えてはいるが、そのあとのことは記憶になかった。が、布団も調えずに畳の上へそのまま寝てしまったと判って、思わず溜息《ためいき》を吐《つ》く銀次郎だった。広縁との境の障子さえも閉めていないではないか。目覚めたばかりの脳裏では再び、金剛力士の面で顔を隠した〝あいつ〟が蠢《うごめ》き出していた。銀次郎は、剣というものに対し初めて明らかな怯えを抱いた己れを、恥ずかしく腑甲斐《ふがい》無く思った。

「これも蟄居閉門家の嫡男が自己鍛練を怠り、現実から逃れるかのようにして、女相手の拵《こしら》え仕事に走ったからかも知んねえなあ」

自嘲《じちょう》的にぼそっと漏らして立ち上がった銀次郎は、広縁に出て胡座《あぐら》を組んだ。

庭先、左手方向すぐの所によく育った辛夷《こぶし》の木があって、その木を背にするかたちで凄まじい形相の等身大の像が立っていた。大和国《やまとのくに》（奈良）高畑村《たかばたけ》の新薬師寺に現存する十二神将《じゅうにしんしょう》（薬師如来の守護神）の一、伐折羅《ばさら》大将の模倣像だった。

この十二の神将を十二支と結びつける言い伝えが古くからあり、人人は大いに縁起をかついだ。たとえば伐折羅大将の干支《えと》は、桜伊家の後継ぎである銀次郎の干支と同じであり、それを喜んだ今は亡き祖父の真次郎芳時《しんじろうよしとき》が、「正しきを愛し豪《つよ》く育てよ」と願って、伐折羅大将の模倣像を銀次郎の守護神としてつくらせた訳だ。

屋敷にこのような守護神の備えがあるにもかかわらず、銀次郎の父・元四郎時宗《げんしろうときむね》は大坂在番を命じられて赴任中に、水茶屋の若く美しい女に入れあげ、女の気持が離れていくと激昂《げっこう》して滅多斬りにし、自身もその場で切腹して果てたのだった（徳間文庫『無外流　雷がえし』上下）。

これは改易に相当する重大な不祥事であり、本来ならば桜伊家は武士としての身分だけでなく住居《すまい》も禄も失っているところであった。それが処罰の重さを蟄居閉門に下げられた上、事実上何も失っていない扱いとなっているのが現在《いま》の桜伊家である。

これには今は亡き神君家康公（徳川家康）が桜伊家に対して与えた、**永久不滅感状**なるものが作用していた。異例中の異例としての特別配慮が。

「父の不祥事は、桜伊家の誇りというものを、粉粉に打ち砕いてしまった……」

伐折羅大将の模倣像を眺めていた銀次郎は、呻《うめ》くように小声を発したあと、ふうっと息を吐き出し肩を落とした。

「いるか……銀次郎っ」

玄関の方で伯父、和泉長門守兼行のどっしりとした声の響きがあったのは、この時だった。

「はい、ここに……」

銀次郎は玄関の方へ声を返して居住まいを正した。

伯父ひとりではない幾人かの人の気配と足音が、廊下をこちらへと向かってくるのを銀次郎は感じた。伯父が供の侍を従えて来るのは何時《いつ》ものことである。目付の仕事は、恨《うら》まれることが少なくないため、外出時はそれなりの用心が求められる。

供侍の幾人かの気配と足音が、途中でふっと消えて、ひとりの足音だけが長い廊下を銀次郎の方へと次第に近付いてきた。

桜伊家の廊下は、とにかく長く出来ている。和泉長門守の家臣は廊下の途中にある控え座敷へでも腰を落ち着けたのであろう。

「これは伯父上。このように朝のうちから御越《おこ》し下さるとは、珍しゅうございますな」

やって来た伯父に正対し、日頃のべらんめえ調を消して軽く頭《こうべ》を下げた銀次郎であった。

和泉長門守は腰の大刀を取って銀次郎の前に、どっかと胡座を組んだ。

「銀次郎、妙なことが生じたぞ」

「妙なこと？」

「今日の私は、午後の定例の目付会議に出席することのみが御役目となっておるのじゃがな。先程、寺社奉行神崎行信《かんざきゆきのぶ》様の用人が神崎様の文《ふみ》を持ってあたふたと見え、それを読んで思わずギョッとしたので、これはお前にも急ぎ打ち明けておかねばと考え、やって参ったのじゃ」

「寺社奉行の神崎様と申さば、確か伯父上とは剣術の同門でございましたな」

「剣術の同門だの相弟子《あいでし》だのは、どうでもいいことじゃ、実は今朝早く『谷中千駄木《やなかせんだぎ》寺町』の梅花寺の寺男が、近くの無住寺の金堂に大変なものを見つけてな」

「梅花寺と言えば、早春の梅林《ばいりん》が美しいことで有名な寺でしたな」

「うむ。その寺で長く働く早起きの源作《げんさく》という寺男が昨夜、そう遠くない所から悲鳴が聞こえてきたのがどうしても気になって、今朝、まだ薄暗いうちに近くの無住寺の金堂を覗いてみると、身形調った二人の浪人の斬殺死体を見つけたというのだ」

「それで直ぐ様、寺社奉行所へ届けが出されたのですね」

「寺社奉行では日の出と共に調べを始めてな。斬殺された二人は身形悪くないというのに、どうやらその無住寺をかなり前より塒《ねぐら》として生活していたらしい。主人《あるじ》を持つ諸藩の武士とて生活が楽でない昨今のことゆえ、身形悪くない浪人が無住寺を塒としていても、さして不思議でも不自然でもない時代じゃ。問題はだ、斬殺された二人とも一刀のもとに首を切り飛ばされていたこと。そして……」

和泉長門守はそこで言葉を休めると、膝頭を少し滑らせるようにして銀次郎との間を詰めた。

「そしてな、とんでもないものを、首を失った二人は懐深くに持っていたのじゃ」

「何を持っていたのです？」

「番打ち小判じゃ」

「え？……今、何と仰《おつしや》いましたか」

「番打ち小判と申したのだ。余り大きな声を立てさせるでない。江戸城の御金蔵に厳重に保管されている筈の番打ち小判を、無住寺の二つの死体が、それぞれ二十枚も懐に入れておったのだ」

「合わせて四十両……大金ですね」

「ああ、大金じゃ。しかも番打ち小判ときている。これは只の殺人事件ではないぞ銀次郎」

「確認させて下さい伯父上。番打ち小判というのは確か、将軍家が極めて有能な幕臣とか、大きな貢献をした旗本とか諸藩の藩士を対象として与える、褒賞用の特別小判のことでしたね」

「その通り。当たり前の者には絶対に手に入ることのない特注の小判じゃ。表側には葵《あおい》の刻印が縦に三つ並んで入っており、裏には将《しょう》の刻印から始まる番号と、励《れい》の刻印から始まる番号との二種が特注され保管されておる」

「将の刻印がある小判については受賞者が上様のご面前で、上様の御手から直接に授けられると聞いておりますが真《まこと》ですか」

「真じゃよ。将が刻印の褒賞には葵の御紋が入った刀も授けられるゆえ、受賞者もそれを家宝として大切に保管するという大きな責任が生まれる。また上様の御手より直接に頂戴した将の小判は、日常生活で易易《やすやす》と使えるものではない」

「左様でございますなあ。私なら負担だ。ごめん被《こうむ》りたい」

「心配するな。お前には生涯そのような機会など回ってはこぬわ」

「で、二つの骸《むくろ》が懐に持っていた番打ち小判は、将の方でしたか、それとも励の方でしたか」

「将軍家より老中に手渡され、老中の御手より受賞者に手渡される励の番打ち小判の方じゃ。将・励ともに城中における保管の厳しさに変わりはない」

「斬殺された二人の身元は判明しているのですか」

　銀次郎は素知らぬ振りをして訊ねた。一刀のもとに殺害された二人が小野派一刀流のもと四天王とかで、共に十七歳で皆伝を授けられた野木澤と「たのやま」と銀次郎には既に判っている。「たのやま」と耳にした名も「田野山」と書くのではと想像していた。あるいは別の字綴《つづ》りなのかも知れないが。

「寺社奉行所では身元はまだ摑めていないようじゃが、二人の大刀の鞘には共に、**小野派麻布**、と白い綺麗な小文字の刷り込みがあったらしい」

「えっ……小文字の」

銀次郎は驚いてあとの言葉を失った。全く気付かぬことであった。

## 三十一

伯父・長門守は眉間に皺を刻んで、目つき険しく言葉を続けた。

「麻布には小野派一刀流の大道場があって隆盛を極めておることは儂も承知をしておる。しかしだ。首を失った二つの骸《むくろ》が、小野派麻布、と鞘に白文字を刷り込んだ刀を帯していたからと言うて、役人が直《ただ》ちに麻布道場へ駆けつけ、骸の素《す》姓《じょう》を確かめるのも、どうかと思う」

「ええ、まあ、判ります。小野派一刀流は、柳生新陰流《やぎゅうしんかげ》と並んで徳川将軍家の御流儀でもあった訳ですから、いきなり出向いて確かめるのは失礼に当たりましょう」

「地位の高くない者が非公式に出かけてそっと確かめるのであれば、さほどの問題にはならぬがな。いずれにしろ、この事件は慎重の上にも慎重に調べなければならない。慌てふためいてはならぬよ。なにしろ二つの骸は、常人が手にすることの出来ない番打ち小判を持っていたのだから」

「仰る通りだと思います。で、その番打ち小判ですが、江戸城の御金蔵から流出したものなのか、または、過去にその番打ち小判を褒賞として受賞した者から流出したものなのか、その点についての判別は難しいのですか」

「さほど難しくはない。但し、御金蔵からの流出小判か、受賞者からの流出小判か、についてしか判らないのじゃ」

「どういう意味でしょうか。ちょっと理解し難《にく》うございますが……」

「うむ。先ず番打ち小判による褒賞制度じゃが、これは今は亡き神君家康公の士気奨励を目的とするご発案によって、二代将軍秀忠《ひでただ》様が具体的制度として設けなされてな……」

「はい。その程度のことまでなら、合戦を知らぬ太平時代生れの私の耳にも入っております」

「問題は番打ち小判なのじゃ。いつ、誰に対して将または励が授与されたかについては、受賞者名簿はきちんと調っておるのじゃが、将についても励についても、どの番打ち小判を誰に授けたかは全く判らぬのじゃ」

「な、なんですって伯父上」

銀次郎は思わず、あんぐりとなってしまった己れに気付かぬまま、伯父の顔を見つめた。

「この褒賞制度を定められた当時の秀忠様は大層腹の太い御方でな。『何番の番打ち小判が誰に手渡ったか』が判《わか》らないように、と事務方に強く命じられたらしいのじゃ」

「つまり、番が連続しないように工夫して受賞者に授けられた、ということでございますか」

「その通りじゃ。秀忠様は褒賞金は自由に使ってよい、というお考えを強く持っておられたらしい。せっかくの褒賞金が受賞者の箪笥《たんす》の奥で家宝扱いされて眠ってしまうと、江戸経済を潤《うるお》すのに役立たない、と思っておられたようじゃ」

「なるほど、素晴らしい腹太なお考えではありますね。なれど受賞者としては、葵《あおい》の刻印が入った番打ち特別小判となると、やすやすとは使いますまい。いや、使えますまい。伯父上はどう思われますか」

「儂《わし》も、どの受賞家においても大事に家宝扱いされている、と確信しておる。お前が申すように、使用したことが露顕したときの周囲《まわり》の目を想像すると、とても使えたものじゃあない」

「と、言うことは伯父上。首無しの二つの骸《むくろ》の懐に入っていた番打ち小判は、幕府の御金蔵から流出した可能性が高いということになりますぞ」

「その通りじゃ。それについては、これから調べることになろうが、かなり手間取る事になろうなあ」

「まさか、御金蔵における番打ち小判の保管方法までが、番を不連続にして、つまりバラバラにしての保管方法であった、と言うのではありますまいな」

「うーん、実は、その通りらしいのじゃ。二代様（徳川秀忠）の腹太なお考えを尊重する余り、事務方では思いっ切りバラバラにして保管するという方法を採用したらしいのじゃ」

「なんとまあ……こいつあ確かに難しゅうございますなあ伯父上」

銀次郎は再び呆気《あっけ》にとられたような顔つきで、伯父の顔を見つめた。

「で、伯父上。二つの骸は通常の小判は全く持ってはおりませなんだか」

「いや、いくばくかは持っておったようじゃ。額は聞いてはおらぬがな。それよりも銀次郎。お前に伯父としてではなく、次席目付和泉長門守として頼みがある。その費用《ついえ》として、先《ま》ずこれだけを手渡しておこうか」

和泉長門守兼行はそう言うと、銀次郎の目の前に懐から取り出した二十両を静かに置いた。

「単刀直入に命《めい》ずる用件だけを述べよう。お前は小野派一刀流麻布道場に非公式の立場で然《さ》り気《げ》なく接触し、首を斬《き》り落とされた二人に関する情報を集めるのだ。非公式の立場、というのをどのように工夫するかは、お前に一任する。いずれにしろそのためには、これが要るだろう」

和泉長門守はそう言うと、玄関の方に向かって手を打ち鳴らした。

「室瀬《むろせ》、寺社奉行神崎様よりの預かり物を持って参れ」

長門守の野太い声に、「はっ、ただいま……」と、直《す》ぐさま応答があった。

銀次郎は、伯父の家臣の中に、念《ねん》流の達者である室瀬仁治郎《じんじろう》という若い近習《きんじゅ》がいることを承知している。おそらく玄関を入って左側の「供侍の間《ま》」つまり控え座敷で待機しているのだろう。他の家臣たちと共に。

その室瀬仁治郎が廊下を鳴らし、急ぎ足で現われた。手に黒鞘《くろさや》の二刀を持っている。

「お久し振りでございまする」

室瀬は黒鞘の二刀を主人《あるじ》長門守の前に置いてから、銀次郎に向かって、うやうやしく頭を下げた。

銀次郎が長門守によって、我が子のように大切に可愛がられていることを、室瀬ほか家臣たちはよく知っている。

銀次郎が頷《うなず》きで黙って応じると、室瀬は主人《あるじ》と目を合わせてから下がっていった。

「なるほど、これでございますな」

伯父から改めて説明を受けるまでもなく、銀次郎は黒鞘の二刀の内の一刀を手に取って眺めた。

「ほほう、いかにも誇らし気に、**小野派麻布**、と刷り込まれてございますなあ伯父上」

「どう見る？」

「うむ、自分勝手に、つまり己れの意思で刷り込んだものか、それとも道場の制度として刷り込むことを許されているものなのか……その何《いず》れかでございましょう」

「神崎様の文《ふみ》にもそのような意味のことが書かれてあったわ」

「それに致しましても伯父上、この黒鞘の二刀は此度《こたび》の事件の大事な物証。それを何故《なにゆえ》にまた寺社奉行の神崎様は伯父上の手に預けなされましたのですか。南北いずれかの御奉行に預ける、と言うならまだしも筋が通っておりましょうが」

「血相を変えて我が屋敷を訪ねて参った神崎家の用人の話では、二つの骸が番打ち小判を懐に入れていたことに、大衝撃を受けられたそうじゃ。これは町奉行や勘定奉行が扱うべき事件ではない、となと」

「さすがは三奉行（町奉行・勘定奉行）の筆頭に位置する寺社奉行。鋭いご判断でございましたな。御用人を首席目付本堂近江守様のもとへは走らせず、次席目付である伯父上のもとへ向かわせたのは、矢張り剣術の同門という安心感からでしょうか」

「それは大いに言える。それに神崎様と私は交流が頻繁《ひんぱん》でもあるしな。心の内で充分以上に信頼し合《お》うておる。こういった世渡りの術《すべ》をお前も見習うことじゃな。いつまでも蟄居《ちっきょ》閉門にこだわって拗《す》ねまくるかの如《ごと》く女相手の仕事にうつつをぬかし……あ、いや、それについては、もう言わぬとしよう」

「伯父上、私は……」

「もうよい、少し言い過ぎた。お前はお前で毎日一生懸命なのじゃ。それは判っている。……すまぬ」

長門守は口調を静めて言い、視線を自分の膝《ひざ》の上に落とした。心なしか肩を落としている伯父の姿に、銀次郎は思わず（老いたな……）と思った。

二人の間に、短い沈黙が漂った。

寺社奉行は大番《おおばんがしら》頭や奏者《そうじゃ》番といった高級幕臣もしくは譜代《ふだい》の大名から選ばれ

る場合が多い要職であって、その先には大坂城代や京都所司代そして老中の座が見えている。

寺社で生じた事件や騒乱に関しては寺社奉行が動くが、それでも事件の性格や残酷さによっては寺社奉行だけでは対処できず、町奉行所や勘定奉行所、場合によっては火盗改方《かとうあらためかた》などが応援することもある。

ただ、寺社奉行所の捜査能力は、巷《ちまた》で噂《うわさ》されているほど軟弱でも脆弱《ぜいじゃく》でもなく、時と場合によってだが町奉行所や火盗改方が舌を巻くような厳しく激しい捜査を展開することもある。

「で、伯父上……」

銀次郎が沈黙を破って、手にしていた**小野派麻布**の刷り込みがある大刀の黒鞘を静かに払った。

「うむ、その二振りの刀を手にして小野派一刀流麻布道場を、ひとつ真正面から穏やかな調子で訪ねてみてはくれぬか。あくまで、非公式というやつでな」

「この二振りの刀を道場側に対して見せてもよいと申されますのか」

「見せてもよいし、見られても構わぬ。動き方はお前に任せるゆえ、その二振りの刀の持ち主の名、そして素行や身分素姓などを詳しく得て参れ。とくに大事なのは、誰とどのような交友関係があったか、じゃ」

「確かに骸の交友関係を洗い出すことで、番打ち小判の入手経路が把握できるやも知れませぬな」

「ま、そうやすやすとは、骸の背後で息を潜《ひそ》めている者は正体を現わさぬであろうがな。なにしろ幕府の御金蔵で特別管理をされておる天下の番打ち小判じゃ。この事件の暴《あば》き様《よう》次第では、幕府内に激震が走ろうからな。その点を承知した上で、動いてみてくれ」

「承知いたしました」

銀次郎は頷きつつ、刃《やいば》に視線を注いでいた刀を、そっと鞘に戻した。

「用心せねばならぬぞ。闇《やみ》に隠れているとんでもなく恐ろしい怪物《かいぶつ》が不意にお前の面前に姿を見せるかも知れぬからのう」

「はい。用心は致します」

「最近は剣術の稽古《けいこ》の方は、どうなっておる。月のうち半分とかは、きちんと稽古に励んでおるのか」

「はあ、ま、そこそこには……」

「怪しいものだ。鍛《きた》えることを怠っておると、凶悪な手練《てだれ》が目の前に現われたなら、剣の術技にすぐれている、すぐれていない、よりも気力で抑え込まれてしまうぞ」

銀次郎は黙って小さく頷いてみせただけであったが、（はい、全くその通りであります）と胸の内で言葉を出していた。改めて金剛力士《こんごうりきし》の面で顔を覆っていたおそるべき〝あいつ〟の炎《ひ》のような気迫が思い出され、背筋に寒気が走りさえした。

「どうしたのじゃ銀次郎。暗い目つきを致しておるが、儂が命《めい》じたこと、自信がないのか」

「あ、いや、とんでもありませぬ。やり遂げて御覧にいれましょう伯父上」

銀次郎は脳裏に貼《は》り付いている金剛力士の面を振り払うようにして、口調を強めた。

三十二

その日の昼四ツ頃（午前十時頃）に麴町の桜伊邸を出た銀次郎が、小野派一刀流麻布道場の**道場屋敷**前に立ったのは、午《うま》ノ刻（正午）の少し前だった。無腰に着流しという町人態《てい》ではあったが、紫の風呂敷で丁寧にくるんだ黒鞘の二本の刀を持ってきていた。もちろん**小野派麻布**と黒鞘に白文字で小さく刷り込まれている例の刀である。

「はじめて訪れたが、さすが江戸中に鳴り響いている大道場だい。なるほど実に立派だねい」

銀次郎は呟《つぶや》きながら、我が桜伊邸よりも立派な拵《こしら》えの五段の石段を持つ表御門を暫《しば》しの間、感心したように眺めた。

両開き門扉の片側を開けている表御門の内側より、木刀で打ち合う音や裂帛《れっぱく》の気合、床を踏み鳴らす響き、などが伝わってくる。

銀次郎の背後に比較的大きな店構えの饂飩蕎麦《うどんそば》の店があって、今しもその店の暖簾《のれん》を掻《か》き分けるようにして中年の武士が三人、談笑しながら通りへと出てきた。

三人は目の前の剣術道場の門前に、風呂敷包みを大事そうに抱えた銀次郎が身じろぎもせず佇《たたず》んでいることに気付いて、顔を見合わせた。

そして微かに頷き合った様子を見せると、銀次郎の背後から近付いた。

その近付き様《よう》が、銀次郎を町人と見切ったような、近付き方であった。さして怪しんでいない。

「おい町人」

三人の武士の内、肩幅の広いがっしりとした体つきの男が、銀次郎の背中に声を掛けた。矢張り相手をさほど警戒していない声の掛け様《よう》だった。

銀次郎が振り返った。背丈は銀次郎の方が、やや高い。

「お前、此処《ここ》で何をしておるのだ。此処が小野派一刀流麻布道場であることを知っておるのか」

「は、はい。存じておりますでございます」

「この道場では、町人の入門は認められておらぬぞ。武士であっても信用ある人の紹介状が無い者は門前払いじゃ」

「いえ、私は入門したくて佇んでいた訳ではございませんので……」

「では他に何か用でもあるのか。どうも胡乱《うろん》な奴だな。此処ではなんだ、ちょっと御門内へ入りなさい」

銀次郎はその武士に、トンと背中を押された。抗《あらが》えなかった。銀次郎は五段の石段を上がり出した。

「さあ、来なさい」

銀次郎は体格すぐれる相手に首すじを押されるようにして、御門内右手の方にある見るからに古い茶室の裏側まで連れていかれた。

「お前、その手に持っているものは何じゃ」

「はい。二振りの刀でございます。自分は日本橋の質商『東屋』の小番頭をしている銀助《ぎんすけ》と申しますが、昨日お二人の御浪人さんが訪れ、この刀を質草に五両を借りていかれた様子が、どうも気になりまして……」

予《あらかじ》め用意していた言葉が、すらすらと口から出た銀次郎だった。

「なにっ、浪人二人が刀を質草に五両を借りただと……それがこの道場とかかわりがあるとでもいうのか。この道場で鍛練する者は、いずれも身元の確かな武士ばかりじゃが」

「あのう、私が持参しておりますこの二振りの刀には、**小野派麻布**という小さな白い文字が鞘に刷り込まれてございまして」

「な、なに。どうしてそれを先に言わんのじゃ。ともかく見せてみなさい」

漸《ようや》く目に険しさを漲《みなぎ》らせて銀次郎を睨みつける相手であった。銀次郎は思い切り怯《おび》え萎縮《いしゅく》した様子を演じながら、二振りの刀を風呂敷で包んだまま相手に手渡した。

手忙《てぜわ》しく風呂敷包みを解《と》いた侍たちの表情が、現われた二本の刀に揃《そろ》って「あ……」となった。衝撃を受けたようだった。

銀次郎よりも背丈に恵まれた痩《や》せて目つきの鋭い侍が、ぐうっと銀次郎に顔を近付けた。

「おい、小番頭。この二振りの刀を質入れした浪人の人相を確《しっか》りと言えるか」

「はい、言えます。よく覚えております」

「よし。じゃあ、申せ。詳しくだ」

頷いた銀次郎は、野木澤六四郎と〝たのやま〟の面貌《めんぼう》について、記憶している限りを打ち明けた。

聞き終えて三人の武士は、銀次郎から少し離れ、そして顔を見合わせた。

「間違いない。野木澤六四郎と多乃山兵之助《へいのすけ》の刀だ」

「とうとう刀を質入れするまでに、なり下がったか」

「酒と女にうつつを抜かしていたあの二人だ。いずれは、こうなると思うた」

「かつては四天王のうちで竜虎《りゅうこ》とまで評された二人……とうとう落ちるところまで落ちたのう」

三人の囁《ささや》きは、そこまでは銀次郎の耳に届いたが、その後は用心したのか声が低くなり聞こえなくなった。

三人の囁き――密談――は意外にも長引いた。銀次郎には、三人が何やら真剣に迷っているような様子にも見えた。

「うん、よし……」

背丈のある痩せて目つきの鋭い侍が大きく頷き、二振りの刀を手にして銀次郎の傍《そば》へと引き返してきた。

「おい小番頭、お前はこの二振りの刀を、どういう積もりで我が道場へ持ってきたのだ」

「若《も》しや、この刀は立派なこの道場より盗まれた物ではないか、と心配になり、黒鞘に白い文字で刷り込まれているこの有名な剣術道場をともかくも訪ねて参りました。最近では盗まれた刀が質草となる例が少なくないものですから」

「そうか、うむ、なるほど。お前はどうやら偽りを申してはおらぬようだな」

「偽りなど、と、とんでもありません。盗品が質草となりますと、あとあと大変面倒なのです」

「それはそうだろうな。お前はどうやら正直な商人のようだから、こちらも正直に言おう。この刀は一先《ひとま》ず、お前の手に返しておこう。受け取れ」

「宜《よろ》しいのでしょうか。お返し戴いて」

銀次郎は差し出された二振りの刀を受け取るため、遠慮がちに両手を差し出した。

「ああ、構わぬ。でな、おい、小番頭よ。その二振りの刀の持ち主は確かに曾《かっ》ては小野派一刀流麻布道場にいた。名は野木澤六四郎と多乃山兵之助と言うのだが、この二人は既に破門されてこの道場とは関係がない」

目つきの鋭い侍は銀次郎の目の前に、二人の名を指先で書いて見せながら言った。

「なんと、破門……で、ございますか」

「そうだ。酒、博打、女に余りにもだらしなくてな、しかも金遣いが荒く、それで先生から破門を言い渡されたのだ。打ち明けてしまうとだな、野木澤、多乃山は、この俺と向こうに居る肩幅が広い体格のよい奴の二人を加えて、この道場の四天王と言われていた。しかし、その四天王も野木澤、多乃山の破門で、昨年から二天王になってしまった」

「野木澤様、多乃山様の御二人が破門となったのは、昨年のことなのでございますね」

「そうだ。腕の立つ野木澤、多乃山の二人ではあったが、闇の世界の連中と付き合いがあるとかの噂もあったりでな、とうとう己れの不行跡《ふぎょうせき》で人生を失いよった。自業自得《じごうじとく》だ。もう、この道場とは関係がないので、これ以上は話せぬ。帰ってくれ」

「黒鞘に刷り込まれておりますこの**小野派麻布**の五文字は、四天王であることを評価されて刷り込むことを許されたのでございますね」

「その通りだ。ほれ、この私の刀を見てみろ」

相手はそう言うと、茶鞘の大刀を少しばかり帯の上まで引き上げてみせた。

なるほど、栗形《くりかた》の下あたりに**小野派麻布**と白い文字で刷り込まれている。

「先生から師範代に指名されるとな、この白い刷り込みが更に金文字となるのだ。しかし、師範代は一人しか指名されないことになっておるから、ご本人が高齢となって引退なされない限りは新しい師範代は生まれない。したがって四天王という位《くらい》が、この道場における実質的な最高位ということだ」

「さきほど、昨年から二天王になってしまった、と仰《おっしゃ》いましたが、次に四天王が揃うのはいつ頃でございますか」

「それは判らぬ。先生のお考えは、このところ非常に厳しくなっておられるようだ。野木澤、多乃山の破門騒ぎで、術技、人格、教養などの審査基準は更に厳格化されような」

「なるほど、左様でございましょうねえ」

「おい、小番頭。もう、これくらいでよいだろう。さあ、帰ってくれ」

「はい。有り難うございました。それではこれで失礼させて戴《いただ》きます」

「いま教えてやったこと、あちらこちらで、ペラペラと喋《しゃべ》りまくるのではないぞ。よいな」

「質商を営む商人と致しまして、確《しっか》りとお約束申し上げます」

「そうか。判った。ならば早く帰れ……」

「それでは……」

銀次郎は丁重に頭を下げると、三人に背を向け、表御門の方へと出た。

三人の侍が、どうやら旗本の良家の者だったらしいことが、銀次郎に幸いした。音に聞こえた小野派一刀流麻布道場を酒、博打、女にだらしなくて破門された元四天王の野木澤六四郎と多乃山兵之助、これだけのことが判ればもう充分だ、と銀次郎は判断した。

道場を出た銀次郎の足は、伯父和泉長門守兼行の屋敷へと急いだ。得た情報を一刻も早く報告し、二振りの物証（刀）を伯父に返さねばならない。朝飯は食っていなかったし、昼飯時も過ぎてしまっている。腹は空《す》いていたが、このまま伯父の屋敷まで行って何ぞ食べさせて貰おう、という肚《はら》であった。

江戸の町は今日も活気に満ちていた。銀次郎の目には侍の世界よりも、町人の世界、とくに商人の世界が活《い》き活きとしているように見える。

「侍が威張り散らしている世の中ってえのは、もう終わりかもしれねえな」

銀次郎は心底から、そう思うのだった。そして、この国の最大の欠点は政治《まつりごと》が一つにまとまっていないことだ、と考えている。「幕府の政治」なんてえのは江戸とその近辺にだけ影響があって、地方の諸国を治めているのは諸大名である。つまり諸大名による**自分勝手政治**だ。

「領民優先の賢い大名も少しはいるのだろうが、伝わってくるのは無能馬鹿《ばか》な大名の噂ばかりでい。おそらく、ろくな政治が出来ちゃあいめえ。**下下《しもじも》の人たちが汗水流して稼いだカネを当たり前のような顔をして吸い上げ、しかも己れの飲む、搏《う》つ、食う、女遊び、に使いまくる公私混同を当然と考えていやがる糞《くそ》馬鹿大名。こんな野郎には下下《しもじも》の幸せのため一刻も早く消えて貰わなくちゃあならねえ。**こういった糞馬鹿大名の目つきは、決まって薄気味悪くギロリとしていやがるらしいからまったく不思議でい」

ぶつぶつと呟きながら、銀次郎は足を急がせた。腹が、ぐうっと鳴った。たまらなく空いていた。昼間っから一杯《いっぺえ》やりてえ、という気分もあったが、ともかくも伯父の屋敷を訪ねることを優先させねば、と銀次郎は急いだ。大刀を二本も持つと、その重さは結構うっとうしい。

法被《はっぴ》姿の職人が肩に道具箱を担《かつ》ぎ、銀次郎に威勢よく声を掛けて擦れ違った。よっ、と銀次郎も声を返すが、急ぎ足が振り向かせない。このところ江戸は、「明暦《めいれき》の大火」後の新築景気に次ぐ、第二の大新築景気の訪れで、建築関連職人たちは大忙しだ。

江戸の六割を失い大勢の犠牲者を出した「明暦の大火」は、その復興工事で多数の職人を呼び込むこととなり、人口は急増して、彼等の生活に不可欠な様様な店が必然の勢いで増え出した。なかでも飲み食いの外食産業は盛《さか》え、それらの中から名店だの有名店だのが次次と生まれ、神楽坂、神田、湯島、日本橋、浅草、不忍池界隈《かいわい》などは特に活気づいた。

前方に、銀次郎の伯父邸が見え出し、漸くのことその歩みが緩《ゆる》んだ。

# 三十三

和泉長門守邸は千五百石の大身《たいしん》旗本の屋敷である。しかも「若年寄」の支配下にある「目付」という幕府高級官僚の職にあって、筆頭目付に次ぐ次席目付だ。目付の重鎮《じゅうちん》である。

その持てる監査権限は時に「老中」に対してさえも向けられる。目付が恐れるのは「大目付」くらいのものである。だが、この大目付さえも、実は目付の権限の対象なのだ。

その重い地位にある和泉長門守の屋敷は、さすがに堂堂たる造りで、とりわけ表門長屋（長屋門）は両側に格子窓を持つ番所（門番詰所）を備えた、壮大な拵《こしら》えだった。

敷地は約八百坪、家屋の建坪は凡《およ》そ四百五十坪で、塀《へい》長屋（表長屋とも）及び中長屋（内長屋とも）を除く御殿《ごてん》は二百坪以上の広さに及ぶ。

塀《へい》長屋と中長屋は、家臣たちの住居《すまい》に当てられていた。外《そと》との仕切りの役割を負う塀《へい》長屋は、外《そと》に向かって鉄砲窓を持ち、したがって屋敷を護《まも》る防禦《ぼうぎょ》長屋の性格を持つ。

門番を務める若党の手で開けられた脇門を潜《くぐ》った銀次郎を出迎えたのは、庭内の異様な雰囲気であった。

庭内に両刀を帯びた二十名近い家臣たちが、今にも出動しかねない物物しさで、集まっているではないか。しかも、皆が皆、顔を隠す目的でか武家用の浅編笠《あさあみがさ》をかぶっている（三度笠にやや似たもの）。

「あ、銀次郎様……」

和泉家の次席用人の立場にある高槻左之助《たかつきさのすけ》四十八歳が笠の端を左の手で少し持ち上げるようにして、集まっていた家臣たちを掻き分け掻き分け、硬い表情で銀次郎の傍《そば》へとやってきた。この高槻左之助、今枝《いまえだ》流《りゅう》剣法（初實剣理方一流《しょじつけんりかたいちりゅう》剣法とも）の達者であって、用人本来のお役目の他に、家臣たちへの剣術指南や主人が外出する際の警護などを担っていた（徳間文庫『無外流　雷がえし』上下）。

「一体どうしたのだ高槻。この物物しい雰囲気は」

「はい。実は殿が奥方様ともども、新井白石《あらいはくせき》邸からの不意のお招きで、お出かけになられたのでございます」

「なにっ。新井白石様の御屋敷へとな……」

思いがけない人物の名を聞かされて銀次郎は驚いた。予想だにしていないことだった。日頃より、交流のある相手ではない。

「伯父が新井白石様とお付き合いがあったなど、ついぞ聞いたことがないが……」

「ええ、和泉家の次席用人の立場にある私《わたくし》も、新井様からのお招きに大層驚いてございます」

「それにしても、伯父の外出には警護役でもある高槻、其方《そなた》が必ず供をする筈ではなかったのか。その役目を担うお前が、どうして屋敷におるのだ」

「殿と奥方様が、新井白石様に招かれてお訪ねするのに、ひと目で屈強の剣士と判る供侍《ともざむらい》を同道することは、新井様に対し失礼に当たる、と申されまして」

「なるほど高槻は確かに屈強そのものに見える上、大身旗本家の用人たちの間でも既に剣術の達者として、知られておるわな」

「殿はその点を考慮なされてか、倅《せがれ》の仁平次《にへいじ》を供と致しまして……」

「左様か、其方《そなた》の嫡男仁平次も其方《そなた》に負けぬなかなかの剣の達者ではあるな。で、その仁平次の他に供として付き従っているのは幾人なのだ」

「はあ、それが、倅ひとりだけでございまして……」

「な、なにいっ。高槻、其方《そなた》は正気か。日頃は英邁《えいまい》なことで知られ、和泉家の知恵袋と言われておる其方《そなた》が、警護に仁平次ひとりを付けて、次席目付の職にある伯父夫婦を、屋敷から送り出したというのか」

「も、申し訳ありませぬ」

「目付職にある者は、なかでも筆頭目付および、次席目付の地位にある者はとかく、その厳格な職務執行の姿勢を恨《うら》まれることが多い。いつ、どこで、襲われるか知れないのだぞ。そのことを知らぬ高槻ではあるまいに」

「私《わたくし》もその点について幾度も殿に申し上げたのですが、招いて下された新井白石様に対して厳重過ぎる警護の供侍は失礼に当たると申されるばかりで……」

「う、うむう……伯父も伯父だ。頑固《がんこ》すぎるわ。で、其方《そなた》たちは今、此処に集まって一体何をしようとしておるのだ」

「私《わたくし》とて殿と奥方様の身の安全が心配でなりませぬゆえ、これより密《ひそ》かに殿を追い新井家の周辺に目立たぬよう待機しておこうかと……」

「それこそ新井家に対し失礼に当たるぞ。若《も》し待機していることを新井家に気付かれたならば気分を害されるだけでは済《す》むまい。場合によっては、次席目付たる伯父は信用を失いかねない」

「な、なれど銀次郎様……」

「伯父が屋敷を出たのは、いつじゃ。乗物は屋敷備えの駕籠《かご》だな」

「屋敷を出られましたのは、ほんの少し前でございまする。殿の御指示で、屋敷備えの乗物はご使用いたしませず、『駕籠清《かごせい》』より法仙寺《ほうせんじ》駕籠を一挺《いっちょう》呼びまして、**これに奥方様がお乗りになり、法仙寺駕籠の左右を殿と倅の仁平次が固めるかたちで**出発なされました」

「判った。私が伯父の後を追う。誰か馬を用意せい」

家臣たちの内の誰かが「はっ、ただいま……」と応じ、その足音が庭の奥、厩《うまや》の方へと遠ざかっていった。銀次郎は目の前の高槻左之助に強い口調で告げた。

「高槻よ。新井白石様は前将軍（六代・徳川家宣《いえのぶ》）をよく支え政治の中枢近くに位置しておられたお方《かた》だ。また幼君であられる現将軍（七代・徳川家継。正徳三年に五歳で将軍に）をも実によく支え政治的発言にもご熱心であると伝え聞く。その新井家の周辺に和泉家の大勢の家臣たちを隠すかの如く待機させるやり方はまずい。伯父の後はこの銀次郎ひとりが追う。高槻たちはこの屋敷の留守を確《しっか》りと守ってくれ」

「承《うけたまわ》りました」

「新井白石様が何故いきなり伯父を招いたのか、どうもよく判らぬ。とくに交流ある間柄、という訳でもないのにのう。嫌な予感がしてならぬわ」

「銀次郎様。無腰で殿の後を追って戴く訳には参りませぬ。これは亡き父より譲られましたる薩摩《さつま》拵《こしらえ》です。非常に丈夫な拵えでございますゆえ、どうぞお持ちになって下さい」

「判った。それから、これは伯父からの大切な預り物だ。伯父の居間の、床の間にでも横たえておいてくれぬか」

「承知いたしました」

高槻左之助は銀次郎の手から風呂敷に包まれた二本の刀を受け取ると、自分の腰の大小刀を取って銀次郎に差し出した。高槻の刀はなるほど白柄《しらつか》黒鞘《くろさや》の見るからに豪刀と呼びたくなる拵えだ。銀次郎は、ひと目で気に入り、両刀を腰に通し、そして差し出された浅編笠をかぶった。

「刀は大事に用いるぞ高槻。万が一、傷が付けば、きちんと手を入れて返すゆえな」

「そのようなこと、お気になされまするな」

そこへ、家臣によって馬が引かれてきた。銀次郎は馬の肌をよく見て元気さを計り、蹄《ひづめ》も自らの目で検《み》た。そして「よし……」と頷く。

家臣が表御門の外へと馬を引いていった。銀次郎が、高槻と確り目を合わせた。

「伯父上の駕籠だが、ごく当たり前の法仙寺駕籠だな。特別に変わった拵えであるとかは……」

「ございませぬ。ごく当たり前な拵えの法仙寺駕籠でございまする」

「うん。では留守を頼んだぞ」

「お任せ下さい」

銀次郎は表御門の外に出ると、家臣から手綱《たづな》を受け取って馬上の人となった。

新井白石邸の位置はもちろん承知しているし、伯母を乗せた法仙寺駕籠が、どの道を選んで進むかも、充分に見当がつく。今や、宵待草《よいまちぐさ》（夜の社交界）のお姐さんたちとの付き合い深く、大路小路の向き、かたちを知り尽くしている銀次郎だ。何百本とある近道、まわり道についても、びっしりと頭の中に叩き込まれている。

だから、伯母夏江《なつえ》を乗せた法仙寺駕籠の追い方に迷いはなかった。しかも、ほんの少し前に屋敷を出たばかり、だというのだ。

因《ちなみ》に、法仙寺駕籠とは、町民が乗る駕籠としては最上級のものであって、たとえば職人が法被《はっぴ》（印半纏《しるしばんてん》など）を着たまま、あるいは着流しのまま乗るものではない。つまりそれなりに正装しないことには駕籠屋としても承知しなかった。もう少し砕いて申せば、金持商人用とでも言えようか。したがって武家が用いても、少しも遜色《そんしょく》が無い。

乗っている者が外から丸見えでは決してなく、黒塗りもしくは春慶塗《しゅんけいぬ》りの板を駕籠の四囲と屋根に張りめぐらし、座席の左右と前には窓があって開け閉めが自由な上出来の簾《すだれ》が設《しつら》えられている。小大名《しょうだいみょう》が名の知れた料亭へ手を付けた芸妓《おんな》に会いに行ったりするのにも用いられる場合がある。庶民向けとは言っても、それほど箔《はく》の付いた高級駕籠、いや、高級乗物と称して差し支えないものだった。

いま銀次郎は、嫌な予感に見舞われていたが、人の往き来が少なくない表通りを、馬で全力疾走という訳にはいかなかった。いくら馬の操りが上手ではあっても、横道から不意に飛び出してきた子供の直ぐ手前であざやかに急停止というのは難しい。つまり昼日中、人の往き来が多い通りで馬を用いるには、武士といえども気配りは欠かせなかった。

銀次郎は逸《はや》る気持を抑えて、馬を速歩《はやあし》で進《すす》めた。速歩《はやあし》とは言っても、全力疾走を意味しない。一番遅い歩みである常歩《なみあし》（一分間で凡《およ》そ一一〇メートル）の約二倍近い速さの歩み方と思えばいいだろう。

行進する騎馬軍で、馬上の騎士（武士）が馬の波打つ背で突き上げられ、鐙《あぶみ》に両脚を突っ張って体を上下に揺さぶられている光景。あの光景が速歩《はやあし》によるものであるという判断で間違いはない。

銀次郎は馬を、幕府が防火目的で育て上げた「明暦《めいれき》の森」へと向けた。紙と木で出来た小さな住居《すまい》が密集する大江戸が常に恐れていたのは、浪人集団が起こすかも知れない叛乱《はんらん》よりも、頻発する火災であった。なかでも最大級の火災が犠牲者十万人を出したと伝えられている「明暦の大火」である。それは明暦三年（一六五七）一月十八日の、北西の風が吹き荒れる冬の寒い日に生じた。荒れ狂う火勢はたちまち大江戸の半域以上へと広がった。このため人人は吹き荒れる熱風と降り注ぐ火焔弾《かえんだん》から逃がれようとして、凍てつく真冬の海・川・池などへ次次と飛び込んだ。

これによる凍死者は一万人以上にも及んだと言われている。猛烈を極めた火勢は旗本屋敷街を舐《な》め尽くし、大名屋敷をも呑み込んで遂には江戸城の天守閣、本丸、二の丸をも焼き尽くした。

後になって「明暦の大火」と称されるこの大火災により焼失した大名屋敷は百六十邸、旗本屋敷は七百七十邸、寺社三百五十以上、町人街区四百町以上、橋六十余、土蔵九千余というから凄《すさ》まじい。

この未曾有《みぞう》の大火災に打ちのめされた幕府は、都市改革に積極的に乗り出した。その政策の主なものが、広小路（幅の広い通り）や火除空間《ひよけくうかん》を設けること、防火堤とか防火林などの造成だった。

銀次郎を乗せた馬が小旗本・御家人街区を抜け、防火林として育成されて数十年が経つ鬱蒼《うっそう》たる「明暦の森」に差し掛かった。この森を抜けると有力旗本や大名邸の街区となる。

　馬上の銀次郎は正面を見、そして左右へも視線をめぐらせた。銀次郎が選ばねばならぬ道は、鬱蒼たる森の外縁に沿うかたちで左右に（南北に）走る整えられた広い通りか、あるいは森の中を扇状に四本伸びている道のどれか、であった。

「よいか、伯父上を追うのだ。わかるな……」

　銀次郎は馬の首すじを撫でて語り掛け、「どう……」と鐙で軽く馬腹を打った。

　馬は全く迷う様子を見せなかった。森の奥へと伸びる四本の道の、左から二本目の道を選んで入っていく。

　仔馬の頃から、和泉長門守がよく面倒を見て育ててきた馬だった。

　さすがだ、と銀次郎は感心した。馬が選んだ道を進んで広大な「明暦の森」を抜ければ、新井白石邸のある禄高一千石以上の大身旗本街区に出る。

　銀次郎は耳を研ぎ澄ませて、馬を常歩《なみあし》で静かに進ませた。

　新井白石は奇《く》しくも「明暦の大火」が生じた明暦三年（一六五七）一月十八日から僅《わず》か一か月と経たぬ二月十日に、上総《かずさ》国久留里《くるり》の領主・土屋利直《つちやとしなお》の家臣（目付）の子として、この江戸で生まれている。

新井白石の出世は元禄六年（一六九三）、儒学の恩師である木下順庵《きのしたじゅんあん》の推挙によって甲府藩主徳川綱豊《つなとよ》（のち六代将軍家宣《いえのぶ》）の侍講《じこう》（藩主への講師）に就いたことによって始まった。

宝永《ほうえい》六年（一七〇九）、徳川綱豊が六代将軍家宣として就任すると、信頼厚い新井白石は求められて積極的に政治的発言をしてゆくようになり、正徳《しょうとく》元年（一七一一）には従五位下《じゅごいげ》筑後守《ちくごのかみ》にのぼり、ついに禄高一千石の大身旗本となった。

正徳二年に家宣が病没して、その子家継が新井白石ほか重臣たちの後ろ盾によって幼君（幼ない君主）の座に就き、現在《いま》がある。

銀次郎が胸騒ぎを覚えるのは伯父夫婦が、その幼君の後ろ盾として大きな存在である新井筑後守白石に突然招かれた、という点にあった。

諸藩で幼君を間に置き、しばしば権力争いが生じていることを、銀次郎は幾度となく耳にしてきた。

銀次郎が手綱を引いた訳でもないのに、馬が歩みを止めた。耳を頻《しき》りに動かしている。

「よしよし……」と囁《ささや》いて馬の首すじを撫で、身軽に馬上より下りた銀次郎は、っ掛けた。

「此処で暫く待て。よいな……」と告げ、傍《かたわら》の木立の枝に手綱を軽くチョンと引

「うわっ」という悲鳴と、「何者じゃっ」という野太い怒声が聞こえてきたのは、

この時だった。

脱兎の如く銀次郎は駆け出した。野太い怒声が間違いなく伯父のものと判って

いた。

ガチン、チャリンと刃と刃の打ち合う音も聞こえてくる。

「おのれっ……」

銀次郎はかぶっていた浅編笠を脱ぎ捨て、矢のように森の奥に向かって走りな

がら、薩摩拵の豪刀を抜き放った。

三十四

肩から血を流して法仙寺駕籠の脇に尻餅《しりもち》をついている「駕籠清」の若い衆を、

懐剣を手の伯母夏江が庇《かば》おうとして盾となっている。その伯母に、覆面の巌《いわお》の如

き大男が今まさに斬り掛からんとして刀を大上段に振りかぶっていた。ひと目で浪人の身形《みなり》と判った。伯父長門守兼行は刺客三人と懸命に刃を交わし、頼みの高槻仁平次（二十三歳）は、なんと既に倒れ伏しているではないか。

間《ま》に合わぬ、と判断した銀次郎は、「おい、こちらだ……」と叫びざま、左手であざやかに小刀を抜き放つや掬《すく》い上げるようにして投げた。伯母夏江に対し今まさに刀を振り下ろそうとした刺客が、銀次郎の「おい、こちらだ……」の方を振り向いた。

小刀が其奴《そやつ》の左の頰をかすめ、思わず刺客の大男がよろめく。このとき既に銀次郎は其奴《そやつ》に肉迫していた。

「ぐわっ」

刺客の大男が、迫る銀次郎に対し覆面の中で目をむき、獣のように吼《ほ》えた。それが殺しの際の癖なのか、それとも威嚇《いかく》か。

このとき銀次郎は強弓《ごうきゅう》により放たれた矢の如く、大男の胸に激突していた。いささかの怯《ひる》みもなかった。激突だった。その様《さま》を、伯母夏江は、はっきりと見た。激突した銀次郎の大刀が相手の腋《わき》深くへするりと滑り込み、激しく撥《は》ね上げる。

「うわあああっ……」

巌の如き大男の口から、甲高い悲鳴が迸《ほとばし》った。剣を持つ其奴《そやつ》の右腕が肩口から斬り飛ばされ、空《くう》を舞った。肩口を押さえて、しゃがみ込んだ其奴《そやつ》の横面《よこつら》を息衝《いきつ》く間《ま》も無く銀次郎が足裏で蹴《け》り上げる。そこへ、大男の右腕が落下してドンと鈍い音を立てた。

銀次郎はそれには目もくれず、伯父を倒そうと必死な覆面の刺客三人の背後へ「おのれらあっ」と叫びざま迫った。柳生新陰流に長く打ち込んできた体格にすぐれる伯父は刺客三人に攻められても、さすが容易には倒されない。

銀次郎の叫びで三人の内の一人が振り向き、「こいっ」とばかり正眼に身構えた。その相手の切っ先を自ら己れの胸に突き刺そうとでもするかのような勢いで、銀次郎は一気に間《ま》を詰めた。

「やあっ」

「おうっ」

またしても脅《おび》えも怯《ひる》みも無かった。

刺客でありながら、其奴《そやつ》は銀次郎の炎達磨《ひだるま》のような気迫に呑まれていた。気合いからが違った。銀次郎の気合いは、森中に轟《とどろ》いていた。まるで雷鳴のようだった。暗殺せねばという命ぜられたる者の負担と、何としても伯父を救わねばという銀次郎の憤怒との差であった。烈火の差、とでも言うべきものだ。全霊で打ち込んだ銀次郎の豪刀が、刺客の凶刀を鍔元《つばもと》近くで叩き折った。鋼《はがね》が黄色い悲鳴をあげる。

慌てよろめいて、刺客が退がった。覆面の中でくわっと吊り上がった眼《まなこ》が、恐怖を広げている。腰を沈めた銀次郎が、豪刀を横に払った。

「ひいっ……」

右脚の向こう臑《ずね》を割られて、刺客が横転。逃がさず殺さずを計算した銀次郎の一撃だった。刺客は雑草の上を転げまわった。

体格すぐれる伯父長門守兼行がこのときようやく、刺客二人を袈裟《けさ》懸《が》けに斬り倒した。

銀次郎は伯父に駆け寄り、ぶるぶると両肩を震わせながら礑《はった》と睨みつけた。

「お、伯父上っ……」

長門守兼行は銀次郎の怒り凄まじい目つきに、思わず息を飲んだ。

「目付というお役目柄、外出の際は身辺の警護に充分注意なさるようにと申し上げたのは一度や二度ではありませぬぞ。一度や二度では……なのに伯父上は」

「………」

「ご覧なされ。不充分な身辺警護による外出で、大事な家臣が倒されてしもうたではありませぬか。これみな、伯父上の責任と、自覚しなされ」

銀次郎は血走った目で伯父を睨みつけることをやめず、倒れている高槻仁平次を指差した。

「おう、仁平次……」

家臣が倒されたと気付いて、長門守兼行の面《おもて》に衝撃が走った。三人の刺客に攻められ、さすがに防戦一方に陥って、仁平次がやられたことに気付かなかったのであろう。

長門守は仁平次に駆け寄ってしゃがみ、「おい、仁平次……」と抱き起こした。

仁平次は脇腹を斬られてはいたが、**意識は確《しっか》りとあった**。が、医者に一刻も早く見せねばならない。

銀次郎は待たせている馬の方角に向かって、口笛を鋭く吹き鳴らした。手綱は木の枝に軽く引っ掛けてあるだけだ。

まだ用心してか懐剣を手放さない気丈な伯母夏江に、銀次郎は近付いていった。

「銀次郎殿。よくぞ来てくれました。命の恩人じゃ」

「傷はありませぬか、伯母上……」

「私《わたくし》は無傷です。それよりも『駕籠清』の吉次《きちじ》が肩を斬られました」

「私《あっし》は大丈夫《でえじょうぶ》です奥方様。私《あっし》の代わりに轅《ながえ》が野郎刀《やろうがたな》を確りと受けてくれやしたので、こちとらは浅手でござんす」

そう言いながら、銀次郎に右腕を斬り飛ばされて悶絶《もんぜつ》している野郎（刺客）を、睨みつける吉次であった。

吉次が口にした轅《ながえ》とは長柄《ながえ》を意味し、駕籠の屋根の部分に前後にわたって長く通された、俗に言う〝担ぎ棒〟のことだ。これを肩に当てて駕籠を担ぎ上げる。

「立てますか吉次……」

伯母がやさしく吉次に声を掛けた。

「へい、立てやすとも。なあに、大丈夫《でえじょうぶ》、歩けやす」

伯母の手を借りて吉次が案外しっかりと立ち上がったので、銀次郎の表情が漸《ようや》くのこと緩んだ。

そこへ馬が小駆けにやって来た。しかし、銀次郎の目の前を知らぬ振りで通り過ぎ、さっさと伯父の方へ近付いてゆくではないか。

「やはり飼主《かいぬし》様かねい」

そっと呟いて銀次郎は思わず苦笑した。銀次郎の方を一瞥《いちべつ》すらしてくれない伯父の馬だった。

「伯父上、仁平次を馬で医者まで運んでやって下さい。吉次は歩けそうですから、駕籠はひとまず此処へ置いたままにして、相方《あいかた》と一緒に『駕籠清』まで戻って貰いましょう」

「それを決める前にやることがある……」

伯父はそう言うと、抱き起こしていた仁平次をそっと横たえて立ち上がり、絶命あるいは悶絶している刺客の覆面を次次と剝《は》ぎ取っていった。

「見知った顔はありますか伯父上」

「ない。ある訳がない」

「何者かに金で頼まれたのですかな」

「大方、そんなところだ」

「では伯父上、仁平次を医者へ馬で急いで下さい。私は伯母上の供をして新井邸へと参ります。伯母上の口から、伯父上がどうしてもの都合で来られなくなった、と伝える事くらいは致さねばなりますまい」

「いや、銀次郎、お前が仁平次を馬の背に乗せて、医者まで走ってくれ。儂は何としても新井邸へ行かねばなるまい」

「このような異常事態に直面致しましたのに、まだ御自身で新井邸へ参られるお積もりですか。二の矢、三の矢が襲い掛かって来たなら、何となされます」

「何か重要な相談事が新井邸で待ち構えているのではないか、という予感がしておるのじゃ。儂は次席目付千五百石旗本和泉長門守兼行ぞ。幼君お見守役と称してよい新井白石殿の急な招きに背を向ける訳には参らぬ」

「そうですか……う、うむ……仕方がございませぬな。武《ぶ》の者《もの》としての伯父上の気持は判らなくもありません。では用心の上にも用心をして新井邸に向かわれてくだされ」

「心得ておる」

「この者たちは、どう致しますか」

銀次郎が刺客どもを見ると、伯父は「ふん、ほうっておけ……」と関心なさそうに言い、仁平次の方へと戻って脇腹から血を垂らしているその体を、用心深く抱き上げげた。

伯母夏江が二人の駕籠舁《かごかき》の手にそれぞれ小粒を手渡し、申し訳なさそうに言った。

「そういうことゆえ、すまぬが二人して『駕籠清』に戻り、吉次は直ぐにも医者へ行っておくれ。医者への支払は幾らかかろうと和泉家へ回して貰えばよい。よろしいですね」

「あの奥方様。医者に診て貰うと、刃物傷だと判ってしまうと思いやすが、どのように言い繕《つくろ》えば宜しゅうございましょうか。私共《あっしども》は大事な古いお得意様である御殿様《おとのさま》や奥方様にご迷惑が及ばないように致しとうございやすが」

「ご心配ありがとう。なに、構いませぬ。正直に申してよい。けしからぬ者どもを懲《こ》らしめたのは、我らの側じゃからのう」

夏江と吉次が話し合っている傍を、銀次郎に手綱を握られた馬が、仁平次を鞍《くら》前《まえ》に乗せて走り去った。

「頼もしくなりおった。儂に向かって肩を震わせ本気で怒っておったな……」

たちまち遠ざかってゆく馬を見送った長門守兼行は、そのあと刀の峰で、悶絶を続けている刺客たちの首すじを打ち意識を奪った。

三十五

神田・子泣き坂を下り切った突き当たりにある、武家に人気の蘭方《らんぽう》の名医芳岡北善の診療所。銀次郎は重傷の高槻仁平次を、そこへ入院させた。厚い野地板葺《のじいたぶき》の立派な薬医門を持つ芳岡診療所は敷地三百坪。診療室はもとより、待合室や入院のための病室、手術室、などを備えた入母屋《いりもや》造りの総二階建である。

一昨年までは一部が二階建であったのを、入院患者が増え出したことにより総二階に増築したものであった（徳間文庫『無外流 雷がえし』上下）。

「この程度の傷なら心配ない。助かる。お前《まい》さんは安心して帰っていなさい」

顔馴染《なじ》みの芳岡北善に笑顔で告げられた銀次郎は、ほっとして再び馬上の人となり診療所を後にして馬首を伯父邸へと向けた。

これまでに、受けた刀傷を幾度となく、芳岡先生に治療して貰ってきた銀次郎だった。

したがって芳岡先生は銀次郎の素顔を、つまり「拵屋銀次郎」の部分と、「桜伊銀次郎」の部分の両方を承知していた。したがって突然あらわれた二本差しの銀次郎の姿に驚くことはなかったし、また余計なことは訊かなかった。口がかたい誠実な明るい人柄の蘭方医であった。

が、芳岡先生も銀次郎の「さむらいの部分」の奥深くまで知っている訳ではない。

またそれを、ほじくってまで知ろうとする性格の医師《ひと》ではなかった。

芳岡診療所を後にした銀次郎は、四半刻を要さぬ内に伯父の屋敷へと引き返した。

「銀次郎様、ど、どうなされました……」

銀次郎の着衣に付いている血痕《けっこん》に気付いた次席用人高槻左之助が顔色を変え、

傍に控えていた家臣たちもざわめき立った。

「悪い予感が的中したぞ高槻。『明暦の森』で四人の刺客どもに伯父伯母たちが襲われていた」

「な、なんと……」

高槻左之助はじめ家臣たちの間に衝撃が走った。銀次郎は腰の大小刀を取って高槻左之助の手に返しながら言った。

「すまぬが借りた笠は現場に脱ぎ捨てたままだ。私が駆けつけるのがあと少し遅ければ、伯父も伯母も『駕籠清』の者たちも危なかった。なんとか刺客四人は討ち取ったが、これを機に伯父の身辺警護をもっと真剣に考えて貰わねば困る」

「申し訳ございませぬ。銀次郎様の仰《おっしゃ》る通りでございまする。それで殿や奥方様にお怪我は……」

「大丈夫。無事に新井邸へと向かわれた。しかし刺客どもはかなりの手練《てだれ》で、仁平次が重傷を負い、『駕籠清』の吉次が肩に軽傷を負った。仁平次の傷も命に別条は無い。子泣き坂下の名医芳岡北善先生が治療を引き受けて下されたゆえ、安心してよいだろう」

「左様なるご負担まで銀次郎様にお掛けしてしまい、本当に申し訳ありませぬ。この責任は事が一段落いたしましたら必ずきちんと……」

「何を言うか。責任うんぬんなどと申すな高槻」

銀次郎は強い口調で高槻の言葉を途中で制した。

「それよりも高槻。腕の立つ家臣数名を引き連れ『明暦の森』で待機することを急いでくれ。伯父伯母が新井邸を辞するのは、案外早いかも知れぬ」

「はっ、承知いたしました」

銀次郎の要請を受けた高槻の動きは、さすがに早かった。和泉家のような幕府高級官僚千五百石ともなると、軍役に従えば三十名以上の家臣を抱えている。剣術、弓術、槍術《そうじゅつ》、薙刀術《なぎなた》、射撃、などと家臣たちが得意とする戦いの能力も広がりを見せる。下級の家臣として若党足軽がいるが、彼らの戦闘能力も決して侮れない。

高槻左之助が半数を馬で、半数を徒《かち》で家臣たちを引き連れ屋敷を出ると、銀次郎は漸く肩の力を抜いた。

伯父伯母に我が子のように可愛がられている銀次郎ではあったが、「目付」という機密事項の多い伯父の仕事へは余り頭を突っこむべきではない、と心得ている。

「ひとまず塒《ねぐら》へ戻るか……」

そう思った銀次郎は、着衣のところどころに血痕を付けている着流しを、裏返して着用した。

「あ、気付かず申し訳ございません。ただいま着替えを持参いたします」

留守組の家臣の一人がそう言って慌てたが、

「なあに、これで構わねえ」

と、家臣たちに見送られて銀次郎は表御門を出た。

伯父伯母の無事を願う銀次郎にとっての、もう一つの思案がこのとき既に始まっていた。それは、野木澤六四郎の死を、妻であった仙に知らせるべきかどうか、という迷いであった。仙にとって野木澤六四郎はもはや、嫌悪《けんお》の対象でしかない元夫《もと》である。

しかし、仙の幼い娘紀美にとっては、実の父親なのだ。これは厳しい現実だった。

銀次郎は、赴任先の大坂で騒動を起こし見苦しい無理心中を遂げた父・元四郎時宗を嫌っている自分を忘れてはいない。

(自分の父親がまともな死に方でない、と成長した紀美が知ったなら、苦しむことになるかも知れねえなあ……)

告げるべきか、告げざるべきか、そう迷い迷い歩く銀次郎の足は、自分の塒《ねぐら》へ戻る積もりであったのに、いつの間にか長屋の塀に左右を挟まれている小路に入っていた。突き当たりに夫婦窓《みょうとまど》(連双窓とも)を二階に設えた、古い二階建があった。仙の住居《すまい》である。

(さて、どうするか……)

と銀次郎が決心つかずに立ち止まったとき、格子拵えの表戸を開けて正装の仙が現われたではないか。

仙はこちらを見ている銀次郎の存在に気付くと、「あら……」という表情を見せた。

銀次郎は、表戸に鍵を掛けて近付いてくる仙を待った。相変わらず綺麗だ、と思った。

「驚きましたよ。どうなさいましたの銀次郎さん？」

「あ、いや、なに……」

銀次郎は口ごもる自分に、胸の内で苦笑した。

「その綺麗に調った身形を見るとよお仙。さてはこの刻限に、もう宵待草（夜の社交界）に出かけんのだな。もう少し幼子の傍《そば》にいてやれねえのかえ。随分と早過ぎるじゃねえか」

銀次郎はそう語り掛けながら、仙と肩を並べて歩き出した。

「今日は大身御旗本のお祝い事が明るい内から、神田明神そばの料亭でありますのさ。それで、銀次郎さんに拵え事を頼みたい若い妓《こ》が幾人もいたけれど、私の判断でことわりましたよ」

「なんでまた……」

「銀次郎さんの表情や動きを読めないような、お仙姐さんではありませんことよ。何か大事なことで動きまわっているらしいと判りましたからさ。それにさ、このところ何となくお疲れ顔でござんすし……」

「でも、お仙にそう読まれるほどには、朝昼夕とぴったりお前《めえ》さんに密着していた訳ではねえがな」

「銀次郎さんに会う回数は少なくとも、日本橋の大店《おおだな》太物問屋『近江屋』のお内《か》儀《み》とは親しい間柄でござんすもの。何処でばったりと出会っても、銀次郎さんの噂話は必ず交わしますものさ」

「あ、なるほど……」

銀次郎の住居《すまい》は半蔵御門《はんぞうごもん》の前から四谷御門《よつやごもん》に向けて伸びている麴町通り（一丁目〜十丁目。現、新宿通り）の三丁目と四丁目の間を左へ（南へ）折れた**山元町**（現、平河町）の古家だ。この古家には拵事《こしらえごと》を頼みに来た姐さんたちが居住まいを正す場として**半畳の青畳**が板の間に敷かれている。

「板の間《ま》に繰り返し長く座らされると膝頭に、女にとって喜ばしくない胼胝《たこ》が出来ますからさ」

そう言って半畳の青畳を最初に敷いたのが、銀次郎に拵事を頼むことが多い「近江屋」の美貌の女主人季代《あるじきよ》であった。

季代はいま三十六を数える女盛りであったが、二十以上も年上だった亭主の芳《よし》兵衛《べえ》は六十歳で既に病没している。この年齢《とし》の差で判るように、季代は後妻として「近江屋」に嫁ぎ、そして今は後家だということであった。

この女主人《あるじ》の季代、大変な商才あって、「近江屋」の取引先をどんどん拡大しつつあった（徳間文庫『無外流 雷がえし』㊤㊦）。

「近江屋」には、後継者はいない。亡き芳兵衛と前妻との間にも、後妻に入った季代との間にも、子は無かった。まさに、商才ある女主人《あるじ》季代の天下が続いている「近江屋」だった。

青畳は初めのうち年に一度、季代によって新しいものに取り替えられていたが、近頃では「季代お内儀《かみ》に任せっ放しでは申し訳ない」と、姐さんたちが交替で三、四か月に一度、新しい畳に取り替えられている。

「そう言えば、季代お内儀《かみ》には暫く会っていねえような……」

「何を言っているんですか。季代お内儀《かみ》は銀次郎さんの山元町のお宅へ、幾度となくお訪ねになっておられますよ。何処で誰と遊んでいるのだか、銀次郎さんが留守なだけですよう」

「おいおい。奥歯にものが挟まったような言い方は止《よ》してくんねえ。が、まあ、忙しく飛び回る日が多かったことは確かだが……」

「ところで銀次郎さん。この刻限に私を訪ねて来た訳を聞かせておくんなさいましな。特別な用事で？……」

そう言って、チラリと流し目をくれる若く美しい仙であった。

「うむ……特別な用……と言えばその通りなんだがよ」

よし、やはり思い切って仙には告げた方がよい、と漸くのこと決意をかためた銀次郎だった。

「どんな用？……構わないから、さらりと言っておくんなさいな。銀次郎さんの言うことなら、大抵のことは受け入れられますからさ」

そう言う仙の整った美しい顔が硬くなっていた。決して楽しい話ではない、と予感しているのであろうか。

「実は……お仙の元の旦那のことなんだが」

「やっぱり……そんな気が致しましたさ」

「結論だけで勘弁してくれ。お仙の元旦那は……野木澤六四郎は亡くなった」

「そう……」

聞いて仙は小声で頷きを見せただけであった。

「神田明神そばとかの料亭まで、送って行かあ」

「うん」

二人はそこで会話を閉ざし、肩を並べ黙って歩いた。仙は真っ直ぐに前を見ていた。

どれほど歩いたとき、仙のほっそりとした白い指先が、目尻を拭《ぬぐ》った。

小さな涙の粒が浮き上がっていた。

「ごめんなさい。女は駄目でござんすねえ……嫌な奴だったのに」

仙の呟きに対し銀次郎は答えなかった。二人を見知っている商人風が「お久し振り……」と声を掛けて急ぎ足で擦《す》れ違《ちが》ったが、それにも二人は答えなかった。

「穀潰《ごくつぶ》し以下だった野木澤六四郎なんぞ死んだってこの私は平気でござんすけれどねえ銀次郎さん。かわいい幼娘《おさなご》の父親がこの世から消えたのだと思うと、なんだか紀美が可哀想に思えて……」

「すまねえ。辛《つら》いことを聞かせてしまったい……言わなきゃあよかったか……」

「いいえ。構いませんことよ。私の本心は、ホッとしてござんすから。それよりも銀次郎さん、着物を裏返しに着ていなさいますよねえ」

「うむ。ちょいと事情《わけ》ありでな」

「こうして間近で見ると判りますよ。表地の血痕が裏地にまでうっすら滲《にじ》んでいるのが」

「そうかえ……」

「ひょっとして銀次郎さんがこの仙のことを思って、野木澤六四郎に不意の一撃でも？」

「いや、そいつあ、違う。着物に付いた血痕は、他のゴタゴタによるもんだい。信用しなお仙」

「うん、判った……信用する。あ、ちょっと待って銀次郎さん、あそこに古着屋が」

そう言って仙が指差した所になるほど、古着屋がある。

仙は銀次郎から足早に離れて古着屋へ向かうと、表口で一度銀次郎の方を振り返ってから、店の中へと消えていった。

銀次郎がゆっくりと古着屋に近付いてゆくと、仙が一枚の着流しを手に早早と外に出てきた。

「随分と早い見立てじゃねえかい」

「銀次郎さんの……お前様のことなら、迷うことなく決められますのさ。さ、着てみて」

銀次郎は仙に小声で促され、店の横手に隠れるように入って、手早く着替えた。

「汚れ物は、この仙が預かりますからさ。銀次郎さんは、もう此処から帰っておくんなさい。送ってくれて嬉しゅうござんした」

「汚れ物を預けていいのかえ、これから大事な席へ出るんだろうよ。まずいぜ」

「このお仙姐さんの顔の広さを見損なって貰っちゃあ困りますよ。料亭へ着くまでの途中に、私の顔が利く洗《あら》い屋《や》なんぞ、二軒も三軒もござんすから」

仙はそう言うと、血痕の付いた——さほど、ひどくはない——着流しを丁寧に小さく折りたたみ、さっさと銀次郎から離れていった。その小気味よい仙の動きに、銀次郎は半ばあきれ、仙が立て替えてくれた古着代を手渡すのも忘れて見送った。

# 三十六

**山元町**の住居《ねぐら》近くまで戻ってきたとき、西日はかなり落ち、夕暮れが余り遠くないことを物語っていた。表通りから自宅まで行くには、向き合って建っている二棟の長屋の間――溝板小路《どぶいたこうじ》――を抜けていく方法と、その二棟の長屋を回り込むかたちで、遠まわりして行く方法とがあった。

銀次郎は、長屋の住人の姿が珍しく無い溝板小路へと入りかけたが、思い直して二棟の長屋を半周するかたちで遠まわりをした。

自宅古家の前まで来て、表戸に手をやりかけた銀次郎の表情が、思わず「ん?」となる。

家の中に人の気配らしきものを感じたのだ。はっきりではなかった。朧気《おぼろげ》にだ。

銀次郎は我が家から、そろりと三歩ばかりを退がってから、界隈《かいわい》を見まわした。

伯父伯母たちを襲撃した刺客四人を倒して、まだ間《ま》が無《な》い。刺客の仲間が見届け人として現場近くに隠れていて、そして若《も》し其奴《そやつ》に自分の素姓が知られていたならば、先まわりされ自宅に潜伏されている可能性が無《な》きにしも非《あら》ずだ。

銀次郎が住む古家は一戸建で、敷地の左手は長屋の溝板小路に接し、もう一方の右側は少し傾いた古い隣家との間に小便臭い路地が走っている。だから銀次郎はこの路地を「小便路地《しょうべんろじ》」と呼んでいた。

銀次郎は足音を忍ばせるようにして、その小便路地へと入ってゆき、自宅の裏手へとまわった。六尺高の板塀には貧相な木戸があって、この貧相な木戸にはいつも——表戸と同様——鍵など掛かっていない。泥棒に入られ盗られて困るような金目の物は何一つ置いて無いからだ。

銀次郎は木戸をそっと押し開けて、仔猫の額ほどの庭へと入った。この古い自宅の庭は表側の方が広くて、そこには井戸の備えもある。

先ほど捉《とら》えた人の気配は玄関近く、と読んでいた銀次郎の動きは素早かった。

仔猫の額ほどの小さな庭にそろりと入った銀次郎の直ぐ目の前には、濡《ぬ》れ縁《えん》とその向こうに四枚組の障子がある。

障子を開けた所が寝間《ねま》に使っている六畳の部屋だ。銀次郎が拵え仕事に使っている広めの板の間は、襖《ふすま》で仕切られているその向こうである。玄関を入って直ぐの板の間である其処に何者かが息を殺して潜んでいるのでは、と銀次郎は読んでいた。ただ、襲い掛かってくる不穏な気配とまでは感じられない。

銀次郎は息を胸いっぱいに吸い込んで止めると、うん、とひとり頷いてから勢いよく濡れ縁に上がって障子を開けるや、一気に寝間を横切って襖を引いた。

勢いつけて受け柱に当たった襖が、パアンと鉄砲を撃ったように大きく鳴る。

次の瞬間銀次郎は、あんぐりと口を開けていた。板の間の大き目の格子窓――表側の庭に面した――と向き合って敷かれている**半畳の青畳**の上で、刀の柄《つか》に手をやったちょいとばかし男前な若侍が腰を抜かしている――ように見える――ではないか。襖がパアンと大きく鳴ったことに余程のこと驚いたのであろう、目を大きく見開いている。明らかに怯えている目の色だった。

「なんでえ、お前《めえ》さんは」

「ぶ、無礼であろう。な、何者だ貴様は」

「無礼なのは、お前《めえ》さんの方じゃあござんせんか。何者だ、と訊《き》きてえのは私《あっし》の方ですぜい。この古家は私《あっし》の城なんだい」

「お、そ、それじゃ貴様が、いや、其方《そなた》が銀次郎か」

男前な若い侍は、そう言って刀の柄から手を放した。ほっとした表情である。

「へい。銀次郎は確かに私《あっし》でござんすが、黙って私の家《ひと》へ忍び込んで、半畳の青畳の上にちょこんと座っていなさいやすお侍《さむれえ》さんは、一体《いってえ》どなた様で？」

「すまぬ。だ、黙って入ったのは謝る。表戸が開《あ》いたもので、ついな。申し訳ない。私は使いの者で杉山平四郎《すぎやまへいしろう》と申す」

杉山平四郎と名乗った若い侍は、ここで漸くのこと半畳の青畳の上で居住まいを正し真っ直ぐに銀次郎を見た。

銀次郎は若い侍の前まで進んで、どっかと胡座《あぐら》を組み相手と向き合った。

「いま使いの者と仰《おっしゃ》いやしたが、どちら様のお使いで参られやしたので？」

銀次郎の口調が幾分やさしくなっていた。もしや大奥の大御年寄《おおおとしより》、絵島《えじま》様のお使いでは、と思ったからだ。

「大奥の御重役であられる大御年寄、絵島様の御用を仰《おお》せつかって訪ねて参った」

やはり、そうであった。十八、九にしか見えない若侍の男前ぶりは、美しい絵島からの使いと判らせるには充分だった。

「おうかがい致しやしょう。絵島様のどのような御用で、お訪ね下さいやしたので？」

「絵島様は本日の夕七ツ半刻《どき》（午後五時頃）に、例の場所に是非とも来て戴きたい、と申しておられる。是非とも、とな」

「例の場所と申されやすと？」

判ってはいたが銀次郎は、敢《あ》えて訊《たず》ねた。若侍、杉山平四郎が少し眉《まゆ》をひそめた。

「其方《そなた》は既に知っておる筈だ。大奥表《おもて》使《つかい》四百五十石吉田《よしだ》様（二十五歳）に案内《あない》され、絵島様にお目にかかった場所だ」

「ああ、あの料亭……案内して下さった美しい奥女中風のお方様《かたさま》は、表使四百五十石の吉田様と仰いやしたか」

「そうだ。表使はな、大奥の渉外をお役目とする重要なお立場なのだ。覚えておいて損はないのだぞ」

「大奥ご重役のお立場、という見方で宜しゅうございやしょうか」

「むろんだ。私のような徒士《かち》（小身の武士）と違って、将軍にお目に掛かることの出来る〝御目見以上《おめみえ》〟のお立場であるからな」

「それに致しましても、今日これから動かなくちゃあならねえとは、また急でござんすねえ」

「急がねばならぬ、それなりの理由があるからだ。私が表使の吉田様より言い付かった御用は、確かに伝えたぞ。よいな」

「あれ。絵島様から直接に言い付かった御用じゃあ、ありやせんので？」

「私のような徒士は、そう易易《やすやす》とは絵島様に口をきいて貰えぬわ」

やや自嘲《じちょう》的な口調で、そう言って口元を歪《ゆが》める杉山平四郎だった。

「ともかくも承知いたしやした杉山様。本日夕七ツ半刻に、忍び料亭で知られておりやす天神神社そばの『帆亭』へ必ず参りやす。お美しい吉田様にそのようにお伝え下さいやし」

「うん。あ、それからな。拵え仕事に必要な道具一式を持参すること。くれぐれも忘れぬように、と吉田様が申しておられた」

「へい、心得ておりやす。ご心配ありやせんように」

「では私は、これで引き揚げる」

はじめのうち、怯えの色さえ見せていた若侍はここで、威厳を取り戻したかのように肩を力ませると、立ち上がって玄関土間へと下りた。

銀次郎は「ごめんなさいやして」と声を掛けはしたが、外までは見送らなかった。

若侍が口にした〝拵え仕事に必要な道具一式〟は、実はこうなるであろうと見越して既に料亭「帆亭」に預けてある。

銀次郎から、「ひとつ預かってくれ」と申し込まれた「帆亭」の帳場番頭は初めのうち困惑した様子だった。しかし、銀次郎は銀次郎でもそこいらに転がっている当たり前の銀次郎ではなくて、今や「夜の蝶《ちょう》」たちの拵え仕事では人気最高の男《ひと》と判ると、女将や座敷女中頭はもとより下働きの女たちまでが、「どうぞ、どうぞ……」の大歓迎となった。

若侍が引き揚げて静かになった板の間で、銀次郎は腕組みをして暫く考え込んだ。胸のあたりに、やや重苦しさのある〝ざわめき〟があった。

「伯父伯母たちを襲ったのは、どのような目的が背後にあったのか……」

銀次郎は呟いた。やはり殺さずに倒した刺客どもについては、伯父の「ふん、ほうっておけ……」に逆らってでも、厳しく調べあげるべきだった、と後悔した。

（それとも、「ふん、ほうっておけ……」と突き放すような言葉を発した伯父には、何かが判っていたのであろうか。自分が襲われるかも知れない何かが……）

銀次郎は腰を上げずに、考え込んだ。

新井白石が幼君徳川家継の後ろ盾であることは、「閉門蟄居の五百石」桜伊《さくらい》家の主人《あるじ》の立場にある銀次郎にも、容易に理解できている。また、幼君徳川家継の生母「月光院」と大御年寄絵島との間柄も「おそらく緊密であろう」と充分に想像できている銀次郎だった。

「閉門蟄居」の桜伊家ではあっても、**瘦《や》せても枯《か》れても神君家康公の「感状家」**なのだ。武門の威風凋落《ちょうらく》いちじるしい昨今の勉強不足な旗本家と桜伊家とでは、ひと味もふた味も違う。では、瘦せても枯れても神君家康公の「感状家」、とは一体何を意味するのか？

天下が西方《にしがた》勢力によって掌握されるか、東方《ひがしがた》勢力によって制覇されるかで激しく揺れ動いた戦国騒乱の時代《ころ》、徳川家康の本陣を護る中隊長の地位にあった銀次郎の今は亡き曾祖父《そうそふ》桜伊玄次郎芳家《げんじろうよしいえ》は、怒濤《どとう》の如く本陣に攻め寄せてきた敵に三本の矢を肩、腋、脚に浴びせられながも、家伝の名刀・備前長永国友《びぜんおさながくにとも》を手に阿修羅《あしゅら》の如く戦い、敵十二名を斬殺、六名に深手を与えて撃退し家康を救った。

桜伊玄次郎芳家のこの血みどろの防戦が無ければ、徳川家康による幕府創設はおそらく実現しなかったであろう、と言われているほどの激戦だった。

戦後になって直ぐ、徳川家康は桜伊玄次郎芳家に対して一枚の**直筆感状**と、「**家**」の一字を与えた。実は戦国騒乱時代の銀次郎の曾祖父の名は、玄次郎芳信《よしのぶ》であって、家康より「家」の一字を与えられ、玄次郎芳家と改名したのだ。

また徳川家康より与えられた感状には、次のような非常に重要な一文が、その部分だけ朱墨《しゅぼく》でしたためられていたのである。

「**……襲い来る敵の荒武者十二名を単身奮闘討ち倒して我が命の盾《たて》となりし桜伊玄次郎芳家とその嫡子の累代にわたっては徳川一門はいかなる処罰《しょばつ》を下すこともこれを禁ずる……**」

まさにそれは、桜伊家の永久不滅を保障する東照大権現《とうしょうだいごんげん》徳川家康公直筆の、御墨付きだった。何万両、何十万両の小判をもってしても決して買うことが出来ない、あるいは代えることが出来ない、貴重な保障証書である。

この御墨付の凄さがどれ程のものか、やがて判る時がとうとう桜伊家に訪れる。

銀次郎の父親・元四郎時宗が「改易《かいえき》」に相当する極めて醜い色恋不祥事を起こして世を去ったにもかかわらず、桜伊家は「閉門蟄居」それも表向きの処分だけで済んだのだ。

家屋敷も、五百石の家禄も全て今まで通りであった。

だが、桜伊家の後継者である銀次郎は父の醜い色恋不祥事による自死をいたく恥じ、家禄五百石を拒絶して町家《まちや》に住み自活の道を志してきた。

この頑固さに頭を抱えているのは次席目付である伯父長門守兼行よりも、むしろ幕府老中会議であった。

町家に住み暮らす銀次郎が重い怪我をしたり栄養不足で病となり死に至れば、大権現家康公の感状に、違反したと取られかねない。下手をすれば老中全員が切腹ものだ。

「ともかくも、お目に掛かるしかあるめえ……」

銀次郎は大奥大御年寄、絵島の美しい顔を脳裏に思い浮かべて漸く重い腰を上げた。

伯父伯母が刺客に襲われたまさにその直後に、大奥の最高権力者と会うことが「吉」と出るか「凶」と出るか、さすがの銀次郎も予想が付かなかった。胸のあたりの〝ざわめき〟は相変わらずである。

銀次郎は長屋の者たちの目に止まらぬよう用心して、自宅古家を後にした。

（三巻へつづく）

## 「門田泰明時代劇場」刊行リスト

ひぐらし武士道
『大江戸剣花帳』（上・下）　徳間文庫　平成十六年十月
　　　　　　　　　　　　　　光文社文庫　平成二十四年十一月

ぜえろく武士道覚書
『斬りて候』（上・下）　光文社文庫　平成十七年十二月

ぜえろく武士道覚書
『一閃なり』（上）　光文社文庫　平成十九年五月

ぜえろく武士道覚書
『一閃なり』（下）　光文社文庫　平成二十年五月

浮世絵宗次日月抄
『命賭け候』　徳間書店　平成二十年二月
　　　　　　　徳間文庫　平成二十一年三月
　　　　　　　祥伝社文庫　平成二十七年十一月
（加筆修正等を施し、特別書下ろし作品を収録して『特別改訂版』として刊行）

ぜえろく武士道覚書
『討ちて候』（上・下）　祥伝社文庫　平成二十二年五月

浮世絵宗次日月抄
『冗談じゃねえや』　徳間文庫　平成二十二年十一月
光文社文庫　平成二十六年十二月
（加筆修正等を施し、特別書下ろし作品を収録して『特別改訂版』として刊行）

浮世絵宗次日月抄
『任せなせえ』　光文社文庫　平成二十三年六月

浮世絵宗次日月抄
『秘剣　双ツ竜』　祥伝社文庫　平成二十四年四月

浮世絵宗次日月抄
『奥傳　夢千鳥』　光文社文庫　平成二十四年六月

浮世絵宗次日月抄
『半斬ノ蝶』（上）　祥伝社文庫　平成二十五年三月

浮世絵宗次日月抄
『半斬ノ蝶』（下）　祥伝社文庫　平成二十五年十月

浮世絵宗次日月抄
『夢剣 霞ざくら』　光文社文庫　平成二十五年九月

拵屋銀次郎半畳記
『無外流 雷がえし』（上）　徳間文庫　平成二十五年十一月

拵屋銀次郎半畳記
『無外流 雷がえし』（下）　徳間文庫　平成二十六年三月

浮世絵宗次日月抄
『汝 薫るが如し』　光文社文庫（特別書下ろし作品を収録）　平成二十六年十二月

浮世絵宗次日月抄
『皇帝の剣』（上・下）　祥伝社文庫（特別書下ろし作品を収録）　平成二十七年十一月

拵屋銀次郎半畳記
『俠客』（一）　徳間文庫　平成二十九年一月

この作品は二〇一五年八月号から一六年八月号まで「読楽」に連載された「夜蜥蜴」を改題し、大幅に加筆・修正したオリジナル文庫です。

徳間文庫

拵屋《こしらえや》銀次郎半畳記

# 俠《きょう》客《かく》 一



2017年1月15日 初刷

著者 門《かど》田《た》泰《やす》明《あき》

発行者 平野健一

発行所 株式会社 徳間書店

東京都港区芝大門二―二―一 〒105-8055

電話 編集〇三(五四〇三)四三四九
販売〇四八(四五一)五九六〇

振替 〇〇一四〇―〇―四四三九二

印刷 製本 株式会社 廣済堂

ISBN978-4-19-894183-3 (乱丁、落丁本はお取りかえいたします)

# 創設のお知らせ

**応募規定**

【内容】

冒険小説、ハードボイルド、サスペンス、ミステリーを根底とする、エンターテインメント小説。

【賞】

正賞(賞状)、および副賞100万円

【応募資格】

国籍、年齢、在住地を問いません。

【体裁】

①枚数は、400字詰め原稿用紙換算で、50枚以上、80枚以内。

②原稿には、以下の4項目を記載すること。

1.タイトル　2.筆名・本名(ふりがな)

3.住所・年齢・生年月日・電話番号・メールアドレス　4.職業・略歴

③原稿は必ず綴じて、全ページに通しノンブル(ページ番号)を入れる。

④手書きの原稿は不可とします。ワープロ、パソコンでのプリントアウトは、A4サイズの用紙を横置きで、1ページに40字×40行の縦書きでプリントアウトする。400字詰めでの換算枚数を付記する。

【締切】

2017年4月25日(当日消印有効)

【応募宛先】

〒105-8055　東京都港区芝大門2-2-1　株式会社徳間書店

文芸編集部「大藪春彦新人賞」係

⑤　応募原稿の返却はいたしませんので、手元にコピーを残して下さい。

⑥　選考状況・結果に関する問い合わせには一切応じられません。

⑦　応募された方々の個人情報は厳重に管理し、本賞の発表、応募者への連絡以外の目的に使用することはありません。

⑧　受賞作の出版権、雑誌掲載権、電子出版権、二次的利用権(映像化など)の諸権利は徳間書店に帰属します。

⑨　受賞作品の雑誌掲載の原稿料は、賞金に含まれるものとします。

大藪春彦賞選考委員会　株式会社徳間書店

# 大藪春彦新人賞

作家、大藪春彦氏の業績を記念し、優れた物語世界の精神を継承する新進気鋭の作家及び作品に贈られる文学賞、「大藪春彦賞」は、2018年3月に行われる贈賞式をもちまして、第20回を迎えます。

この度、「大藪春彦賞」を主催する大藪春彦賞選考委員会は、それを記念し、新たに「大藪春彦新人賞」を創設いたします。次世代のエンターテインメント小説界をリードする、強い意気込みに満ちた新人の誕生を、熱望しています。

## 第1回 大藪春彦新人賞 募集

《選考委員》(敬称略)

**今野 敏　馳 星周**　徳間書店文芸編集部編集長

**注意事項**

① 一人の応募者から一期間に複数の作品を受け付けますが、必ず一作品ずつ別封筒で応募して下さい。
② 他の文学賞との二重投稿は認めません。
③ 自作の未発表作品に限ります。ただし、営利目的で運営されていないウェブサイトや同人誌などに掲載された作品は未発表とみなします(その場合はその旨を明記すること)。
④ ①〜③の注意事項が守られていない場合、選考の対象外となります。